Áróra Jónsdóttir lebt in London und ist Ermittlerin im Bereich Wirtschaftskriminalität – sie spürt Geld auf, das illegal in Steuerparadiesen und auf Offshore-Konten versteckt ist, und sie ist sehr gut in ihrem Job. Privat ist Áróra eher eigenbrötlerisch. Zu ihrer Familie hat sie wenig Kontakt, und als ihre Mutter sie bittet, nach Island zu fahren, um nach ihrer älteren Schwester Ísafold zu schauen, die sich nicht mehr meldet, ist sie genervt. Dennoch macht sie sich auf nach Reykjavík und muss bald erkennen, dass Ísafold tatsächlich spurlos verschwunden ist. Áróra stellt Björn, den brutalen, mit Drogen dealenden Freund ihrer Schwester zur Rede und befragt die Nachbarn, die genau wie Björn ausweichend reagieren. Wurde Ísafold Opfer eines Verbrechens? Verzweifelt bittet sie den Polizisten Daníel um Hilfe, doch auch ihm erscheint die Situation mehr als rätselhaft. Auf ihrer atemlosen Suche wird Áróra nicht nur mit der Entfremdung von ihrer eigenen Schwester konfrontiert, sondern auch mit ungeahnten menschlichen Abgründen ...

Lilja
Sigurðardóttir

HÖLLENKALT

EIN ISLAND-KRIMI

Aus dem Isländischen
von Betty Wahl

DUMONT

Von Lilja Sigurðardóttir sind bei DuMont außerdem erschienen:
Das Netz
Die Schlinge
Der Käfig
Betrug

Das bei der Produktion dieses Buches entstandene CO_2 wurde durch die Finanzierung von Klimaschutzprojekten kompensiert: climate-id.com/17531-2110-1001/de

Deutsche Erstausgabe
Oktober 2023
DuMont Buchverlag, Köln
Alle Rechte vorbehalten
© Copyright Lilja Sigurðardóttir 2019
Die isländische Originalausgabe erschien 2019 unter dem Titel
›Helköld sól‹ bei Forlagið, Reykjavík.
This translation is published by arrangement with Forlagið, Reykjavik, and Arrowsmith Agency, Hamburg.
© 2023 für die deutsche Ausgabe: DuMont Buchverlag, Köln
Übersetzung: Betty Wahl
Umschlaggestaltung: Lübbeke Naumann Thoben, Köln
Umschlagabbildung: © plainpicture/Ingrid Michel
Satz: Fagott, Ffm
Gesetzt aus der Adobe Caslon Pro
Druck und Verarbeitung: CPI books GmbH, Leck
Gedruckt auf säurefreiem und chlorfrei gebleichtem Papier
Printed in Germany
ISBN 978-3-8321-6689-2

www.dumont-buchverlag.de

HÖLLENKALT

Er kletterte über das scharfkantige Lavageröll, fand sein Gleichgewicht wieder und griff nach der Hand, die aus dem Reisekoffer ragte. Sie war eiskalt, und obwohl er sich das hätte denken können, warf ihn die kalte, gummiartige Haut dennoch aus der Bahn. Tränen rannen aus seinen Augenwinkeln, und er flüsterte »ich liebe dich« in die helle Sommernacht, die gegen Mitternacht für zwei oder drei Stunden zu verstummen schien, so als würde es selbst den Vögeln zu stressig, die ganze Nacht wach zu bleiben. Sein Flüstern in der Stille hatte etwas Frevelhaftes, also beschloss er, die Liebeserklärung nicht zu wiederholen, auch wenn er sie am liebsten über das ganze steinige Lavafeld gerufen, tief Luft geholt und aus Leibes- und Seelenkräften geschrien hätte, dass er sie liebte. Stattdessen beugte er sich nach vorn und legte seine Lippen zärtlich auf ihre Hand. So saß er einige Zeit, und bevor es ihm bewusst wurde, hatten seine Lippen den Handrücken erwärmt, als ob die Haut lebendig wäre. Er ließ seine Lippen über den Handrücken gleiten und küsste wieder und wieder die kalte Hand, küsste die Fingerknöchel, das Handgelenk, den weichen Teil der Handfläche, den man, das hatte er einmal gehört, Venushügel nannte, und die Finger, einen nach dem anderen, bis seine Lippen auf etwas Hartes stießen. Den Verlobungsring. Er umfasste den Ring und zog, doch der Finger schien geschwollen zu sein, sodass der Ring sich nicht vom Fleck bewegte, zur Hälfte eingesunken in diese schwammige, fettige Masse, die die Hand wie eine dicke Steppdecke umschloss. Er steckte seinen Finger in den Mund, spuckte auf den Ring und ruckelte ihn vor und zurück, bis er sich schließlich vom Finger löste. Er verstaute den Ring in seiner Hosentasche und drückte noch einmal einen flüchtigen Kuss auf den Handrücken, während er gegen die Versuchung ankämpfte, den Reißverschluss des Koffers ganz aufzuziehen, um ihr Gesicht zu sehen. Ob es ebenso von Schwellungen entstellt war und ebenso blass-bläulich schimmerte wie die Hand. Doch andererseits wollte er auch nicht sehen, was der Tod mit ihrem schönen Gesicht gemacht hatte. Es war allgemein bekannt, dass die Haut schnell ihre Farbe verlor, sobald das Blut nicht mehr durch den Körper strömte, und schon nach wenigen Stunden einen grauweißen Schimmer annahm. Der Tod zerstörte alles.

Er wischte sich die Tränen ab und zog die Nase hoch. Dann griff er mit der Hand noch einmal vorsichtig in den Koffer und zog den Reißverschluss zu. Er kletterte aus der Lavaspalte und schaute nach unten auf den dunkelroten Koffer, der dort verkehrt herum lag, nicht ganz am tiefsten Punkt der Spalte, aber zwischen spitzen Lavafelsen eingeklemmt, sodass sie, es sei denn direkt vom Rand der Spalte aus, nicht zu sehen war. Dieser Aufenthalt hier auf dem Lavafeld markierte einen Wendepunkt in seinem Leben. Er war außer sich vor Trauer, doch zugleich spürte er die eiserne Entschlossenheit in seiner Brust, die ihn von innen her zerschnitt und verletzte wie extrascharfer Stahl. Jetzt war alles anders. Er war nicht mehr der, der er geglaubt hatte zu sein. Jetzt wusste er, dass er töten konnte.

1

MITTWOCH

Verschwunden. Das hatte ihre Mutter am Telefon gesagt, als sie anrief, und Áróra hörte, wie ihre Stimme sich überschlug, was sie nur dann tat, wenn etwas Ernstes vorgefallen war.

»Deine Schwester ist verschwunden«, sagte sie, und in Áróra keimten Gefühle aus alten Zeiten auf. Angst. Wut. Bis vor Kurzem hatten diese Gefühle sie vom Sofa hochgeholt, sie raus zum Flughafen und bis nach Island befördert. Aber jetzt funktionierte das nicht mehr. Stattdessen meldete sich neuerdings ein Gefühl, auf das alles hinauslief, was mit Ísafold zu tun hatte: Erschöpfung.

»Sie hat bestimmt einfach zu viel zu tun, Mama-Schatz, um ans Telefon zu gehen.« Áróra wusste, dass es keinen Sinn hatte, zu streiten oder um die Dinge herumzureden, wenn ihre Mutter sich einmal in etwas verrannt hatte, doch sie versuchte es trotzdem. Sie hatte soeben den Fernseher eingeschaltet, um die Wiederholung von *Wire in the Blood* zu gucken, und hatte sich darauf gefreut, den ganzen Abend auf dem Sofa zu verbringen und sich dieser alten Kult-Krimiserie hinzugeben.

»Schon seit zwei Wochen geht sie jetzt nicht mehr ans Telefon. Das ist zu lang, um als normal zu gelten. Sie kann doch nicht zwei Wochen lang zu viel zu tun haben. Und Björn antwortet auch nicht, und ich weiß nicht, wie ich in diesem isländischen Telefonbuch im Internet jemanden von seiner Familie finden kann.« Áróra seufzte, achtete aber darauf, dass ihre Mutter es nicht mitbekam.

»Kommt kein Freizeichen, oder ist dauernd besetzt, oder was?«

»Beim Festnetz geht nie jemand dran, und wenn ich die Handynummer wähle, lande ich immer direkt in der Mailbox.«

»Und hast du schon versucht, in der Mailbox eine Nachricht zu hinterlassen?«, fragte Áróra und glaubte zu hören, wie ihre Mutter die Augen verdrehte.

»Natürlich habe ich Nachrichten hinterlassen. Immer und immer wieder, aber sie antwortet einfach nicht. Und auf Facebook ist es genau dasselbe. Wie du sicher selbst gesehen hast, hat sie schon seit mehr als zwei Wochen nichts Neues mehr gepostet.« Ganz gleich, wie oft sie ihrer Mutter das erklärte, sie schien nicht zu begreifen, dass die Schwestern keinerlei Kontakt hatten.

»Du weißt doch, dass sie mich auf Facebook blockiert hat, Mama. Ich sehe nichts von ihrem Profil.« Ihre Mutter stöhnte laut auf.

»Komm, Liebes, *lass den Unfug!*«, sagte sie in einem Ton, der Áróra immer zu verstehen gab, dass sie es war, die ständig Schwierigkeiten machte. Sie machte nichts als Ärger, deshalb hieß es »*Lass den Unfug!*«, obwohl sie nichts gesagt hatte als die schlichte und pure Wahrheit. Niemals käme ihre Mutter auf die Idee, Ísafold mit »*Lass den Unfug!*« zurechtzuweisen, etwa weil sie nicht ans Telefon ging oder sich nicht meldete. Nachdem Ísafold mit zwanzig von zu Hause ausgezogen war, schien sie zu einem heiligen Wesen geworden zu sein, während die Mutter Áróra weiterhin wie einen Teenager maßregelte: »Jetzt tu mir den Gefallen und bring das in Erfahrung.«

»Okay«, sagte Áróra und spürte einen unerträglichen Druck in der Kehle, wie immer, wenn sie gezwungen war, ihren eigenen Willen herunterzuschlucken. Es war nur ihre Familie, die dieses Gefühl in ihr hervorrief, in letzter Zeit fast immer ihre Mutter, nachdem sie sich mit Ísafold entzweit hatte und der Kontakt zwischen ihnen abgerissen war. Ihre Mutter gab ihr das Gefühl, dass sie Dinge tun musste, die sie in Wahrheit nicht tun wollte. »Ich werde morgen versuchen, Björn oder seine Mutter oder irgendjemanden zu erreichen.«

»Vielleicht kannst du schon heute Abend mit einem von diesen Leuten sprechen?«, sagte ihre Mutter mit bittender Stimme. »Einfach, um zu hören, ob alles in Ordnung ist?«

»Morgen, Mama. Ich werde das morgen erledigen.« Áróra legte auf, bevor ihre Mutter widersprechen konnte. Sie konnte unmöglich jetzt zu diesem Kreuzweg aufbrechen. Sie war zu müde, um sich die Lügen ihrer Schwester anzuhören, wenn sie in fröhlichem Ton behauptete, alles sei in bester Ordnung. In bester, bester, bester Ordnung. Sie sei bloß gegen den Heizkörper gefallen und habe sich den Kiefer gebrochen, weshalb sie nicht telefonieren könne, oder sie sei im Treppenhaus ausgerutscht und habe sich den Finger gebrochen, sodass sie sich keinesfalls auf Facebook habe melden können. Und Áróra war ebenfalls zu müde, um sich von Björn niedermachen zu lassen, der sagen würde, Ísafold sei *seine* Frau und Áróra habe sich nicht in Dinge einzumischen, die sie nichts angingen.

Sie nahm eine Flasche Wasser aus dem Kühlschrank, ging damit ins Wohnzimmer und ließ sich aufs Sofa fallen, wickelte sich in eine Wolldecke und trank die Flasche zu einem Viertel leer. Die Folge hatte schon begonnen, was ihr aber egal sein konnte, denn sie hatte die Serie schon unzählige Male gesehen, doch die Ruhe, die sich über sie gesenkt hatte, bis ihre Mutter anrief, war verflogen, und sie musste sich dazu durchringen, die unangenehmen Gefühle, die sich in ihr eingenistet hatten, zu verjagen. Als ob das Telefonat in ihrem Inneren eine Schleuse geöffnet hätte, die sie mit letzter Kraft für eine gewisse Zeit geschlossen hatte halten können. Der Ärger über ihre Mutter. Die Wut auf Björn. Die nagende Angst um Ísafold.

2

DONNERSTAG

»Versuch nicht, im Nachhinein zu handeln«, sagte Áróra am Tag danach zu dem Autoverkäufer, während dieser hinter seinem monströsen Schreibtisch saß, sich auf seinem Stuhl zurücklehnte und es sich bequem machte. Er war in etwa das Gegenteil des Mannes, mit dem Áróra vor einer Woche gesprochen hatte, der sich über den Tisch nach vorne gelehnt hatte, während er die kleinen Automodelle vor ihm auf der Tischplatte von Staub befreit und sie mit erstickter Stimme angefleht hatte, ihm zu helfen. Da hatte er erwähnt, er werde wohl bald hier im Büro übernachten müssen, wenn er nicht dahinterkomme, wo seine Frau, mit der er in einem erbitterten Scheidungskrieg steckte, das Geld verberge, das sie in zwanzig Ehejahren gemeinsam angespart hätten. Und das war eine beträchtliche Summe, die vielleicht zu einem kleinen Teil aus ausländischen Kommissionsgeschäften stammte, Geld, das er vielleicht nicht unbedingt zu hundert Prozent bei der Steuer angegeben hatte. Deshalb hatte er sich nicht an die britischen Behörden gewandt, sondern an Áróra.

Nun, nach der ersten Erleichterung darüber, dass sie das Geld aufgespürt hatte, war der Autohändler die Überheblichkeit in Person und versuchte, den Vertrag mit Áróra aufzulösen, der festlegte, dass sie zehn Prozent des Betrags bekommen würde, was auch immer sie fand. Er fingerte einen Nikotinkaugummi aus der Packung vor ihm auf dem Schreibtisch und steckte ihn in den Mund. Er kam frisch vom Friseur, und die Jeans unter dem Blazer waren etwas zu eng, um bequem zu sein. Sie tippte auf den zweiten Frühling. Er hatte seine Frau, die mit ihm die Firma aufgebaut hatte, wohl gegen eine andere, jüngere ausgetauscht. Das würde ihre Verbitterung erklären.

»Das ist ein lächerlich hoher Prozentsatz, wenn man bedenkt, dass du die Sache in weniger als einer Woche erledigt hast«, sagte er und kaute gierig auf seinem Nikotinkaugummi herum, so wie Leute, die gerade aufgehört haben zu rauchen.

»Diese Woche hat mich eine Reise in die Schweiz gekostet, zehn Stunden Internetrecherche und die Beschaffung von Daten, sodass ich innerhalb dieser einen Woche beträchtliche Summen vorgestreckt und viel Zeit investiert habe. Ich arbeite schnell und ich habe Erfolg.« Áróra sprach leise und deutlich, um sicherzugehen, dass er sie verstand. »Das ist der Prozentsatz, auf den wir uns geeinigt haben, als ich zugesagt habe, dem Geld auf die Spur zu kommen.«

»Das ist Wucher«, sagte der Autohändler und verschränkte die Arme vor der Brust. »Das bezahle ich nicht.« Áróra stöhnte. Dieses Muster schien verbreiteter, als man erwarten konnte. In ihrer Verzweiflung über das verlorene Geld erklärten sich die Leute dazu bereit, hohe Geldbeträge hinzulegen, und wenn das Geld dann wieder aufgetaucht war, schien ihnen plötzlich klar zu werden, wie teuer ihre Dienstleistung war.

»Mein Anteil beträgt zehn Prozent vom Gesamtbetrag – oder gar nichts.«

»Fünf Prozent sind das absolute Maximum für diese Gefälligkeit.«

»Wenn du meinst«, gab Áróra zurück und stand auf. »Dann such dir jemand anderen, der für dich arbeitet, und viel Glück dabei. Geld verstecken kann ich nämlich genauso gut wie welches finden.« Der Autohändler sprang auf die Füße, räusperte sich und hustete. Er hatte offenbar seinen Kaugummi verschluckt.

»Wie zur Hölle meinst du das? Du hast es mir doch schon überwiesen.« In seiner Stimme lag wieder der weinerliche Ton, den sie in der letzten Woche herausgehört hatte.

»Ich habe vierundzwanzig Stunden Widerrufsfrist für alle meine Kontobewegungen«, sagte Áróra, zog ihr Handy aus der Tasche, tippte die PIN ihrer Bank-App ein und machte die Überweisung rückgängig. »So, das hätten wir«, sagte sie und verließ das Büro.

Sie schlängelte sich zwischen den blitzblanken Autos hindurch quer über die Ausstellungsfläche und steuerte auf den Ausgang zu, wobei sie aus dem Augenwinkel durch die Glaswand einen Blick ins Büro werfen konnte, wo der Autohändler saß, verzweifelt auf seinem Handy herumtippte und todsicher auf seinen Kontostand starrte, über den er sich am Vorabend noch so gefreut hatte.

Áróra hatte den Parkplatz zur Hälfte überquert, als sie hinter ihr seine Stimme hörte.

»Okay, okay, selbstverständlich«, rief er außer Atem, nachdem er durch den Ausstellungsraum gehetzt war. »Du hast recht, natürlich haben wir das so vereinbart. Mein Fehler.« Áróra blieb stehen und drehte sich um.

»Ich wollte es nur vereinfachen, wollte dir den gesamten Betrag überweisen, und du hättest mir mein Geld dann über die Firma auszahlen können. Aber jetzt, wo mein Vertrauen in dich verloren ist, überweise ich dir deinen Anteil und behalte meinen Betrag ein.« Áróra sah ihn fragend an und hielt ihr Handy hoch, woraufhin der Autoverkäufer nickte und zustimmend die Hände hob.

Sie öffnete noch einmal die Bank-App, während der Autohändler ihr gegenüberstand und auf seinem Telefon herumtippte. Ohne Zweifel hatte er wieder sein Bankkonto aufgerufen, um zu kontrollieren, ob die Überweisung auch wirklich eintraf.

»So«, sagte Áróra, »das hätten wir. Und damit sind wir quitt.« Sie schaltete ihr Handy aus und steckte es in die Tasche, doch dann zögerte sie einen Moment, nur um das Gesicht des Autohändlers zu sehen, sobald ihm klar wurde, was er angerichtet hatte. Sie brauchte nicht lange zu warten.

»Nein!«, rief er, und seine Stimme schwankte zwischen Verzweiflung und Wut. »Wir sind überhaupt nicht quitt. Das ist ja nur die Hälfte! Weniger als die Hälfte!«

»Ja«, sagte Áróra. »Es war mir eine Lehre, dein wahres Gesicht zu erkennen. Das hat dazu geführt, dass ich dein Gejammere in Zweifel gezogen habe, die ganze Story, wie deine Frau dich bei der Scheidung über den Tisch gezogen und dir das Haus weggenommen hat, und was du mir letzte Woche sonst noch alles vorgeheult hast. Also werde ich die andere Hälfte des Geldes, die deiner Frau von Rechts wegen zusteht, auf ihr Schweizer Bankkonto rücküberweisen.«

»Das kannst du nicht machen!«, schrie der Autohändler, doch Áróra drehte sich auf dem Absatz um und ging.

»Wenn überhaupt, dann hat deine Frau noch viel mehr verdient als das, schließlich musste sie dich zwanzig Jahre lang ertragen«, sagte sie und stieg in ihr Auto. Sie legte den Gang ein, rollte langsam vom Parkplatz und winkte dem Autoverkäufer fröhlich zu, der ihr wie versteinert nachblickte. Das war der größte Vorteil ihres Jobs: Sie konnte Gerechtigkeit nach eigenem Belieben verteilen.

3

Die Beziehung zwischen den Schwestern war von klein auf nicht gut gewesen. Eine der frühesten Kindheitserinnerungen Áróras war der glühende Hass in Ísafolds Augen, wenn sie einen Schuh in die Hand nahm und ihn in Richtung Áróra schleuderte, die auf dem Boden saß, während Ísafold durch die zusammengebissenen Zähne zischte: »Widerliches Balg.«

Widerliches Balg. Das sollte sie noch oft zu hören bekommen. Mama nannte sie *lovely* oder *darling*, und Papa verwendete drollige isländische Kosenamen wie *krúttmoli* oder *krúsidúlla*. Doch Ísafold nannte sie einfach *das Balg*, was sie gern mit wenig ansprechenden Adjektiven ergänzte. Sechs Jahre Altersunterschied waren nicht gerade gut für sie gewesen.

Doch als sie nach England zogen, als Áróra acht und Ísafold vierzehn war, änderte sich alles. Die Pubertätshormone brachen aus Ísafold in Form von roten Pusteln hervor, die ihr Gesicht bedeckten, sie war unglücklich in der Schule, ihre Klassenkameraden hänselten sie, und so griff Ísafold auf Áróras Gesellschaft zurück.

Nach der Erniedrigung im Klassenzimmer und auf dem Pausenhof empfand sie es als Erleichterung, nach Hause zu kommen und mit ihrer kleinen Schwester Barbie zu spielen, die sie auf jene unlogische Art und Weise verehrte, wie jüngere Geschwister das eben tun. Áróra erinnerte sich noch heute daran, wie dankbar sie für diese Aufmerksamkeit gewesen war. Einmal sagte sie sogar ein *playdate* mit Freunden von der Schule ab, um sich zu Hause zu verkrümeln und mit der großen Schwester Barbie zu spielen.

Wenn sie jetzt daran zurückdachte, erinnerte sie sich nicht, ob sie in diesen frühen Jahren miteinander Isländisch oder Englisch gesprochen hatten. Wahrscheinlich war es eine Art Sprachgemisch gewesen, wie so oft in Familien, in denen die Eltern verschiedene Sprachen sprechen, doch nicht lange, nachdem ihr Vater gestorben war, wechselten sie komplett zum Englischen. Es war irgendwie dämlich, Isländisch zu sprechen, wenn es keinen direkten Grund mehr dafür gab.

Ihr Haus in Newcastle war ein typisch englisches Mittelklassehaus, zwei Stockwerke mit einer steilen Treppe, die Schlafzimmer oben, Wohnzimmer und Küche unten und ein sorgfältig eingezäunter Garten hinter dem Haus, wo Áróra das ganze Jahr über genüsslich im Schlamm spielte. Sie grub Löcher und legte Teiche an, sie riss die Pflanzen aus und setzte sie woanders wieder ein, und wenn ihre Mutter sich beschwerte, dass sie den Garten verunstaltete, unterbrach ihr Vater sie jedes Mal und sagte: »Lass sie doch. Sie ist halb Isländerin.«

Jetzt, im Nachhinein, war Áróra nicht mehr ganz sicher, ob er gemeint hatte, dass man es ihr, der kleinen Isländerin, doch erlauben solle, wo es doch so ungewohnt war, das ganze Jahr über im ungefrorenen Schlamm buddeln zu können. Oder aber er hatte gemeint, dass man gar nicht erst versuchen solle, dieses isländische Blut zu bändigen, das immer in einem anderen

Rhythmus floss als das englische? Es gab so unendlich viel, das sie ihren Vater so gern noch gefragt hätte, doch nun war es zu spät.

4

Es war jedes Mal der gleiche Ärger, am Flughafen von Edinburgh einen Parkplatz zu finden, also beschloss Áróra, das Auto zu Hause zu lassen und ein Taxi zu nehmen. Der Flughafen war nicht weit genug entfernt, dass sie sich aufgerafft hätte, in den Zug und dann den Bus zu steigen, um sich das Taxi zu sparen, auch wenn ihre Mutter das ohne zu zögern gemacht hätte, ohne Áróra zurechtzuweisen, dass sie so schlecht mit Geld umgehen könne. Áróra antwortete meistens, es habe wenig Sinn, Geld zu besitzen, wenn man es nicht dazu verwende, sich das Leben leichter zu machen.

Es war lange her, dass sie im Sommer in Island gewesen war, aber sie erinnerte sich noch gut an die Kälte, weshalb sie ein paar warme Kleidungsstücke in ihren Weekender gepackt hatte. Sie hatte ein Hotelzimmer in der Innenstadt von Reykjavík gebucht; den Namen hatte sie noch nie gehört, es schien also neu zu sein. Ihre Mutter hatte vorgeschlagen, bei irgendwelchen Verwandten zu übernachten, an die sich Áróra nur ganz dunkel erinnerte, doch zum Glück war es ihr gelungen, ihrer Mutter diese Maßnahme auszureden. Es war ein Abendflug, obwohl das keine Rolle spielte, sie würde bei Tageslicht in Island landen, egal zu welcher Zeit, denn der Juni mit seiner kalten Sonne, die Tag und Nacht am Himmel stand, hatte gerade erst begonnen.

Die Schwestern hatten das elterliche Erbe auf höchst sonderbare Weise untereinander aufgeteilt. Áróra war immer die Englischere der beiden gewesen, obwohl sie vom Typ her eine richtige Isländerin war, mit hellem Teint und stämmigem Körperbau. Ísafold hingegen sah zweifellos britisch aus, mit etwas dunklerem Haar, aber elfenbeinfarbener Haut und zierlichem Körperbau, war aber in jeder Hinsicht isländischer als ihre jüngere Schwester. Das verwunderte eigentlich nicht sehr, denn Ísafold hatte den größeren Teil ihrer Jugend in Island verbracht und war außerdem immer das Papakind gewesen.

»Ich habe ein Elfenmädchen und ein Trollmädchen«, hatte ihr Vater oft gesagt, als sie klein waren, und bei ihm klang das immer, als wäre beides gleichermaßen erstrebenswert. Ísafold war zufrieden damit, ein Elfenmädchen zu sein, sie machte Ballett und später Gymnastik, wobei ihre Gelenkigkeit hervorragend zum Einsatz kam. Áróra wiederum war zufrieden damit, ein Trollmädchen zu sein, denn sie kam nach ihrem Vater, der mit seiner Statur sogar sein Geld verdiente, als Türsteher und bei den Highland Games, und so war Körperkraft in dieser Familie ein Dauerthema.

Es spielte keine Rolle, ob sie in Island oder in England wohnten, die Schwestern pendelten immer zwischen den unterschiedlichen Kulturen ihrer Eltern und wussten oft nicht, wohin der nächste Schritt sie führen würde. Auseinandersetzungen endeten oft damit, dass Ísafold sich auf die Seite ihres Vaters schlug und Áróra zu ihrer Mutter hielt, als ob der Vergleich von Speisen und Gerichten, von Traditionen oder Sprache ein Wettbewerb von der Tragweite eines Fußballländerspiels wäre.

»Island eins, England null«, hatte Ísafold einmal gezischt, als ihre Mutter angedeutet hatte, dass isländisches Essen am ehesten für Barbaren geeignet sei, worauf ihr Vater antwortete, das einzig Essbare in Großbritannien sei das Frühstück. Es regte ihn jedes Mal auf, wenn seine Frau andeutete, dass Island in irgendeiner Weise rückständig sei.

Und er regte sich ebenfalls auf, wenn er spontane Ideen zu einer Reise oder irgendeinem Projekt hatte und die innere Bremse seiner Frau sich gleich mit Zweifeln und Widersprüchen zu Wort meldete. Die Mutter der Mädchen wollte die Dinge planen, wollte alles frühzeitig entscheiden, um sich dann lange im Voraus freuen zu können, anstatt mit hängender Zunge der Voreiligkeit hinterherzurennen, wie ihr Vater und der ganze isländische Zweig der Familie das offenbar gerne taten.

Jetzt, als sie im Taxi durch Edinburgh fuhr, dachte Áróra, dass ihr Vater es vielleicht lieber gehabt hätte, sie wäre mehr nach der isländischen Seite geschlagen, und dann spürte sie ein Stechen in der Magengrube, den Schmerz des Verlustes und der ohnmächtigen Schuldgefühle, die sich immer dann meldeten, wenn sie an ihren Vater dachte. Auf irgendeine Art hatte sie das Gefühl, dass sie Island verraten hatte, und damit ihn.

Sie hatte, trotz aller Sommerferien und Besuche über Weihnachten, das Interesse an Island verloren. Nach dem Tod ihres Vaters hatte sie sich mit allerlei Ausreden davor gedrückt, weiterhin nach Island zu fliegen, und nach und nach hatten sich die Familienbande gelockert, sodass auch die Einladungen zu Taufen und Hochzeiten und Familienfesten, die man in Island so liebte, allmählich weniger wurden. Ísafold dagegen hatte solche Zusammenkünfte immer geliebt. Sie hatte jede Gelegenheit genutzt, nach Island zu kommen, und wenn gerade kein Anlass da war, schuf sie sich selbst einen. Sie unternahm Wochenendtrips mit ihren Freundinnen, um ihnen das Reykjavíker Nachtleben zu zeigen, und als sie etwas älter war, suchte sie sich hier und dort einen Sommerjob. Deshalb war Áróra auch nicht im Geringsten erstaunt gewesen, als sie einen Isländer geheiratet hatte. Es hatte sozusagen in der Luft gelegen, und dann war es so weit.

Áróra hatte nur Handgepäck dabei, sodass der Check-in am Schalter und die Sicherheitsschleuse so schnell abgehakt waren, dass sie noch fast eine Stunde totschlagen musste, bevor die Maschine zum Boarding bereit sein würde. Sie hastete durch den Duty-Free und lief dann schnurstracks zum Gate, wo sie einen Sitz auf einer Bank ergatterte und ihr Handy herausholte. Sie rief Ísafolds Schwiegermutter an und ihren Schwager Ebbi, Björns Bruder, und hinterließ bei beiden eine Nachricht auf der Mailbox. Dann schickte sie an Björn selbst mehrere SMS. Keiner von ihnen hatte geantwortet, weder war eine SMS eingetroffen, noch hatte jemand zurückgerufen.

5

Vor drei Jahren war dann Björn auf der Bildfläche erschienen. Und es war schon bald klar, dass er anders war als alle früheren Männer, mit denen Ísafold zusammen gewesen war und die nie lange geblieben waren. Der, der am längsten durchgehalten hatte, war nicht einmal auf ein Jahr gekommen. Es schien, als wäre sie ständig auf der Suche nach etwas gewesen, und als sie Björn begegnete, war es, als hätte sie es gefunden.

Ísafold hatte Áróra zu einem isländischen Mittwinterfest in London mitgenommen, und sie wiederum hatte sich mitschleppen lassen, obwohl sie es besser wusste, denn sie konnte mit den wenigsten der dort servierten Speisen etwas anfangen und hatte auch für Isländer im Großen und Ganzen nicht allzu viel übrig, erst recht nicht, wenn sie anfingen zu singen. Doch Ísafold hatte ihre Schwester angefleht, sie würde wahnsinnig gern auf dieses Fest gehen, habe aber niemanden, der mitkomme, und so ließ Áróra sich breitschlagen, nur um es dann tausendmal zu bereuen, dass sie den überwiegenden Teil des Abends auf ihrem Stuhl hockte und Ísafold und Björn beim Tanzen zusah.

Björn war ein gut aussehender Typ. Er war groß, dunkelhaarig und stämmig, und um seine Unterarme, die aus den hochgekrempelten Ärmeln ragten, schlängelten sich kunstfertige Tattoos, gemusterte Schlangen, die unter seinem Shirt verschwanden. Er hatte ein befreundetes Ehepaar aus London im Schlepptau und gab pausenlos Drinks für die ganze Runde aus. Áróra war stockbesoffen, als sie sich ein Taxi bestellte und ins Hotel aufbrach. Ísafold ging mit Björn.

Und nach diesem Abend schien sie wie besessen. Björn dies und Björn das. Björn war ihr einziges Gesprächsthema. Und Áróra hatte sich für sie gefreut. Ísafold war bis über beide Ohren verliebt und glücklich, und Áróra genoss es, ihre Schwester so freudestrahlend zu sehen. Es war, als hätte Island, nach dessen Nähe sich Ísafold immer gesehnt hatte, sie endlich mit offenen Armen empfangen, und nachdem sie Björn ein paar Wochen kannte, zog sie zu ihm in seine Wohnung im Engihjalli in Kópavogur.

»Und jetzt musst du dir auch noch einen isländischen Typen angeln!«, hatte Ísafold lachend gesagt, kurz nachdem sie nach Island gezogen war, und Áróra hatte mitgelacht und gefragt, ob Björn denn nicht einen scharfen Kumpel habe. Aber das war natürlich nicht ernst gemeint gewesen. Áróra interessierte sich nicht für Beziehungen. Sie wollte frei sein.

Während sie beim Anflug auf Keflavík die Aussicht genoss, das graugrüne Moos, dem es auch nach Jahrhunderten nicht gelungen war, die Lava zu überwuchern, versuchte sie sich zu erinnern, wann es zwischen Björn und Ísafold zu kriseln begonnen hatte. Es war ziemlich bald, aber auch nicht gleich von Anfang an gewesen, denn sie hatte die beiden im ersten Winter in Island besucht, hatte bei ihnen auf dem Sofa übernachtet und Ísafolds verzweifelte Versuche verfolgt, sich in die isländische Weihnachtsbäckerei zu stürzen. Da war noch alles gut gewesen. Sie hatten zusammen gelacht, und sie hatte Björn gemocht.

Doch dann geriet die ganze Sache aus dem Gleichgewicht. Angefangen hatte es damit, dass Ísafold ihre Schwester mitten in der Nacht anrief und mit tränenerstickter Stimme sagte, Björn habe sie geschlagen. Und Áróra machte sich unverzüglich auf nach Island, holte Ísafold ab und fuhr mit ihr zu einem Gespräch im Frauenhaus. Zum ersten Mal.

6

Normalerweise fand Áróra isländische Männer erbärmlich und im Vergleich mit den Engländern oft anzüglich, doch dieser hier war anders. Er war nicht unbeholfen und verklemmt, wie das bei vielen Isländern vorkam, die sich verlegen einer Frau näherten, aber sofort dazu bereit waren, sie mit Beschimpfungen zu übergießen, falls ihr Interesse nicht erwidert wurde. Dieser hier näherte sich ihr mit Selbstbewusstsein. Sie hatte ihn in Sekundenschnelle taxiert, er schien in ausgezeichneter Verfassung, schlank und gut aussehend, auch wenn das Gesicht mit dem hellen, schütteren Dreitagebart vielleicht etwas kindlich wirkte. Das sorgfältig gebügelte Hemd war stramm in die Hose gesteckt, und die Krawatte saß noch immer eng am Hals, obwohl es schon Abend war. Sie hatte etwas übrig für Männer, die sich um ihr Aussehen kümmerten.

»Noch so einen für mich«, sagte er und reichte dem Barkeeper sein Glas, »und dasselbe für die Dame.« Sie lächelte und reichte ihm die Hand.

»Áróra«, sagte sie, und das verblüffte ihn.

»Bist du Isländerin?«

»Halb isländisch«, sagte sie lächelnd. »Oder vielleicht eher halb britisch. Ich bin in den letzten Jahren selten hier gewesen. Aber die Sprache kann ich noch einigermaßen.«

»Die Aussprache ist ziemlich sexy«, sagte er und schob sich einen Schritt näher an sie heran. »Ich hätte schwören können, du wärst Touristin. Entweder so eine Luxus-Kulturtouristin oder eine Ausländerin auf Geschäftsreise.«

Das war die Gelegenheit für sie, sich dezent auszuklinken. Doch sie blieb sitzen.

»Oh. Danke«, sagte sie. »Hast du einen Namen?«

»Hákon«, antwortete er, und sie gaben sich noch mal die Hand. Er hielt ihre Hand lange fest, und sie spürte den Strom, der zwischen ihnen zu fließen begann. Sie versuchte, den Duft seines Rasierwassers einzuordnen, und kam zu dem Ergebnis, dass sie ihm bisher nicht begegnet war, aber dass sie es mochte. Ein frischer, dezent würziger Duft. Einen Moment lang war sie versucht, ihn mit auf ihr Zimmer zu nehmen, um zu sehen, was er noch so draufhatte, ob er ihr Blut in Wallung bringen konnte, doch sie pfiff sich sofort wieder zurück. Er war natürlich verheiratet.

»Bist du verheiratet?«, entfuhr es ihr, und er schüttelte den Kopf.

»Geschieden, zweieinhalb Kinder.« Fuck. Das konnte sie also nicht als Ausrede verwenden. Sie hatte nicht die Hotelbar angesteuert, um Beute zu machen. Sie hatte bei diesem verfluchten Tageslicht einfach nicht einschlafen können. Trotz der Verdunklungsgardinen im Zimmer kroch die Sonne überallhin, und nachdem sie sich noch ein paarmal im Bett hin und her gewälzt hatte, beschloss sie, zwei bis drei Gläser Wein würden sie schläfrig genug machen, um dieses unerträgliche, endlose Tageslicht zu besiegen.

7

Papa sagt, in puncto Ernährung und Fitness gelten unterschiedliche Regeln für unterschiedliche Arten des Körperbaus. Elfenmädchen und Trollmädchen brauchen unterschiedliche Behandlung.

Er legt zwei Scheiben Toast auf Ísafolds Frühstücksteller und eine tüchtige Portion Speck auf meinen. Nach dem Frühstück geht Ísafold eine Runde laufen, und ich gehe mit Papa zum Krafttraining.

Mama hat sich beurlaubt von dem ganzen Training. Sie sagt, sie habe nicht vor, bei diesem Unsinn mitzumachen.

Eines Tages will Ísafold unbedingt zum Krafttraining mitkommen, und ich lache sie aus, während sie sich mit den Anfängergewichten abquält, aber Papa wirft mir einen strengen Blick zu, nimmt die Gewichte von ihrer Hantel und schwindelt ihr vor, ich hätte am Anfang auch mit einer Hantel ohne Gewichte trainiert. Ich will protestieren, doch er legt den Finger an die Lippen und nimmt mich beiseite.

Ísafold ist deine große Schwester, aber du bist die Stärkere, und deshalb musst du sie beschützen, anstatt sie zu demütigen, sagt er. Die Körperkraft verweist auf die innere Stärke, und davon hast du viel mehr als sie.

Ich vergleiche uns beide im Spiegel des Krafttrainingssaals. Wir stehen Seite an Seite, ich mit zweimal dreißig Kilo an den Hanteln und sie völlig ohne Gewichte, und ich habe das Gefühl, mich selbst wachsen zu sehen. Auf einmal bin ich einen Kopf größer als Ísafold, meine Oberschenkel stramm wie bei einem Pferd und die Arme vom Muskelspiel geformt. Sie dagegen schrumpft und sackt in sich zusammen, als ob sich unter ihrer weißen Haut nur Sehnen und Knochen befänden, die sie kaum aufrechthalten können.

Am Abend weint Ísafold, weil sie ein Kilo zugenommen hat, während ich mich über jedes zusätzliche Gramm freue. Muskeln sind schwer. Je mehr Muskeln, desto größer die Kraft.

8

FREITAG

Grímur schreckte hoch, als die Türklingel der Wohnung im Stockwerk über ihm schrillte. Die Wohnung von *denen*. Er stieg aus dem Bett und schlich vorsichtig zum Fenster, als befürchtete er, der da draußen, der die Klingel betätigt hatte, könnte ihn hören. Doch in dieser Hinsicht bestand keine Gefahr. Sein Fenster, das auf den Haupteingang des Wohnblocks hinausging, lag ein halbes Stockwerk höher, sodass es unwahrscheinlich war, dass seine Schritte auf der teppichbespannten Treppe durch die isolierte Außenwand und das doppelte Fensterglas nach draußen drangen. Doch es ging um etwas anderes als die Geräusche aus der Wohnung im oberen Stockwerk. *Ihre* Geräusche.

Die Frau, die draußen stand, ließ ihn für einen Moment zusammenzucken, denn sie sah Ísafold zum Verwechseln ähnlich, nur etwas blonder und größer, und er brauchte eine gewisse Zeit, bis ihm aufging, dass sie Ísafolds Schwester aus Großbritannien sein musste. Er erinnerte sich an sie. Als sie Ísafold einmal bei ihm abgeholt hatte. Auf dem Parkplatz stand ein Auto mit laufendem Motor, das die Frau da geparkt hatte, und auf der Windschutzscheibe klebte ein kleiner roter Aufkleber, der auf eine Autovermietung verwies. Das war zu erwarten gewesen. Früher oder später war das zu erwarten gewesen.

Grímur rührte sich nicht und beobachtete die Frau. Sie stand auf der Treppenstufe, drückte nochmals die Türklingel und trat von einem Fuß auf den anderen. Dann legte sie den Kopf in den Nacken und sah nach oben zum Dachfirst, und er trat schnell einen Schritt vom Fenster zurück und hatte trotzdem das Gefühl, als hätten sich ihre Blicke für einen Moment getroffen, war sich aber nicht sicher.

Er war kurz vorm Platzen, wollte aber warten, bis sie aufgeben und wegfahren würde, was er aber auch nicht konnte, also schoss er ins Bad und entleerte seine Blase mit einem geräuschvollen Strahl. Er wusch sich die Hände und spritzte sich dabei kaltes Wasser ins Gesicht, um endlich richtig aufzuwachen. Doch als er wieder seinen Posten am Fenster einnahm, das Handtuch noch in der Hand, stand da draußen der Araberidiot und unterhielt sich mit der Frau. Natürlich wollte er sich auch in diese Angelegenheit einmischen. Es schien, als gäbe es keinerlei Grenzen für den Jungen. Er wünschte, das Fenster hätte einen öffenbaren Flügel, damit er das Gespräch verfolgen könnte, aber der Körpersprache nach zu urteilen schien der Araberjunge zu sagen, dass er Ísafold nicht gesehen habe. Er schüttelte den Kopf und gestikulierte wild in alle Richtungen, so wie immer, wenn er sich in seiner hoffnungslosen Mischung aus Isländisch und Englisch auszudrücken versuchte, während die Frau vor ihm stand, ihn anschaute und nickte.

Grímur atmete auf, als die Frau in ihren Mietwagen stieg und vom Parkplatz des Wohnblocks fuhr. Er schluckte den Ärger hinunter, der in ihm brodelte, als er sah, dass der Araber sich einen Besen geschnappt und angefangen hatte, den Bürgersteig vor dem Eingang des Wohnblocks zu kehren. Es war nicht gelogen, dass er oft kein Ende finden konnte. Olga hatte ihn bestimmt schon hundertmal ermahnt, sich drinnen aufzuhalten, um kein Aufsehen zu erregen, doch der Trottel ließ sich ja nichts sagen. Dann war das eben so. Außerdem hatte sie Grímur gebeten, ein Auge auf ihn zu haben, wenn er sich draußen herumtrieb, doch Grímur hatte schon bald aufgegeben. Er würde für einen Erwachsenen nicht den Babysitter spielen. Der Junge würde irgendwann zur Kasse gebeten werden wie alle anderen auch.

Grímur spürte, wie sich seine Bartstoppeln nach der Nacht bemerkbar machten, doch er konnte sich nicht dazu durchringen, sich über das Gesicht zu streichen, um zu fühlen, wie ernst der Zustand war. Wahrscheinlich sprossen sie auch auf seinem Kopf und an den Beinen. Und der Brust. Und dem Sack. Und dann waren da die verdammten Augenbrauen.

Er eilte ins Bad und stellte die Dusche an. Dann nahm er eine neue Packung Einwegrasierer aus dem Schränkchen unter dem Waschbecken und nahm vier davon heraus. Vier reichten normalerweise. Er zog sich aus und stellte sich unter die Dusche. Das Wasser und die Wärme weichten die Haarwurzeln allmählich auf, wodurch die Rasur sanfter und präziser wurde, was die Stoppeln davon abhalten würde, noch vor dem Abend wieder hervorzusprießen. Er nahm die Flasche mit dem Rasierschaum, sprühte die Handfläche voll mit weißem, festem Schaum und massierte damit seinen Kopf. Er fing immer mit dem Kopf an, dann kam das Gesicht – erst die Augenbrauen, dann der Bart. Hier wechselte er die Rasierklinge und arbeitete sich den Körper entlang nach unten und schloss die Rasur mit den Füßen ab. Dann seifte er sich noch einmal ein, gefolgt von zwei Runden mit einem weiteren Einmalrasierer, um ganz sicher zu sein, dass auch kein einziges ekliges und bakterienbehaftetes Haar übrig geblieben war.

Grímur setzte sich an den Küchentisch und versuchte, seine Nerven zu beruhigen, die seinen Körper unter Spannung gesetzt hatten wie einen Bogen, der zum Abschießen gedehnt wird. Die Dusche und seine Rasur hatten es nicht vermocht, ihn zu beruhigen. In seinem Kopf klopfte die Frau, Ísafolds Schwester, so laut, als ob sie direkt vor der Eingangstür stünde und mit den Knöcheln gegen die Tür hämmerte. Das war zu erwarten gewesen. Es war zu erwarten gewesen, dass früher oder später jemand kam und nach Ísafold fragte.

9

Vor ihr in der Schlange am Info-Kiosk im Erdgeschoss des Landeskrankenhauses Fossvogur standen zwei Personen. Áróra stellte sich hinter die beiden und wartete, bis sie an der Reihe war. Sie war schon zweimal vorher hier gewesen, beide Male mit Ísafold. Es gab viel Andrang in der Eingangshalle, Leute, die kamen und gingen, Ärzte, Pflegepersonal, Patienten in weißer Krankenhauskleidung, die ihre Infusionen an rollenden Infusionsständern hinter sich herzogen und sich zu einer heimlichen Zigarette hinausschlichen, und dann gewöhnlich gekleidete Leute, die jemanden besuchten oder jemanden von den alten Leuten abholten, die entweder geduldig in ihrem Rollstuhl warteten oder sich zitternd auf ihren Rollator stützten.

Die Frau vor ihr wandte sich zum Gehen, und Áróra setzte an, ihr Anliegen vorzutragen, als sich ein junger Mann in einer grünen Regenjacke an ihr vorbeischob, sich auf die Theke lehnte und den Mann hinter der Glasscheibe ansprach. Überall sonst hätte sie mit einer strengen Bemerkung gekontert, doch hier machte sie sich nicht die Mühe. Typisch isländisches Verhalten eben. Die Männer drängelten sich im Straßenverkehr an einem vorbei, und die Frauen machten es genauso. Es war, als wäre der Gedanke, sich in einer Schlange anzustellen oder sich abzuwechseln, hier in diesem Land völlig fremd.

Als der Mann in der grünen Regenjacke fertig war, warf Áróra ihm einen bösen Blick zu, dann lehnte sie sich an die Glasscheibe und schenkte dem Klinikangestellten auf der anderen Seite ein gewinnendes Lächeln.

»Ich will meine Schwester besuchen, die hier in der Klinik behandelt wird, habe aber vergessen, auf welcher Station sie ist«, sagte Áróra. »Könntest du das für mich herausfinden?«

»Selbstverständlich«, sagte der Mann, und Áróra nannte Ísafolds Namen. Er tippte ihn ein und starrte auf den Bildschirm. »Ich kann sie leider nicht finden«, sagte er und zuckte mit den Schultern.

»Wirklich?« Áróra tat verblüfft. »Kannst du vielleicht noch mal genauer nachsehen?« Der Mann schüttelte den Kopf.

»Wir haben hier im Verzeichnis keine Ísafold.«

»Könnte es sein, dass sie unten im Hauptgebäude an der Hringbraut liegt?«

»Nein«, sagte der Mann. Das hier ist ein Gesamtverzeichnis für das ganze Krankenhaus, unabhängig vom Gebäude.«

»Komisch«, sagte Áróra. »Und was, wenn sie heute entlassen wurde oder gestern Abend? Kannst du vielleicht ein paar Tage zurückgehen und dort nachschauen?« Der Mann tippte etwas ein, schaute mit zusammengekniffenen Augen auf den Bildschirm und schüttelte noch einmal den Kopf.

»Nein«, sagte er. »Wir haben keine Ísafold hier im Patientenverzeichnis. Du musst schon selbst mit ihr Kontakt aufnehmen.«

Wenn das so einfach wäre, dachte Áróra, bedankte sich und trat hinaus in die kühle Sommerluft. Dann wusste sie es also. Ísafold lag jedenfalls nicht im Krankenhaus.

10

»Was machst du denn hier?«

Das war in etwa die Reaktion, die sie von Björn erwartet hatte, als sie in dem Handyladen auftauchte, in dem er eine Art Teilzeitjob hatte, ein Job, der offenbar nicht wichtig genug war, dass er dort telefonisch jederzeit erreichbar gewesen wäre. Man konnte nicht direkt sagen, dass es zwischen Björn und ihr besonders warmherzig zuging. Sie würde das hier so schnell wie möglich abhaken, wollte von ihm nur wissen, wie sie Ísafold erreichen konnte, und dann würde sie diese Information zu Hause bei ihrer Mutter abliefern – sei es eine neue Telefonnummer, ein neuer Arbeitsplatz oder ein neuer Kieferbruch, der dafür sorgte, dass man sie nicht erreichen konnte und sie sich nicht meldete. Áróra freute sich darauf, die Sache hinter sich zu bringen, dann könnte sie zurück ins Hotel fahren, sich etwas hinlegen und sich dann für den Abend schick machen, um mit dem Typen von gestern Abend essen zu gehen, wenn nicht gar die Nacht mit ihm zu verbringen, bis sie am Tag darauf die Mittagsmaschine nehmen und nach Hause fliegen würde.

»Das ist eine lange Geschichte«, sagte sie. »Meine Mutter schickt mich. Sie ist schon ganz hysterisch, weil sie Ísafold nicht erreichen kann. Ich wollte dich nur nach ihrer neuen Telefonnummer fragen oder irgendetwas anderem, um sie zu beruhigen. Auf die Türklingel bei euch zu Hause reagiert auch niemand, also vermutete ich, sie ist auf der Arbeit. Hat sie noch den Job in diesem Modeladen im *Kringlan*-Einkaufszentrum?

»Nein, da arbeitet sie schon lange nicht mehr.« Björn umfasste ihren Ellenbogen und bugsierte sie aus dem Laden hinaus auf den Bürgersteig. Die Sonne stand hoch am Himmel, es ging auf Mittag zu, doch Áróra wunderte sich jedes Mal, wenn sie ins Freie kam, darüber, wie kühl die Luft trotz der Sonne war. Das mildere Klima in Großbritannien war mehr nach ihrem Geschmack. Harte Winter, wie man sie auch in Schottland kannte, waren in Ordnung, wenn man dafür einen anständig heißen Sommer bekam, aber diese kalten isländischen Sommer waren so etwas wie ein Sinnbild der Hoffnungslosigkeit.

»Wo arbeitet sie denn jetzt?«

»Woher soll ich das wissen?«, antwortete Björn, nahm seine E-Zigarette heraus, steckte sie in den Mund und verschwand in einer Dampfwolke mit strengem Erdbeeraroma.

»Na ja, ihr lebt zusammen, da musst du doch wissen, wo sie arbeitet.« Áróra versuchte, die Ungeduld in ihrer Stimme zu zügeln, was ihr aber, Björns Gesichtsausdruck nach zu urteilen, nicht besonders gut gelang.

»Wir leben doch gar nicht mehr zusammen«, sagte er und verstaute die E-Zigarette wieder in der Tasche. »Ísafold hat mich verlassen. Ich nehme an, sie ist wieder zurück nach England.«

»Was?« Áróra starrte ihn mit offenem Mund an. Damit hatte sie nicht gerechnet. Ísafold, die Björn unendlich anbetete, ihn für den Besten, Größten und Wunderbarsten und alles, was er sagte und tat, für grandios hielt. Außer wenn er sie gerade geschlagen hatte. Dann weinte sie und wollte ihn verlassen. Aber das hielt meist nur so lange an, bis man sie in der Notaufnahme wieder zusammengenäht hatte. So jedenfalls war es die drei Mal gewesen, als Áróra nach Island gekommen war, nachdem Ísafold ins Telefon geschluchzt und gleichzeitig versucht hatte, sich vor Björn in Sicherheit zu bringen.

»Ja«, sagte Björn, und ein Anflug von Verachtung zeigte sich in seinem Gesicht, etwas, das sie schon immer schlecht ertragen konnte. »Und das solltest du wissen, wenn du eine anständige Schwester wärst.«

Er kehrte auf dem Absatz um und verschwand in seinem Handyladen. Áróra blieb stehen und betrachtete einen gelben Löwenzahn, der seinen Weg durch einen Riss im Asphalt gefunden hatte und zart wehte, als ob ihn das kalte Lüftchen zum Zittern brächte.

Es musste etwas Schwerwiegendes passiert sein, wenn Ísafold beschlossen hatte, zurück nach England zu gehen. Sie hatte sich dort nie wohlgefühlt, und Island war in den letzten Jahren mehr oder weniger ihr Zuhause geworden. Sie hatte den größten Teil ihres Erwachsenenlebens über weitreichende Versuche unternommen, sich in Island anzusiedeln, hatte auf dem Land in einer Fischfabrik gearbeitet, Unterkunft inklusive, und ein Jahr lang verschiedene Gehöfte geleitet. Meistens jedoch war sie innerhalb weniger Monate wieder in Newcastle aufgetaucht, wo sie sich sofort daranmachte, die nächste Islandreise zu organisieren. Ihre unzähligen Versuche, in diesem kalten Land Fuß zu fassen, waren nicht von Erfolg gekrönt gewesen, als ob das Land sie wieder ausgespuckt, ihr die Anwesenheit verweigert hätte. Bis sie Björn kennenlernte. Doch ganz gleich, ob Ísafold in England oder noch in Island war, es war seltsam, dass sie sich nicht bei ihrer Mutter meldete. Es musste irgendetwas geben, das sie ihr nicht zu erzählen wagte. Vielleicht wusste sie nicht, wie sie formulieren sollte, dass sie sich von Björn getrennt hatte. Vielleicht wollte sie nicht das *Hab ich's doch gesagt* ihrer Mutter hören. Aber vielleicht war es auch etwas anderes, das Ísafold geheim hielt. Vielleicht hatte er sie grün und blau geschlagen, und sie wollte nicht, dass jemand das sah, denn sie wusste, dass ihre Mutter Áróra bitten würde, nach Island zu reisen, um sich um ihre Schwester zu kümmern. Und Ísafold wusste, dass Áróra die Schnauze voll hatte. Doch es war nun einmal so, wie Björn es formuliert hatte: Áróra wüsste das alles, wenn sie sich näherstünden. Wenn sie eine richtige Schwester wäre.

11

Olga seufzte, als sie aus dem Auto stieg und sah, dass nicht nur der Bürgersteig vor dem Haus vom Löwenzahn befreit war, vielmehr war auch der Parkplatz so sauber gekehrt, dass man kein einziges Sandkorn entdecken konnte. Der mit Rauputz überzogene Wohnblock war vielleicht nicht der schönste im ganzen Viertel, aber Hof und Garten waren denen der Nachbarn um einiges voraus. Und das war Ómar zu verdanken. Er schlich sich ständig hinaus ins Freie, obwohl sie ihm schon unzählige Male eingeschärft hatte, er solle drinnen im Haus bleiben, um nicht zu viel Aufsehen zu erregen.

»Aber ich will dir helfen«, sagte er immer. »So, wie du mir hilfst.« Es war ganz gleich, wie oft sie ihm erklärte, er brauche für Kost und Logis nicht zu arbeiten. Es sei ihr eine Freude gewesen, ihn bei sich aufzunehmen. In Wahrheit sei es sogar ihre Pflicht als Mensch, einem Geflüchteten Obdach zu gewähren. Ihm Schutz und Beistand vor Bedrohungen zu bieten. Trotzdem lag er ihr stetig in den Ohren damit, dass er ihr helfen wolle, dass er ihr das Leben erleichtern wolle.

Und um genau zu sein, setzte er das auch in die Tat um. Ihre Ausgaben für Lebensmittel waren nicht gestiegen, obwohl ein weiterer Esser mit am Tisch saß. Abends kochte er für sie beide und verwendete so wenige Zutaten, dass sie oft verblüfft war, dass er daraus etwas zauberte, das man Mahlzeit nennen konnte. Er verrührte eine Dose Erbsen mit einer Dose Kokosmilch, fügte einen Suppenwürfel und drei Kardamomkapseln hinzu und kochte daraus einen Eintopf, den sie mit Reis aßen und von dem sie zwei Abende hintereinander satt wurden. Sie hatte bisher nie darüber nachgedacht, wie viel man sparen konnte, wenn man darauf verzichtete, zu jeder Mahlzeit Fleisch oder Fisch zu essen. Und die Reste verwertete er auch. Selbst wenn nicht mehr als ein guter Esslöffel von etwas übrig war, kleckste er es auf ein Tellerchen und stellte es in den Kühlschrank, um es aufgewärmt am nächsten Tag wieder auf den Tisch zu stellen.

Olga drehte den Schlüssel im Schloss herum, und ein starker Geruch nach Putzmitteln schlug ihr entgegen. Es gab nämlich eins, woran er niemals sparte, und das waren Reinigungsmittel jeder Art. Wahrscheinlich waren Menschen aus heißen Ländern, in denen es von Insekten und Bakterien nur so wimmelte, mit gründlichen Desinfektionsmaßnahmen eher vertraut als die Leute hierzulande.

»Ich habe geputzt!«, rief er fröhlich, während sie die Tür hinter sich schloss.

»Das sehe ich, Ómar«, sagte sie. »Du bist wirklich ein Tausendsassa.« Sie hatte erwogen, ihn zu fragen, ob er den Parkplatz gekehrt habe, doch das erübrigte sich. Er öffnete die Tür und kam ihr im Flur mit schuldbewusster Miene entgegen.

»Ich war nur kurz draußen und habe gekehrt«, sagte er. »Überall um das Haus war furchtbar viel Staub und Dreck.«

»Du weißt, wie gefährlich das ist, lieber Ómar«, ermahnte sie ihn. »Da braucht nur irgendein Nachbar zu bemerken, dass du nicht bei mir auf dem Klingelschild stehst, obwohl du hier wohnst, und zwei und zwei zusammenzuzählen …«

»Ich weiß, ich weiß!«, sagte er und gestikulierte, wie so oft, ausdrucksvoll herum. »Aber draußen schien die Sonne, und es war so, so, so gutes Wetter. Es war so schön, ein bisschen Sonne auf meine Haut zu bekommen.« Olga lächelte über seine drolligen Formulierungen. Natürlich, es war sicher schwierig für einen dunkelhäutigen Mann, fast nie in der Sonne zu sein. Leute wie er brauchten gewiss mehr Sonne als Weiße, das lag auf der Hand, wenn sie genauer darüber nachdachte. Und dann tat es ihr unendlich leid, dass er den allergrößten Teil seiner Zeit mit einer alten Frau wie ihr hier in der Wohnung hocken musste. Er hatte so viel Energie und sehnte sich nach Bewegung und Leben, und alles, was sie ihm zur Abwechslung anbieten konnte, waren Fernsehen, Stricken und Kartenspielen.

12

Áróra fand ihn wirklich süß. Vielleicht sogar etwas zu süß, wenn das möglich war. Das jungenhafte Gesicht war glattrasiert, und er duftete nach diesem speziellen Aftershave, das sie nicht kannte, doch das in ihr die Sehnsucht entflammte, ihr Gesicht an seinen Hals zu schmiegen und tief einzuatmen. Sie war unsicher gewesen, ob sie zu dem Date erscheinen sollte oder nicht, und war ein paarmal an diesem Tag drauf und dran gewesen, ihm eine SMS zu schicken und abzusagen. Doch als er etwas schüchtern im Restaurant an ihrem Tisch stand, war sie froh, dass sie Nägel mit Köpfen gemacht hatte. Er schien sich so aufrichtig über das Treffen zu freuen, dass seine Augen leuchteten, und er wirkte sogar ein bisschen nervös, als er sie fragte, was sie als Aperitif wünsche.

Jetzt, nachdem sie ihr Fünf-Gänge-Fischmenü hinter sich hatten und bei Kaffee und Cognac angekommen waren, merkte Áróra, dass sie ziemlich beschwipst war, während sie anfing, ihm von ihrer Schwester und ihrer Beziehung zueinander zu erzählen. Oder, besser gesagt, von der nicht vorhandenen Beziehung. Und dann erzählte sie die Geschichte, wie die Mutter ihres Schwagers Björn ihr fast die Tür vor der Nase zugeschlagen hatte, als sie am Mittag bei ihr vorbeigefahren war, um nach Ísafold zu fragen. Die alte Frau schien zu brodeln vor Wut.

»*Sie* hat schließlich *ihn* verlassen!«, hatte sie gezischt, als wäre Áróra für die Hinterhältigkeiten ihrer Schwester verantwortlich. »Dass sie zurück nach England wollte, ist nachvollziehbar, aber dass sie ihn einfach so ohne irgendeine Erklärung hat sitzen lassen, das war einfach gemein. Mein Björn ist seitdem völlig neben der Spur!« Áróra trank ihren Kaffee aus, schob aber ihren Cognac beiseite. »Das ist kein besonders unterhaltsames Gesprächsthema«, entschuldigte sie sich, doch Hákon legte seine Hand auf ihre.

»Doch«, sagte er. »Natürlich ist es schade, kein gutes Verhältnis zu seiner Familie zu haben, aber ich höre dir gerne zu, wenn du redest. Ich finde deinen Akzent süß.«

»Hör bloß auf«, sagte sie lachend und knuffte ihn gegen die Schulter, und irgendwie küssten sie sich auf einmal quer über den Tisch, was damit endete, dass er hastig die Rechnung kommen ließ und sie Hand in Hand hinüber ins Hotel eilten. Es war kurz vor drei Uhr nachts, als Áróra aus dem Bett hochschreckte, weil Hákon aufstand und ins Bad ging. Im Zimmer war es taghell, und draußen vor dem Fenster zwitscherten die Vögel aus vollem Hals, es hätte genauso gut schon Morgen sein können.

»Kannst du mir etwas Wasser bringen?«, rief sie und hörte, wie Hákon den Wasserhahn aufdrehte; einen Augenblick später brachte er ihr ein Glas kaltes Wasser.

»Willst du noch irgendwas anderes?«, fragte er. »Ich kann den Zimmerservice rufen und bestellen, was immer du willst. Etwas, worauf du Lust hast. Die beschaffen dir einfach alles.«

»Du bist ein Gentleman«, sagte sie und streichelte seinen Rücken, während er sich auf die Bettkante setzte. »Und woher willst du wissen, dass sie hier alles beschaffen können?« Übernachtest du regelmäßig hier?«

»Na ja, eigentlich wohne ich hier. Ich habe mich vor zwei Jahren scheiden lassen und ja ...« Er sprach den Satz nicht zu Ende und machte ein verlegenes Gesicht. Áróra schaute sich um. In diesem Zimmer lag, verglichen mit gewöhnlichen Hotelzimmern, erstaunlich viel Kram herum. Stapelweise Bücher, ein Schrank bis oben voll mit Kleidung und auf dem Schreibtisch alles Mögliche. Das hier war mehr, als sich in einem oder zwei Koffern verstauen ließ.

»Moment, war das eine schwierige Scheidung?«

Er lachte verlegen und schüttelte den Kopf. »Nein, nein. Oder, na ja, doch. Aber das ist nicht der Grund. Ich wohne hier, weil mir das Hotel gehört, ganz einfach.«

»Gehört? Dir *gehört* also das Hotel?«

»Ähm, ja.« Das Ja klang beinahe wie eine Frage, und er sah Áróra in die Augen, wie um zu erfahren, was sie über all das dachte. Sie schaffte es nicht, ihre Gedanken zu ordnen, bevor er aufstand und noch einmal ins Bad hinüberging. Sie hörte wieder das Wasser plätschern, und dann stand er plötzlich in der Badezimmertür, nackt, und leerte langsam das Wasserglas, als wartete er darauf, dass sie etwas sagte. Sie musterte ihn genau und wunderte sich, dass seine Augen nicht mehr leuchteten, stattdessen wirkte er schüchtern, und da ging ihr allmählich ein Licht auf. Ihr Blick blieb an seinem Bein hängen, wo sich der rote Abdruck einer Fußfessel abzeichnete, die man offensichtlich erst kürzlich entfernt hatte.

»Hákon«, sagte sie langsam. »Wie ist dein Vatersname?«

13

Grímur war nicht direkt bewusst gewesen, dass er innerlich bereit war, doch als er Björn, seinen Nachbarn aus dem Stockwerk über ihm, durch die Glasscheibe eines Restaurants in der Innenstadt sah, da nahm sein Plan Gestalt an und brach mit voller Kraft aus ihm hervor. Dort nämlich saß Björn mit einer anderen Frau, und Grímur blieb stehen und blickte ein paar Sekunden nach drinnen, bis sie sich tief in die Augen sahen und die Gläser erhoben, um sich zuzuprosten. Das rötlich-goldene Licht im Restaurant war warm, einladend und romantisch, während er draußen im kaltblauen Abendlicht stand und im kühlen Nordwind fröstelte. Drei Wochen. Viel Zeit hatte er sich nicht genommen, um sich eine Neue zu suchen. Drei verdammte Wochen, mehr nicht.

Grímur musterte die Frau. Sie war dunkelhaarig, genau wie Ísafold, aber mit einem breiteren Gesicht und deutlich fröhlicher. Anfangs war auch Ísafold ziemlich gut gelaunt gewesen, als sie gerade erst in den Wohnblock eingezogen war und Grímur sie hin und wieder im Treppenhaus traf. Doch mit der Zeit verschwand die gute Laune, und sie konnte ihre Verzweiflung nicht mehr mit dem eingefrorenen Lächeln vertuschen, das sie aufsetzte, um anderen das Gegenteil vorzuspiegeln.

Für einen Moment erwog Grímur hineinzugehen, sich ein

Bier und eine Kleinigkeit zu bestellen und sich in die Nähe der beiden zu setzen, um mitzuhören, über was sie redeten. Um zu hören, wie Björn seinen Einstieg inszenierte. Welches Bild von sich er der Frau verkaufte, wie er sie einwickelte. Wie er sie in sich verliebt machte. Wer weiß, vielleicht konnte er sogar noch ein paar taktische Kniffe von ihm lernen, das könnte sicher nicht schaden, denn er selbst war in Sachen Frauen nicht besonders erfolgreich. Aber dann verwarf er diese Idee wieder. Es wäre zu peinlich, wenn Björn ihn erkannte. Und natürlich war er leicht zu erkennen, so wie er jetzt aussah. Er bemerkte genau, wie die Leute ihn anstarrten und ihn seltsam fanden, so ganz ohne Augenbrauen. Und außerdem brauchte er sowieso nicht mitzukriegen, was sie sagten, er sah genau, dass Björn sich vor der Frau in Szene setzte und dass sie zweifellos von ihm beeindruckt war. Sie sah ihn mit großen Augen an, lachte und lächelte abwechselnd, fuhr sich immer wieder durchs Haar, um es aus dem Gesicht zu streichen, und Grímur war sich sicher, dass er mit einer besseren Sicht durch das Fenster gesehen hätte, wie sich ihre Füße unter dem Tisch berührten.

Er zog den Reißverschluss seiner Windjacke bis ganz nach oben und ging los. Bis der Bus kam, waren es immer noch zehn Minuten, und er hatte seinen Spaziergang durch die Innenstadt beendet, den er sich für nach dem Kino vorgenommen hatte. Björn mit einer neuen Frau dort zu sehen, hatte ihm den Spaß an seiner Runde verdorben, und jetzt sehnte er sich einfach nur nach seinem Zuhause und einer gründlichen Ganzkörperrasur. Für gewöhnlich genoss er es, zu beobachten, wie das Wochenende spät abends in Gang kam, wenn die Restaurants ihre Türen schlossen und die Bars und Clubs die Anlaufstellen waren für alle, die weiterfeiern wollten, und man hörte die Erwartung, die im Lachen und Rufen derjenigen mitklang, die auf den Straßen unterwegs waren. Aber jetzt war dieses Erlebnis verdorben, und in seinem Kopf wartete der fertig ausgearbeitete Plan, so einfach und doch so gefährlich. Immerhin war er froh, überhaupt einen Plan zu haben, eine Richtung, doch zugleich brodelte er vor Wut, und da, wo er am Fußgängerüberweg in der Lækjargata stand und auf Grün wartete, um zur Bushaltestelle gegenüber zu kommen, sah er Björn vor sich, wie er die Dunkelhaarige anlächelte und der blutrote Wein in den feinen Gläsern schwappte, wenn sie sich zuprosteten. Es brauchte nicht besonders viel schiefzugehen, bis eines der Gläser zerbrechen würde und der Wein sich spritzend über das weiße Tischtuch ergoss, dunkelrot wie Blut.

14

Hákon Hauksson. Bei dem Namen klingelte etwas. Áróra wusste, dass er irgendein isländischer Millionär war, der etwas ausgefressen hatte, aber sie kam nicht darauf, was. Und jetzt ärgerte sie sich, dass sie sich nicht regelmäßiger mit den isländischen Medien befasst hatte. Er war ein Verbrecher, so viel war klar, schließlich hatte er eine Fußfessel getragen, doch sie konnte sich nicht erinnern, was für ein Verbrechen er begangen hatte, also stand sie auf und verabschiedete sich. Sie hatte nicht vor, neben einem Mörder oder Vergewaltiger im Bett herumzuliegen.

Nun eilte sie den Hotelflur entlang in Richtung Aufzug, mit nackten Beinen und Füßen unter ihrem Kleid, ihrer Umhängetasche über der Schulter, Jacke, Strumpfhose und BH zusammengeknüllt unter dem Arm und ihren Schuhen in der anderen Hand. Es war mitten in der Nacht, und sie hoffte, unbemerkt in ihr eigenes Zimmer zu kommen, doch diese Hoffnung zerplatzte, als sie den Aufzug betrat. Darin stand ein Mann, der sie lallend fragte, in welches Stockwerk sie wolle. Sie sagte: »Das erste«, und der Mann drückte den Knopf. Der Aufzug hatte sich kaum in Bewegung gesetzt, als er auf den Stopp-Knopf drückte, sodass er zwischen den Stockwerken stehen blieb.

»Entschuldigung!«, sagte sie scharf, in einem Ton, der Bestimmtheit und Empörung ausdrücken und den Mann dazu bringen sollte, seinen Fehltritt rückgängig zu machen, doch zugleich hörte sie, wie dünn und piepsig ihre Stimme klang. Hörte die Angst, die unwillkürlich und blitzartig hervorbrach.

»*How much?*«, fragte der Mann, doch sie erkannte an seinem Akzent, dass er Isländer war. Sein alkoholtrüber Blick irrte an ihrem Körper hinunter, wobei er leicht hin und her schwankte. Er trug eine Jeans und darüber einen Blazer, das blau karierte Hemd war am Hals aufgeknöpft, wo seine Sommersprossen, die das Gesicht bedeckten, ihren Ursprung zu haben schienen. Er hatte ein breites Kinn und eine flache Nase, wodurch er, zumal mit dem viereckigen Brillengestell, irgendwie kastenförmig wirkte. Ein stämmiger, kastenförmiger Typ. Ein Typ, aus dessen Griff sie sich nicht würde befreien können, wenn er sie umklammern würde.

Áróra drückte ihr Kleiderbündel fest an sich und überlegte, wie sie an die Aufzugknöpfe gelangen könnte, um den roten, wahrscheinlich eine Art Notruf, zu drücken, ohne dem Mann zu nahe zu kommen.

»Schalt den Aufzug wieder ein, oder ich schreie«, zischte Áróra. »Und zwar sofort!« Der Mann machte einen Schritt auf sie zu und begann, an seinem Gürtel herumzufummeln, war aber zum Glück viel zu besoffen, um ihn schnell öffnen zu können.

»Ich bin so verfickt geil«, lallte er, und Áróra wurde von einem Anfall von Klaustrophobie erfasst und sah rot. Sie hob ein Bein, sodass das Knie auf Höhe ihres Bauchs war, und dann legte sie all ihre Kraft hinein, als sie ihre Ferse auf den Fußrücken des Mannes niederdonnern ließ. Es fühlte sich an, als hätte sie mit ihrer Ferse etwas zermalmt, und seinem Wimmern nach zu urteilen, war er fast ohnmächtig vor Schmerz, während er auf dem Aufzugboden zusammensackte. Áróra hechtete auf die Seite mit den Knöpfen und setzte den Aufzug wieder in Gang.

»Ist das mein verdammtes Problem, dass du so geil bist?«, brüllte sie, und im selben Moment öffnete sich die Aufzugtür, und sie sprang hinaus, bog in den Flur ein und steuerte auf ihr Zimmer zu. Sie drehte sich nicht um, bis sie ihre Zimmertür erreichte, und fing an, in ihrer Tasche nach der Schlüsselkarte zu kramen, doch zu ihrer Erleichterung blieb der Flur leer, und der Mann war nirgends zu sehen.

15

Áróra lehnte sich mit dem Rücken gegen die Zimmertür und keuchte in schnellen, abgehackten Zügen, während sie wartete. Sie wusste nicht genau, worauf sie wartete, entweder darauf, dass der Mann aus dem Aufzug sie verfolgte und versuchte, in ihr Zimmer zu kommen, oder aber auf irgendeine Bestätigung, dass sie allein und in Sicherheit war.

Als ihr Atem sich beruhigt hatte, hängte sie das Kettenschloss vor die Tür, nahm dann eins der beiden Nachtschränkchen und stellte es von innen dagegen. Nicht, dass das irgendetwas ausrichten würde, wenn jemand sich vornähme, die Tür aufzubrechen, aber irgendwie verschaffte es ihr eine Art Sicherheitsgefühl. Nach diesen Umbauten fühlte sie sich besser, und sie bedankte sich im Stillen bei sich selbst, dass sie nicht gezögert hatte, dem Mann den Knöchel zu brechen. Zögern war dasselbe wie Aufgeben. Auf ein höfliches ›Nein‹ hätte dieser Mann erst gar nicht reagiert.

Sie ging ins Bad und drehte die Dusche auf, und während das Wasser an ihr herunterlief, musste sie über sich selbst und ihre Panikattacke grinsen. Morgen würde sie darüber lachen, dass sie das Nachtschränkchen vor die Tür gerückt hatte. Gewaltanwendung steigerte das Selbstwertgefühl. Nicht, dass sie sich für gewalttätig hielt, sie würde niemals jemanden schlagen außer in Notwehr, doch wenn sie wirklich dazu gezwungen war, dann sparte sie nicht mit ihren Kräften. Ein harter Schlag an eine empfindliche Stelle konnte entscheiden, ob jemand zum Opfer wurde oder nicht.

Unter der Dusche atmete sie den Schwefelgeruch des Wassers ein, und zu ihrem Erstaunen ging er ihr diesmal nicht auf die Nerven. Sie hörte die Stimme ihres Vaters, die sagte: »An den Geruch gewöhnt man sich nach zwei, drei Tagen«, und obwohl sie mit dem Ziel nach Island gekommen war, so schnell wie irgend möglich wieder abzureisen, sah sie sich plötzlich doch länger bleiben, bis sie den Schwefelmief nicht mehr wahrnahm. Jedenfalls bis sie herausgefunden hatte, wo Ísafold sich aufhielt. Ein übergriffiger Kerl im Aufzug würde daran nichts ändern. Sie trocknete sich ab, dann warf sie sich aufs Bett und kroch unter die Bettdecke.

Sie war noch zu unruhig, um einschlafen zu können. Jedes Mal, wenn ihre logischen Gedanken in eine spielerische Unrast des Halbschlafs glitten, spürte sie, wie sich das Unbehagen darüber, dass sie Ísafold nicht finden konnte, in ihr einnistete, oder aber sie schreckte hoch, als sie das kastenförmige Gesicht des Mannes im Aufzug plötzlich zum Greifen nah vor Augen hatte. Das hatte nichts zu bedeuten. Sie stand auf und schaltete die kleine Kaffeemaschine an, die zur Einrichtung gehörte, und öffnete ihren Laptop. Sie brauchte jetzt einen Kaffee, um den letzten Rest Alkohol aus dem Blut zu spülen, und die Sonne, die sich nun durchs Fenster hineinstahl, obwohl es nicht einmal vier Uhr war, verhinderte sowieso, dass sie noch mal einschlafen konnte. Sie legte eine dieser Einweg-Aluminiumkapseln in die Maschine und überlegte, wie umweltfreundlich das eigentlich war. Sie entschied sich für die schwarze Kapsel, das war sicher der Stärkste.

16

In der Onlineversion des Wirtschaftsmagazins *Viðskiptablaðið* fand Áróra Antworten auf ihre Fragen nach Hákon Hauksson. Einem ausführlichen Kommentar zufolge hatte er eine Apothekenkette geerbt. Sein Vater war selbst Apotheker gewesen, hatte mit einer Niederlassung klein angefangen und daraus ein Pharma-Imperium errichtet, das dem Sohn unmittelbar nach seinem Schulabschluss den beruflichen Einstieg ermöglichte. So hatte Hákon schon in jungen Jahren die Zügel des Unternehmens in die Hand genommen und offenkundig für ein rasantes Wachstum gesorgt, und so war der Börsengang nur eine Frage der Zeit gewesen. Anfangs stiegen die Aktien steil an, denn die isländischen Rentenfonds waren seit der Bankenkrise fest hinter ihrer Währungsmauer eingeschlossen und deswegen gezwungen, in isländische Unternehmen zu investieren. Doch infolge ungünstiger Jahresabschlussrechnungen rutschten die Aktien in den Keller, und dann wurde es kompliziert. Die wochenlange Talfahrt schien Hákon in tiefe Verzweiflung gestürzt zu haben. Er nahm bei einer deutschen Bank einen hohen Kredit auf, mit dem er verschiedene Betriebe im Ausland finanzierte. Modeboutiquen, kleine Apotheken, Druckereien, Werbeagenturen und weitere Geschäfte verschiedenster Art, doch nach dem, was der Kommentar berichtete, hatte er bei keinem dieser Betriebe vor, das Unternehmen selbst zu führen, stattdessen dienten sie ihm als Bürgschaft für weitere Kredite, mit denen er dann zu Hause in Island wiederum Anteile seiner Apothekenkette aufkaufte, um den Wert der Aktien zu steigern. Doch letzten Endes fiel das Ganze wie ein Kartenhaus in sich zusammen, und Hákon blieb zurück, mittellos, bis über beide Ohren verschuldet und verurteilt zu einer Haftstrafe wegen Marktmanipulation.

Im isländischen Wirtschaftsleben war es ziemlich üblich, sich auf dem Finanzsektor zu verzocken, zu waghalsig zu investieren, sich zu schnell zu vergrößern. Und in ihrer Verzweiflung griffen viele zu Maßnahmen, die nicht unbedingt legal waren. Hákon war nicht der Einzige. Aber jetzt besaß er auf einmal ein Hotel. Eins der elegantesten Häuser in Reykjavík. Das war sonderbar. Eigentlich mehr als sonderbar.

Sie googelte seinen Namen und sammelte alle Informationen, die sie über ihn finden konnte. Dann öffnete sie das Onlinekonto bei ihrer isländischen Bank, über das sie ins Einwohnerregister und dort zu seiner Personenkennnummer gelangte. Ins Firmenverzeichnis des Finanzamts zu kommen war noch einfacher. Sie öffnete das Europaportal zum Firmenverzeichnis, das sie, um Zeit zu sparen, eigens hatte anfertigen lassen, und als alle diese Werkzeuge auf ihrem Bildschirm zur Verwendung bereit waren, stand sie schließlich auf und legte noch eine schwarze Aluminiumkapsel in die Kaffeemaschine. Vor ihr lagen mehrere Stunden, in denen sie die Informationen, die das Netz bereithielt, untersuchen würde, und sie hatte das Gefühl, sie würde beim Durchgehen von Hákons Anteilen an Gesellschaften und Unternehmen auf einige interessante Tatsachen stoßen.

Alle Finanzhaie von Hákons Kaliber hatten zahllose Holdinggesellschaften, und diese Holdinggesellschaften hatten wiederum Holdinggesellschaften. Es war, als ob diese Männer an einer Art sportlichem Wettkampf teilnahmen, mit dem Ziel, Verwicklungen herzustellen, die es den Behörden und Gläubigern erschwerten, ihnen auf die Spur zu kommen. Aber so was war für Áróra ein Heimspiel. Sie hatte bisher fast jeden Knoten entwirrt, und damit nicht genug, es machte ihr sogar Spaß. Es war weniger die Arbeit selbst – die endlosen Stunden vor dem Computer und die Jagd nach den losen Enden –, die ihr so gut gefiel, sondern die Verheißung. Denn irgendwo am Ende der Verworrenheit, wenn alles mit unzähligen Abschweifungen und Umwegen geklärt worden war, wartete der Topf mit Gold. Der Schatz in Form von Immobilien, Diamanten, Aktien oder ganz einfach knallhartem Cash.

Und diese Schatzsuche hatte sie zu ihrem Beruf gemacht. Meistens behauptete sie, sie sei Steuerberaterin, in erster Linie, um sich selbst das Leben zu erleichtern. Die Leute hatten eine begrenzte Fähigkeit, zu verstehen, worin ihre Arbeit eigentlich bestand, denn die Welt der Steueroasen und Finanzbetrügereien war den meisten fremd, sodass es im Allgemeinen lange Erklärungen kostete, um den Leuten begreiflich zu machen, dass sie als *Finanzermittlerin* oder Privatdetektivin tätig war, mit anderen Worten als eine Art Finanzspürhund. Aber insgeheim erlebte sie ihren Job immer noch als Schatzsuche. Da gab es eine Ähnlichkeit, denn noch immer kamen Leute auf die Idee, ihr Geld in der Karibik zu verstecken, und genau wie früher die Seeräuber machte es auch die neuzeitlichen Diebe oft krankhaft nervös, dass irgendjemand ihr Geld aufspüren könnte, weshalb sie bei ihrer Suche auf verschiedenste Hindernisse und Gefahren stieß.

Doch zum Schluss, wenn sie den verborgenen Schatz gefunden und ihn dem rechtmäßigen Eigentümer übergeben hatte – meist die Steuerbehörden oder eine Konkursmasse –, dann feierte sie sich selbst, indem sie ihren Anteil, ihre Provision einkassierte und mit den Scheinen nach Hause fuhr, das Geld auf ihrem Bett ausbreitete und sich genüsslich darin wälzte. Von dieser Angewohnheit wusste niemand. Sie war ihr kleines Geheimnis. Nichts war schöner, als sich buchstäblich im Geld zu wälzen.

Áróra nahm den letzten Schluck aus der Kaffeetasse und rieb sich die Augen. Wenn ihr Bauchgefühl stimmte und Hákon Hauksson irgendwo einen Schatz vergraben hatte und sie ihn aufspürte, dann würde sie ihre Provision in isländischen Kronen verlangen. In isländischem Geld hatte sie sich noch nie gewälzt.

17

Olga wachte auf, als sie den Jungen weinen hörte. Sie setzte sich auf, stellte die Füße auf den Boden und saß für einen Moment mit gespitzten Ohren auf der Bettkante. Das Weinen kam nicht aus seinem Zimmer, also war er wahrscheinlich wieder hinüber ins Bad gekrochen. Sie hievte sich mühsam auf die Beine und blieb stehen, bis der Schmerz in der Hüfte nachließ. In letzter Zeit war sie direkt nach dem Aufstehen immer so steif, dass sie am Anfang des Tages schnelle Bewegungen vermeiden musste. Sie sah auf die Uhr, eigentlich war es noch gar nicht Tag, obwohl einem das Licht, das zwischen den Gardinen hindurchsickerte, etwas anderes vortäuschte. Es war kurz nach vier. Sie wunderte sich. Jedes Mal, wenn ihn diese Albträume quälten, war es zwischen drei und vier Uhr nachts.

Sie stützte sich an der Wand ab, ging daran entlang bis auf den Flur und von da in Richtung Bad. Sie schaute durch den Türspalt. Richtig, so war es, er lag in Embryonalstellung auf dem Badewannenvorleger, fest in seine Bettdecke gewickelt, und weinte sein verzweifeltes Weinen, das Olga immer tief ins Herz schnitt.

»Ómar, mein Lieber«, sagte sie leise. »Du hast nur schlecht geträumt.« Er murmelte sich undeutlich weiter durch seinen Traum, sodass sie näher kommen und seine Schulter berühren konnte. »Ómar, mein Lieber.« Er fuhr erschrocken hoch, gestikulierte wild in der Luft herum, kroch auf den Knien rückwärts, bis er nicht mehr weiterkam und sein Rücken sich gegen die Badewanne stemmte.

»Da ist Blut!«, flüsterte er und starrte verzweifelt in die Luft, »so viel Blut!«

»Sch, sch, sch, nein«, sagte sie tröstend. »Hier ist kein Blut. Hier bei uns ist alles ruhig und friedlich, Ómar. Du weißt doch, wo du bist? Du bist im Engihjalli in Kópavogur bei mir, und hier ist kein Krieg, das weißt du doch? Ruhig und friedlich und alles in Ordnung.«

»Alles in Ordnung«, echote er, und jetzt schien die Wachheit in seinen Augen angekommen zu sein, und er sah sie mit dieser merkwürdigen Mischung aus Staunen und Zweifel an, die bei ihm meist auf den Halbschlaf folgte.

»Ja, mein Lieber, alles in Ordnung«, sagte sie und streckte ihre Hand nach ihm aus. Er ergriff sie, folgsam wie ein Kind, und sie führte ihn hinaus auf den Flur und in sein Zimmer, wo er sich, mit der Bettdecke fest um sich geschlungen, aufs Bett legte. Sie setzte sich auf den Schreibtischstuhl und rollte näher an das Bett, sodass sie mit ihrer ausgestreckten Hand seinen Kopf erreichte und ihm durch das Haar streichen konnte, während er sich allmählich beruhigte und das Schluchzen nachließ. Das alles weckte in ihr sonderbare Gefühle, denn in eben diesem Zimmer hatte sie so oft mir ihrem eigenen Jungen gesessen und ihn mit Geschichten und Liedern in den Schlaf gewiegt, und obwohl ihr Jonni schon lange aufgehört hatte, sie zu Hause zu besuchen, als er starb, hatte sie noch immer das Gefühl, als hätte sie sich hier von ihm verabschiedet, auf diesem Schreibtischstuhl, den er zur Konfirmation bekommen hatte, während sie seine blonden, weichen Locken streichelte.

Ómars Haar war rau und stand borstig von seinem Kopf ab, und es war so schwarz, dass es fast blau wirkte, wenn ein Sonnenstrahl durchs Wohnzimmerfenster darauf fiel. Und doch wurde ihr von diesem dunklen Wust immer so warm ums Herz wie an dem Tag, als ihr Junge geboren wurde, und bis zu dem Tag vor zwei Jahren, an dem er gestorben war. Ómar hatte sie wieder zum Leben erweckt. Hatte sie von ihrer Taubheit befreit und neue Lebenslust in ihr entfacht, auch wenn es nur darum ging, ihm zu helfen. Und so hatte nicht nur sie ihm Unterkunft und Obhut gespendet – er hatte ihr nicht weniger geholfen.

18

Ísafold kratzt am Fenster zu meinem Zimmer. Irgendwie hat sie es geschafft, hinter dem Haus in den Garten zu klettern, obwohl sie kaum aufrecht stehen kann und fast kein Wort herausbringt.

Am Nachmittag ist sie mit ein paar Freunden runter zum Strand, dann hat sie Mama angerufen und gesagt, sie werde bei Abby übernachten. Aber als ich den Schlüssel zur Hintertür vorsichtig umdrehe und sie hereinlasse, ist mir klar, dass sie in der Stadt war. Sie trägt ihr Newcastle-Partyoutfit, das durchsichtige ärmellose Top und einen Rock, der so kurz ist, dass man die Unterhose sieht. Sie hat ihre Schuhe verloren, sagt sie, bevor sie auf den Küchenboden kotzt.

Ich helfe ihr bis in mein Bett, denn mein Zimmer ist im Erdgeschoss, weil ich keine Angst im Dunkeln habe. Es ist völlig ausgeschlossen, dass ich sie die Treppe hoch und in ihr eigenes Zimmer bugsiere, ohne dass Mama und Papa wach werden. Ich breite die Decke über sie, und sie wimmert, ihr sei schlecht. Hoffentlich kotzt sie nicht in mein Bett.

Am liebsten würde ich die Kotzlache auf dem Küchenboden so lassen, wie sie ist, damit sie die Schweinerei morgen früh selbst wegputzen muss, aber ich weiß, wie wütend Mama und Papa sein werden, wenn sie dahinterkommen, dass sie getrunken hat. Sie sagen, dass wir bis zum siebzehnten Geburtstag keinen Alkohol trinken dürfen.

Also benutze ich eine halbe Küchenrolle, um die Kotze wegzuwischen, die fast aus purem Bier zu bestehen scheint, dann schleiche ich mich die Treppe hoch und lege mich auf Ísafolds Bett.

Obwohl sie die große Schwester ist, ist es meine Aufgabe, sie zu beschützen, denn ich bin stärker als sie.

19

SAMSTAG

Áróra war sich nicht ganz sicher, ob sie die Entscheidung, hinunterzugehen und Hákon im Frühstückssaal zu treffen, aus Neugier wegen ihrer nächtlichen Recherche über seinen Fall getroffen hatte oder weil sie sich einfach danach sehnte, ihn nach dieser Nacht wiederzusehen. Sie sah, wie zart und sensibel er war, und musste zugeben, dass sein Geruch und seine Hand, die er über den Tisch streckte und auf ihre legte, einen Wirbelwind von Gefühlen in ihr aufkommen ließen. Sie hätte nichts dagegen gehabt, mit ihm nach dem Frühstück wieder ins Bett zu kriechen, sich unter der warmen Decke an ihn zu schmiegen und seinen Duft einzuatmen. Doch ihre Rechercheergebnisse verhinderten, dass sie ihm etwas Derartiges vorschlug.

Sie hätte beinahe laut aufgelacht, als sie dort oben allein in ihrem Zimmer hockte mit einigen leeren Kaffeetassen neben dem Computer und sich das Gesamtbild von Hákons Angelegenheit zusammenfügte. Es war eigentlich viel zu schräg, um wahr zu sein. Hákon schien also ein Unternehmen zu besitzen, das ein Unternehmen besaß, das wiederum ein Unternehmen besaß, das nicht nur ein Hotel in Island besaß, sondern eine ganze Kette. Zwei bis drei in jedem Landesteil. Das waren Boutique-Hotels, die es nicht nötig hatten, sich mit Sternen zu schmücken, um dadurch die richtigen Kunden anzulocken, denn die Preise sorgten ganz automatisch dafür. Áróra machte sich nicht einmal die Mühe, zu überschlagen, was es wohl gekostet hatte, diesen ganzen Betrieb zu errichten, nicht zu vergessen die Immobilien, in denen die Hotels untergebracht waren, auch wenn die meisten von ihnen irgendeiner Immobiliengesellschaft gehörten, die sich über ein paar Umwege wiederum als Hákons Besitz herausstellte.

Es sah also danach aus, dass Hákon Hauksson, der offiziell als bankrott galt, der einer deutschen Bank gut zwei Milliarden Kronen schuldete und verschiedenen anderen Fonds noch einmal eine knappe Milliarde, dass dieser Hákon Hauksson Eigentum in Island besaß, mit dem er ausgesorgt hatte und mehr als nur seine Schulden hätte bezahlen können. Und wenn man den Medien Glauben schenken wollte, war das allgemein bekannt. Das Konkursverfahren der Apothekenkette war abgeschlossen, und das Vermögen – oder besser gesagt die Schulden – war unter den Teilhabern aufgeteilt worden. Überwiegend waren das isländische Banken, von denen einige gnadenlos die Immobilienschulden einfacher Leute eingetrieben hatten, die diese Strategie dann aber nicht bei ihren größten Schuldnern, so wie Hákon, umsetzen konnten – oder es nicht wollten.

Sie hatte einige Kolumnen gelesen, die das ausschweifende Leben Hákons und seiner Kollegen beschrieben, als sein Handelsimperium am mächtigsten war, und ein erst kürzlich erschienener Kommentar wies darauf hin, dass Hákon offensichtlich dabei war, seinen alten Lebensstil von vor dem Konkurs wieder aufzunehmen. Áróra spürte, wie die mit Ärger durchsetzte Spannung, die sich immer dann in ihrem Herzen einnistete, wenn ein neues Projekt in Sicht war, zu brodeln begann. Hákon war ein Betrüger. Ein Schwindler und Betrüger, der seine Schulden nicht bezahlte und der mit Geld spielte, das ihm nicht gehörte.

Offensichtlich hatte sie also, aus purem Zufall, ein ganz großes Ding an Land gezogen. Und obwohl es ein Versehen war, noch dazu in einem unangenehm persönlichen Kontext, war die Sache zu spannend, als dass sie hätte widerstehen können. Ein Lächeln huschte über ihr Gesicht, und sie konnte ihre Zufriedenheit nicht verbergen. Schließlich geschah es nicht jeden Tag, dass sie in die Untiefen eines isländischen Krimis geriet. Sie beendete ihr Frühstück, dann verabschiedete sie sich von Hákon mit einem Kuss und der Aussicht auf ein zweites Date.

Sie ging hinaus in den kühlen Sommermorgen und atmete tief ein. Die Innenstadt wurde um diese Zeit gerade lebendig, Touristen schlenderten von Restaurant zu Restaurant, lasen die Speisekarten in den Fenstern und hofften, irgendwo ein Frühstück zu einem annehmbaren Preis zu bekommen, dazwischen hasteten vereinzelte Isländer über den Platz. Man konnte sie leicht daran erkennen, dass sie, im Gegensatz zu den Touristen, in bestimmte Richtungen strebten, dabei schneller liefen und sich den Anschein gaben, als kämen sie zu spät zur Arbeit. Es war irgendwie typisch isländisch, ständig auf den letzten Drücker zu kommen und sich ständig zu beeilen.

Als sie auf dem Parkplatz ankam, blieb sie einen Augenblick stehen und schaute sich um. Das war es, was sie als Kind an Island vermisst hatte. Die Sommermorgen, die eine Verheißung in sich trugen. Die Sonne stand schon längst hoch am Himmel, und die Brise, die vom Meer kam, war noch nicht spürbar, sodass die kleinen bunten Wellblechhäuser anfingen, die Wärme der leuchtenden Strahlen zu speichern. Das könnte ein guter Tag werden. Und sie dachte daran, wie fröhlich ihre Landsleute wirkten, wenn ein guter Tag bevorstand. Überall in der Stadt würde man heute Abend den Grill anwerfen, Kinder würden mit ihren Angelleinen losziehen, um am Hafen Fische zu fangen, Eltern nähmen ihre Gartenstühle aus dem Kofferraum, um bei den Fußballspielen ihrer Kinder in der Sonne zu sitzen und sie anzufeuern, anstatt sich bei Nieselregen ins Auto zu zwängen und an der Heizung zu wärmen. Áróra erinnerte sich an all das und auch daran, dass sie schon als Kind ihre isländischen Verwandten bemitleidet hatte, weil sie solche Sommertage so selten erlebten, und dass sie oft gefragt hatte, warum die Leute nicht einfach in schönere Länder zögen. Doch sie erinnerte sich daran, wie sie von dieser Erwartung angesteckt wurde, von dieser Fröhlichkeit, die die Leute angesichts ein paar dürftiger Sonnenstrahlen ergriff, und jetzt, als sie hier stand und über die Innenstadt blickte, spürte sie, wie sich diese Erwartung leise in ihrer Brust bemerkbar machte. Aber vielleicht war es auch nicht unbedingt die Vorfreude auf einen bevorstehenden Sommertag, die hier am Werk war, vielleicht waren es eher Hákon und sein vergrabener Schatz.

20

Als Áróra bei Ebbis kleiner Autowerkstatt im Smiðjuhverfi-Viertel ankam, stand er auf dem Vorplatz, den Oberkörper zur Hälfte unter der Motorhaube eines dieser Riesen-Jeeps vergraben, die in Reykjavík jetzt überall herumfuhren. Er richtete sich auf, als Áróra aus dem Auto stieg, zog einen Lappen aus der Tasche seines blauen Overalls und wischte sich die Hände ab. Nicht, dass sich der Aufwand gelohnt hätte, denn schwarz waren seine Hände sowieso immer, auch wenn sie sauber waren. Er sah längst nicht so gut aus wie Björn, mit seiner Kartoffelnase und seinem vorstehenden Unterkiefer. Sein älterer Bruder war mit ebenmäßigen Gesichtszügen gesegnet, dafür aber nicht mit dem sanften Wesen des Jüngeren. Áróra verstand sich gut mit Ebbi.

»Entschuldige, dass ich deine Nachrichten von vorhin nicht beantwortet habe«, sagte er. »Ich komme mit dieser Mailbox einfach nicht zurecht!«

Er beugte sich weit nach vorn und küsste sie auf die Wange, damit das Öl oder Motoröl oder Glyzerin oder wie immer das klebrige Zeugs auf seinem Arbeitsanzug hieß nicht auf ihren Kleidern landete. Dann ging er in seine Werkstatt, kam mit zwei Plastikbechern Kaffee zurück und reichte ihr einen davon. Sie setzten sich auf einen Betonsims außen an der Werkstatt;

Áróra zog ihre Sonnenbrille aus der Tasche und setzte sie auf, während Ebbi ins Sonnenlicht blinzelte.

»Was meinst du damit, du bist auf der Suche nach ihr?«, fragte er. »Ist sie nicht mittlerweile in England angekommen?« Áróra schüttelte den Kopf.

»Das sieht ihr überhaupt nicht ähnlich, sich nicht bei Mama zu melden«, sagte Áróra, und Ebbi warf ihr einen kurzen Blick zu. Wenn sie sich nicht irrte, flackerte ein besorgter Schimmer in seinen Augen auf.

»Das wundert mich nicht wirklich, dass sie irgendwann die Nase voll von ihm hatte«, sagte er, dann wurde er verlegen und starrte konzentriert auf das Straßenpflaster, als hätte er dort plötzlich etwas entdeckt, das genauere Beobachtung erforderte.

»Ich habe den Eindruck, sie kann nicht genug bekommen. Letztlich kehrt sie doch immer wieder zu ihm zurück. Sogar mit gebrochenem Kiefer.«

»Ja. Er weiß, wie er sie wieder nach Hause locken kann. Und dann ist für ein paar Wochen alles in bester Ordnung.«

»Mistkerl«, sagte Áróra auf der Suche nach einem passenden Adjektiv, das sie hinzufügen könnte.

»Arschloch«, sagte Ebbi. »Und die Situation hat sich auch nach dem Urteil nicht gebessert. Es war, als hätte man ihm offiziell die Erlaubnis erteilt, ein verdammter Scheißkerl zu sein.« Das war neu für Áróra.

»Was für ein Urteil?«, wollte sie wissen.

»Ach nichts, das war bloß alberner Kleinkram. Es ging um Dope. Du weißt ja, dass er kifft. Na ja, und dann hat er auch noch Pillen verkauft.« Áróra wollte ihn darüber näher ausfragen, aber Ebbi redete weiter, und sie verstand das als Hinweis, dass er hier nicht tiefer gehen wollte. »Aber bei unserem letzten Treffen habe ich ihr sofort angesehen, dass sie nicht glücklich war«, sagte er. »Es war eindeutig, dass es zwischen den beiden nicht mehr gut lief.«

»Verstehe«, sagte Áróra und verstand kein Wort. Als sie das letzte Mal mit Ísafold gesprochen hatte, hatte sie ihr versichert, dass die Sache sich schon fast wieder eingerenkt hatte. Dass ihr *Eis-Björn* versprochen hatte, sich zusammenzureißen. Dass sie zur Paarberatung gehen wollten. Aber das war nun anderthalb Jahre her, und vor einem guten Jahr hatte Ísafold endgültig jeden Kontakt zwischen den Schwestern gekappt und sie auf Facebook blockiert.

»Wann hast du sie zum letzten Mal gesehen, Ebbi?«

»Vor ungefähr drei Wochen«, sagte er, dachte kurz nach und fügte dann hinzu: »Am Wochenende vor genau drei Wochen. Zu Hause bei meiner Mutter. Wir waren alle zum Essen da, und ich hatte das Gefühl, dass Ísafold bedrückt war und es ihr nicht gut ging. Nach dem Essen hat sie sich aufs Sofa gelegt und den Rest des Abends verschlafen. Gerade sie, die Mama sonst immer beim Abwasch und so weiter geholfen hat.«

»Und du hast keine Ahnung, wo sie sich im Moment aufhalten könnte?«, fragte Áróra. »Ich bin nicht drauf aus, sie irgendwie zu behelligen, ich will bloß unsere Mutter beruhigen, die vor Verzweiflung fast durchdreht, weil sie schon seit Ewigkeiten nichts von ihr hört.« Ebbi schüttelte den Kopf, und jetzt sah Áróra wieder den besorgten Blick in seinen Augen.

»Nein«, sagte er. »Keinen blassen Schimmer. Wenn ich wüsste, wo sie ist, würde ich es sagen.« Ebbi stand auf, und Áróra tat dasselbe, doch als sie sich von ihm verabschiedet hatte, ging ihr auf, dass sie keine Ahnung hatte, was sie als Nächstes tun sollte.

Sie war eigentlich davon ausgegangen, dass Ísafold bei Ebbi war, bei ihm hatte sie schon öfter vor Björn Schutz gesucht. Das wäre eine so einleuchtende Erklärung gewesen, dass sie sich bei Ebbi im Gästezimmer eingenistet hatte, während sie versuchte, sich zu entscheiden, ob sie zurück nach England gehen sollte oder wieder zu Björn. Aber jetzt wurde es eng. Áróra hatte mit ihren Nachbarn gesprochen, die sie alle seit drei Wochen nicht gesehen hatten, sie hatte sich im Krankenhaus durchgefragt, hatte versucht, mit Björn zu reden und jetzt zuletzt mit Ebbi. Sie war keinen Schritt weiter. Wie es aussah, wusste niemand etwas über Ísafold.

Als sie wieder im Auto saß, rief sie ihre Mutter an und berichtete ihr die Neuigkeiten.

»Dann geh und rede mit deinem Onkel Daníel. Er ist Kommissar bei der Polizei und wird wissen, wie man am besten vermisste Personen aufspürt.«

»Moment mal, ich habe einen Onkel, der Bulle ist?«, fragte Áróra geschockt. »Warum in aller Welt rufst du den dann nicht selbst an? Anstatt mich nach Island zu schicken und mich Privatdetektivin spielen zu lassen?«

»Na ja, das bist du doch, oder nicht? *Private detective.*«

»*Private financial investigator*, Mama. Ich versuche Geld aufzuspüren. Keine Personen. Ich weiß überhaupt nicht, wie ich so was angehen soll.«

»Jaja, natürlich«, sagte ihre Mutter. Das war ihre klassische Methode, das Thema zu wechseln. »Ich rufe Daníel an und bitte ihn, uns zu helfen.«

Diesmal fing Áróra nicht an, mit ihrer Mutter zu streiten. Ihr fiel auch niemand ein, der wissen könnte, wo Ísafold sich aufhielt, und sie hatte das Gefühl, es war die Verzweiflung, die sie in der Stimme ihrer Mutter hörte und die sie jetzt auch in sich selbst zu spüren begann. Wo zum Teufel war Ísafold?

21

Ihre Mutter hatte offensichtlich Wort gehalten und ihr Kommen telefonisch angekündigt. Sie hatte den Finger ausgestreckt und wollte gerade auf die Türklingel mit dem Namen »Daníel Hansson« drücken, als sich die Tür von allein öffnete.

»Einen schönen guten Tag«, sagte er. Seine Stimme war tief und sonor, Áróra hatte das Gefühl, sie irgendwo schon einmal gehört zu haben, obwohl sie dieses ernste Gesicht in ihrem Gedächtnis nirgends wiederfand. Er sah aus wie einiges über vierzig, und sein raspelkurzes Haar war von einem leichten grauen Schleier durchzogen. Áróra schätzte, dass er das Schneiden selbst erledigte und dazu einen elektrischen Bartschneider benutzte. Die Augen, die sie jetzt musterten, waren hellgrau und sein Blick sonderbar warmherzig.

»Hallo«, sagte sie und reichte ihm die Hand. »Entschuldige die Störung.«

»Nichts zu entschuldigen«, antwortete er und bedeutete ihr, einzutreten. »Du störst mich überhaupt nicht. Es war einfach nett, mal wieder von deiner Mutter zu hören. Das letzte Mal ist wirklich lange her.«

Nach isländischer Sitte zog Áróra im Flur ihre Schuhe aus und folgte ihm auf Strümpfen ins Wohnzimmer, und erneut erfüllte sie das starke Gefühl, als Kind in Island zu Besuch zu sein. Aus der Küche hörte man das Radio, und in der Luft hing ein Geruch, den sie nicht einordnen konnte und der ihr trotzdem bekannt vorkam. Irgendein isländischer Geruch.

»Also, wie sind wir noch mal verwandt?«, fragte sie, während Daníel ihr einen Stuhl anbot. Ihre Mutter hatte ihr das sicher irgendwann mal erklärt, aber sie hatte schon immer ein begrenztes Interesse an Ahnenforschung gehabt. Er warf ihr einen schelmischen Blick zu.

»Wir sind nicht verwandt«, sagte er.

»Ach nein? Mama hat dich immer als Verwandten von mir bezeichnet, deshalb dachte ich, du stammst irgendwie aus Papas Familie.« Áróra überraschte sich selbst, als sie rot wurde und ein Anflug von Schüchternheit sie überkam. Diese hellgrauen Augen hatten etwas, das sie aus dem Gleichgewicht brachte. Ausgerechnet sie, die selbst in den unglaublichsten Situationen die Kontrolle behielt.

»Ich war mal mit deiner Tante verheiratet, aber wir sind schon seit über zehn Jahren geschieden. Man könnte also sagen, ich habe vorübergehend in die Familie eingeheiratet, damals, vor langer Zeit.«

»Ah, verstehe.« Áróra lächelte. »Und, habt ihr Kinder?« Sie versuchte, das Gespräch aufrechtzuerhalten, im Plauderton, wie man das eben macht, doch zugleich hörte sie heraus, dass ihre Frage in erster Linie neugierig klang. Was ging es sie an, ob dieser nicht verwandte Onkel oder was er nun war Kinder hatte oder nicht? Doch er reagierte, als wäre nichts selbstverständlicher, als einen unbekannten Mann über seine Familienverhältnisse auszufragen.

»Nein, keine Kinder«, antwortete er. »Später, in einer anderen Beziehung, habe ich noch zwei bekommen, aber die leben jetzt bei ihrer Mutter in Dänemark.« Áróra nickte und lächelte höflich. Genau das fand sie oft unbehaglich. Was in Island das selbstverständlichste Gesprächsthema der Welt war, konnte in Großbritannien als indiskrete Taktlosigkeit gelten – und umgekehrt. Und sie hatte mit dieser feinen Linie zwischen den beiden Extremen ihre Schwierigkeiten.

»Und du?«, erkundigte er sich. »Verheiratet? Kinder?« Sie schüttelte den Kopf und wurde zum zweiten Mal verlegen.

»Nein«, sagte sie und wusste nicht, was sie noch hinzufügen sollte. Sie hatte ihn über diese Dinge ausgefragt, also war es mehr als selbstverständlich, dasselbe zurückzufragen, aber Áróra fühlte sich schutzlos und nackt, als würde er sie mit seinen Blicken geradezu ausziehen und mustern. Es war nicht einfach, in diesen hellgrauen Augen zu lesen.

»Willst du einen Kaffee?«, fragte er, drehte sich um und verschwand in der Küche. Ihr fiel wieder ein, dass es sich in Island gehörte, zu sagen, man wolle »zehn Tropfen«, also sagte sie das.

»Aber nur zehn Tropfen.« Das war eines dieser Rituale, bei denen man sich einfach blöd vorkam. Eine Art aufgesetzte Bescheidenheit, wo doch jeder wusste, dass Isländer mühelos die Tasse in einem Zug leeren konnten, wenn nicht gleich die ganze Kanne. Sie stand auf und folgte ihm in die Küche. Es war einfach zu unbehaglich, wie eine Puppe auf dem Sofa zu sitzen und darauf zu warten, dass er ihr den Kaffee servieren würde wie einer feinen Dame, die man bedienen musste.

»Deine Mutter hat mir erzählt, du suchst nach deiner Schwester«, sagte Daníel, während er den Küchenschrank öffnete und die Kaffeedose herausholte. Die Küche wirkte ziemlich kahl, als wäre er erst kürzlich eingezogen. Die Küchenbank war leer, vor dem Fenster eine altmodische, halb durchsichtige Gardine, die aussah, als hinge sie dort schon ziemlich lange. Er schaufelte zahlreiche Löffel Kaffeepulver in die Stempelkanne, drehte sich zu Áróra um und lehnte sich an die Küchenbank, während er darauf wartete, dass das Wasser aufkochte.

»Erzähl mal, wie das alles auf dich wirkt. Von Anfang an«, sagte er, und wieder bemerkte Áróra den sanften Klang seiner Stimme. So eine Stimme war gewiss von Vorteil, wenn man jemanden vernehmen musste. Die Wärme darin vermittelte Sicherheit. War beruhigend. Áróra setzte sich auf einen Küchenstuhl und erzählte ihm von Ísafold und wie Björn sie zusammengeschlagen hatte, sodass Áróra dreimal nach Island geeilt war, um ihr zu helfen, sie zum Arzt zu bringen oder zu einem Beratungsgespräch, und einmal, um bei ihr zu wohnen und für sie sämtliche Mahlzeiten zu pürieren, damit sie sich trotz des zusammengeklammerten Kiefers ernähren konnte. Und sie erzählte ihm auch, dass sie sich beim vierten Mal geweigert hatte, nach Island zu kommen, und zu ihrer Schwester gesagt hatte, sie solle sich selbst um ihre Angelegenheiten kümmern oder Björn dazu bringen, ihr zu helfen, da sie ja sowieso immer wieder zu ihm zurückkehre. Und wie sehr sie das alles nun bereute.

22

Daníel erinnerte sich nicht daran, dass er Áróra als Kind in irgendeinem Familienzusammenhang getroffen hatte, und selbst wenn er sich erinnert hätte, hätte er sie heute sowieso nicht mehr erkannt. Weil Violet sie am Telefon ständig als *meine kleine Tochter* bezeichnet hatte, war er davon ausgegangen, dass es sich um eine sehr junge Frau handelte. Und das war einer der beiden Gründe, weshalb er ein wenig erschrak, als er die Tür öffnete und eine Frau um die dreißig vor ihm stand. Der andere Grund für sein Erschrecken war, wie unwerfend sie war. Eine echte isländische Schönheit. Sie war kräftig, ohne dick zu sein, und fast so groß wie er.

In seiner langen Ausbildung auf der Polizeischule hatte er gelernt, dass Schönheit dieser Art ein Fluch sein kann. Junge Mädchen, die auffallend hübsch waren, wuchsen damit auf, dass alle ihnen hinterherliefen. Sie wurden entweder zum Opfer-Typus, und den hatte er in der Grundausbildung bei der Polizei oder nachts auf Streife in der Innenstadt zur Genüge kennengelernt, oder sie hatten aus bitterer Erfahrung gelernt, sich zu wehren, hatten sich einen unangenehm scharfen oder sarkastischen Ton angeeignet und sich ein Auftreten antrainiert, das leicht arrogant wirkte.

Áróra schien eher der scharfe Typ zu sein. Sie wirkte wortkarg, und ihrer Körpersprache nach zu urteilen war das Anliegen, das sie hierhergebracht hatte, nichts, worauf sie besonders große Lust hatte. Und das konnte er verstehen. Sie war von ihrer Mutter geschickt worden. Als sie ihren Kaffee halb ausgetrunken hatte, dort an seinem Küchentisch, wurde sie auf einmal ganz sanft und erzählte ihm von ihrer Schwester und der Besorgnis ihrer Mutter, weil sie nichts mehr von ihr hörten.

»Ich weiß nicht, was als lange Zeit gelten kann, um nichts von ihr zu hören, weil zwischen uns gerade Funkstille herrscht, aber Mama sagt, sie spricht einmal die Woche mit ihr und folgt ihr außerdem auf Facebook. Aber jetzt, behauptet sie, habe sie mehr als zwei Wochen nichts mehr von ihr gehört oder gelesen.« Daníel sah ihr in die Augen und nickte. Brummte vor sich hin, um zu zeigen, dass er zuhörte, wie er das oft bei Vernehmungen tat, um die Leute zum Weitersprechen zu ermuntern. Etwas im freien Strom des Erzählens half den Leuten, die richtigen Worte zu finden und bestimmte Details zu formulieren, die möglicherweise verloren gingen, wenn sie nur Standardfragen beantworten mussten. »Björn, ihr Lebensgefährte, sagt, er habe erst einmal gedacht, sie sei nach England zurück«, fuhr Áróra fort. »Aber ist es dann nicht seltsam, dass er nichts unternimmt, um sich zu vergewissern, dass sie dort angekommen ist? Ich weiß natürlich nichts über die Umstände ihrer Abreise, ob sie sich gestritten haben oder ob er sie wieder mal geschlagen hat.« Sie verstummte, und Daníel versuchte, diesen Punkt im Kopf zu behalten. Er würde sie später genauer dazu befragen. Auch er fand es merkwürdig, dass dieser Björn nicht die leiseste Ahnung hatte, wo die Frau, mit der er seit drei Jahren liiert war, sich aufhielt, was darauf hindeuten konnte, dass sie vor ihm geflohen war und ihren Aufenthaltsort geheim hielt, weil sie Angst hatte. So etwas war sehr verbreitet, wenn häusliche Gewalt im Spiel war.

»Mama dachte, dass du uns vielleicht helfen könntest. Ich würde gern mehr über Björn herausfinden, denn er ist ja wegen dieser Drogengeschichte verurteilt worden. Ich habe das von seinem Bruder, allerdings war er nicht gewillt, das weiter auszuführen.« Daníel nickte.

»Du kannst selbst im Gerichtsverzeichnis im Netz nachschauen, wofür genau er verurteilt wurde«, sagte er. »Das Gerichtsverzeichnis ist allgemein zugänglich, und es ist nicht schwer, sich zurechtzufinden, wenn du weißt, wann die Verhandlung ungefähr stattgefunden hat.« Áróra nickte, und er seufzte erleichtert. Die Leute erwarteten oft, dass er Informationen über alles Mögliche durchsickern ließ, während die Ermittlungen noch liefen, als ob sie von Schweigepflicht oder Vertraulichkeit nie etwas gehört hätten. »Aber es gibt etwas, das ich tun kann«, sagte er. »Ich werde überprüfen, ob Ísafold beim Verlassen des Landes registriert wurde. Außerdem wäre es nützlich, wenn du mit möglichst vielen Verwandten und Freunden und vielleicht auch Nachbarn reden könntest und versuchst, daraus eine Art Zeitachse zu erstellen, damit wir wissen, wann sie ungefähr das Land hätte verlassen müssen. Wann sie zuletzt hier in Island gesehen wurde.«

Áróra sah ihn erleichtert an, doch Daníel spürte ein Flackern hinten in seinen Augen, als schauten seine Augen zugleich aus seinem Kopf heraus und in seinen Kopf hinein. Er fluchte im Stillen, denn er kannte dieses Flackern und wusste, was es bedeutete, und er wusste auch, dass er gezwungen sein würde, ihm zu folgen, ungeachtet aller Pläne, die er für seine freie Zeit haben mochte. Er kannte sich und wusste, dass dieses sonderbare Flackern nichts Gutes bedeutete.

23

Áróra fiel es schwer, Daníels Wohnung zu verlassen. Etwas an seinem Brummen und Kopfnicken, während er ihr zuhörte, bewirkte, dass sie sich danach sehnte, weiterhin an diesem Küchentisch zu sitzen und sich dumm und dämlich zu reden. Sie hatte das Gefühl, ihn zu kennen, viel besser, als ihre kurze Bekanntschaft dazu Anlass gab. Die sonore Stimme und die grauen Augen, die sie nicht aus dem Blick ließen, riefen in ihrem Inneren ein angenehmes Wohlbefinden hervor, in das sie sich am liebsten hineinversenken wollte. So hatte sie sich schon lange nicht mehr gefühlt, und sie wurde beinahe melancholisch, als sich Daníels Haustür hinter ihr schloss.

Sie stieg in ihr Auto, nahm ihr Handy heraus und sah, dass ihre Mutter zweimal angerufen hatte, während sie im Haus bei Daníel gewesen war, also rief sie zurück.

»Na, was hat er gesagt, dein Onkel?«, fragte ihre Mutter, sobald sie ans Telefon gegangen war.

»Er ist nicht mein Onkel«, sagte Áróra. Ihre Mutter schnaubte.

»Na gut, dann eben dein angeheirateter Onkel«, sagte sie, und Áróra beschloss, es dabei zu belassen, obwohl in ihrem Inneren das unverständliche Verlangen aufflammte, jegliche Verwandtschaft mit Daníel entschieden von sich zu weisen, als wäre die wohltuende Nähe, die zwischen ihnen am Küchentisch geherrscht hatte, irgendwie unmoralisch, sollten sie Blutsverwandte sein.

»Er sagt, weil Ísafold volljährig und unabhängig ist, hat sie das Recht, sich zu bewegen, wohin sie will, und zu tun, was sie will, ohne irgendwen davon in Kenntnis zu setzen.«

»Ja, schon, das ist sicher richtig ...«, begann ihre Mutter, doch Áróra schnitt ihr das Wort ab.

»Und er nimmt an, dass sie beschlossen hatte, Björn zu verlassen und ihren Aufenthaltsort geheim zu halten, weil sie Angst vor ihm hat. Er sagt, so etwas hat er bei der Polizei oft erlebt.«

»Ja, aber ...«, versuchte ihre Mutter es noch einmal.

»Und außerdem sagt er, eine plötzliche Änderung im Beziehungsmuster weist oft darauf hin, dass irgendwas nicht stimmt.«

»Beziehungswas?«

»Beziehungsmuster. Das bedeutet, wenn Ísafold auf einmal zu allen, die sie kennt, wie zum Beispiel ihrer Mutter, den Kontakt abbricht, dann ist es gut denkbar, dass etwas im Argen liegt.«

»Genau das sage ich doch immer!«, jammerte ihre Mutter, sodass Áróra angesichts ihres verzweifelten Tonfalls Stiche in der Magengegend bekam. Freundlich würde sie Ísafold nicht begrüßen, wenn sie sie endlich gefunden hätte. Sie würde sich in blinder Wut auf sie stürzen, weil sie ihrer Mutter so übel mitgespielt hatte.

»Björns Bruder Ebbi hat gesagt, dass die Beziehung in letzter Zeit schwierig war, weshalb ihn das nicht sonderlich erstaunt hat, dass Ísafold Björn verlassen hat«, sagte Áróra. »Vielleicht ist sie einfach irgendwohin abgehauen, in den Urlaub nach Spanien oder so, um mal tief durchzuatmen und in Ruhe nachzudenken.« Áróra hörte, wie ihre Mutter dieser Vermutung widerwillig zustimmte, und sie beschloss, noch einmal nachzulegen. »Es würde mich nicht wundern, wenn Ísafold gerade irgendwo am Strand sitzt und mit einem Drink in der Hand Björn zur Hölle wünscht, ohne sich im Geringsten darum zu kümmern, ob wir uns Sorgen um sie machen.«

Sie sagte *wir*, und das nicht nur aus Solidarität mit ihrer Mutter. Vielmehr war Ísafolds Verschwinden inzwischen zu einem nagenden Gefühl geworden, wie eine unbezahlte Rechnung oder ungespültes Geschirr, und sie ahnte, dass dieses unbehagliche Gefühl sich noch zu einer ernsthaften Belastung auswachsen würde, wenn Ísafold nicht bald auftauchte. Zu einer ernsthaften Angst.

»Der nächste Schritt, liebe Mama«, sagte sie ruhig, »ist, mit möglichst vielen Personen, die Ísafold hier in Island kannte, Kontakt aufzunehmen, Verwandte und Nachbarn zum Beispiel, um zu erfahren, wann diese Leute sie zuletzt gesehen haben. Und dann eine Zeitachse anzulegen, wie Daníel das genannt hat. Auf dieser Grundlage will er ermitteln, ob und wenn ja, wann sie nachweislich das Land verlassen hat.«

»Ich werde ihre alten Schulfreundinnen anrufen«, sagte ihre Mutter. »Auch wenn sie sehr lange nichts mit ihnen zu tun hatte, könnte sie sich vielleicht bei Karen oder Abby gemeldet haben. Vielleicht hatte sie ja vor, wieder nach Hause zu kommen.«

Mit *nach Hause* meinte ihre Mutter England, während Ísafold in ihrer Starrköpfigkeit, das wusste Áróra gut, *nach Hause* im Sinne von »nach Island« gebrauchte.

24

Daníel hatte im Garten ein paar Runden mit dem Rasenmäher gedreht, als er bemerkte, dass das Gerät aufgehört hatte, das geschnittene Gras aufzufangen. Der Auffangkorb war voll. Er war tief in Gedanken, seit Áróra gegangen war, und jetzt lag eine dicke Schicht gemähtes Gras auf dem Rasen, das zusammengerecht werden musste. Entweder müsste er den Rechen holen oder den Auffangkorb leeren und mit dem Rasenmäher noch mal über dieselbe Fläche gehen, um das Gras aufzuwirbeln und in den Korb blasen zu lassen. Er wählte die zweite Variante, denn das angenehme Surren der Maschine war wie eine Begleitung seiner Gedanken, als bräuchten sie die ständig hämmernden Bässe, um die Bodenhaftung nicht zu verlieren. Um nicht in irgendeiner Verwirrung gen Himmel zu fliegen und dort in den Sonnenwinden der Illusion vor sich hinzudriften.

Was ihn irritierte, war zweierlei. Zunächst einmal Ísafolds Verschwinden. Die Familie hatte Grund genug, sich Sorgen zu machen. Gewiss hauten manche Menschen einfach ab, um sich zu rächen, im Streit mit ihrem Partner oder auf der Flucht vor jemandem, der sie verfolgte, und besonders Jugendliche verschwanden andauernd und wurden dann wieder gefunden, er kannte das aus seiner Zeit bei der Stadtpolizei. Aber Leute wie Ísafold, erwachsene Menschen mit festem Wohnsitz und einer Familie, verschwanden nicht einfach so. Es sei denn, etwas Schlimmes war passiert.

Er hatte bereits alle Standardanrufe erledigt: Notfallambulanz, Polizeirevier, Frauenhaus, Entzugsklinik. Ísafold war an keinem dieser Orte aufgetaucht, und mit jedem dieser Anrufe verstärkte sich sein Gefühl, dass hier irgendetwas im Argen lag. Dass hier etwas nicht stimmte. Dieses Gefühl beschlich ihn oft, wenn er sich in einem neuen Fall zurechtfinden musste, und nicht selten war auch dieses Flackern zur Stelle, dieses Steinchen im Schuh, dieser irritierende Summton, eindeutig berechtigt. Es war eine Art Intuition, die er sicherlich schon immer gehabt hatte, doch erst mit den Jahren hatte er gelernt, an sie zu glauben, und sie verhieß nichts Gutes.

Er leerte den Auffangkorb noch einmal, ließ die Maschine wieder an und drehte eine weitere Runde durch den Garten. Das Rasenstück war nicht besonders groß, doch er hatte beschlossen, das Gras mindestens zweimal zu mähen und es danach mit Dünger zu behandeln, damit es dicht und hellgrün leuchtete und kein Moos oder Unkraut zu sehen war. Die Leute aus dem oberen Stockwerk interessierten sich nicht für den Garten, also waren es bloß er und Lady Gúgúlú, die Garagenbewohnerin, die den Garten nutzten. Und Daníel war der Einzige, der sich darum kümmerte. Lady Gúgúlú machte sich nichts aus Gartenarbeit.

Daníel hatte eine Terrasse gebaut, die vom Wohnzimmer aus nach Süden ging, und an einer anderen Seite begrenzte ein mit Lupinen bewachsener Lärmschutzwall den Garten, der den Verkehrslärm von der Reykjanesbraut hörbar dämpfte. Lärm war daher nicht das Problem, und die Garage wiederum sorgte für eine Begrenzung nach Osten, während an der vierten Seite ein stattlicher Lavafelsen den Nordwind abhielt, sodass der Garten insgesamt windgeschützt und sonnig war, und auf seinen gepflegten Rasen war Daníel besonders stolz. Es gab nur eine Ecke, hinten am Felsen, die ihm ein Dorn im Auge war. Die Stelle, die sich nicht mähen ließ. Die Stelle, die ihn schon lange störte mit ihren langen Gräsern, die im Wind wehten, und dem Hahnenfuß, der mit spöttischem Grinsen herüberschaute.

Es kam nichts anderes infrage, als es immer wieder zu versuchen. Er gab nicht auf, obwohl er sehr gut wusste, dass es keinen Sinn hatte. Er drehte sich hastig um oder zumindest so hastig, wie es der Rasenmäher erlaubte, und schob ihn mit voller Kraft voran, wobei er die ungemähte Stelle anvisierte. Der Motor lief auf Hochtouren, er fuhr noch schneller und hielt auf die Ecke zu, doch es war alles umsonst. Der Rasenmäher stotterte und verstummte, bevor er auch nur einen einzigen Grashalm aus diesem zerzausten Dreieck geschnitten hatte.

»Du gibst wohl nie auf, oder?«, sagte Lady Gúgúlú, die im Morgenmantel vor der Tür zur Garage stand und eine Zigarette rauchte. Sie hatte schon ungefähr die Hälfte ihres Make-ups aufgelegt, ihr Haar unter einem Stirnband festgelegt, sodass es bereit war, unter der Perücke zu verschwinden, und auf ihrem Gesicht zeichnete sich ihr sarkastisches Grinsen ab. Das Grinsen, das andeuten sollte, dass sie es besser wusste und dass Daníel ein Idiot war, der es endlos und immer wieder versuchte. Das Grinsen, das Daníel erst recht dazu trieb, sich mit dem Rasenmäher durch diesen widerwärtigen Unkrautdschungel zu schlagen.

Doch er wusste aus leidvoller Erfahrung, dass er hier einfach nichts ausrichten konnte. Der Benzinrasenmäher würde seinen Geist aufgeben. Der alte handbetriebene Mäher würde den Geist aufgeben, sobald er über einen Stein rollte, der plötzlich im Gras vor ihm auftauchte, genau da, wo der Wildwuchs begann. Die Benzinsense würde ganz einfach wegschmelzen, wenn der Nylondraht nur einen dieser Halme berührte. Und die Küchenschere würde so stumpf, als wäre sie aus Ton. Daníel hatte alles ausprobiert. Mehr als einmal.

»Ich höre nicht auf, es zu versuchen, weil ich weiß, dass es keine Elfen gibt.«

»Wie kannst du da so sicher sein? Ich weiß nicht mal, ob es mich selbst gibt oder nicht. Wie zum Teufel kommt es, dass du so felsenfest von deiner eigenen Existenz überzeugt bist, während du dir erlaubst, Zweifel über die Existenz anderer zu äußern?«

»Du bist heute ziemlich philosophisch drauf«, sagte Daníel, und Lady Gúgúlú lachte.

»Würde sagen, ich bin eher samstagsmäßig drauf.«

»Soll das heißen, du gehst heute Abend tanzen?«, fragte Daníel und zog den Rasenmäher rückwärts hinter sich her, während er sich wieder vom Unkrauthügel entfernte.

»O ja. Und das wird ein himmlisches Vergnügen, das sag ich dir. Du bist willkommen, *darling*. Für dich ist immer ein Platz frei.

»Danke dir, aber ich habe dich schon mal tanzen gesehen«, sagte Daníel, und Lady Gúgúlú blieb der Mund offen stehen.

»Aber *honey*, das ist ein Jahr her! Das war eine ganz andere

Show! Diesmal ist es etwas ganz Neues, eine Mischung aus Drag und Magie, ich lasse mich auf der Bühne auseinandersägen, dann krieche ich in einen Kasten, und wenn der wieder geöffnet wird, bin ich verschwunden.«

»Ist das so?«

Lady Gúgúlú ging hinein, und Daníel dachte noch ein wenig über ihre Worte nach. Die plausibelste Erklärung für Ísafolds Verschwinden war, dass sie absichtlich verschwunden war. Insbesondere vor dem Hintergrund, dass ihr Lebensgefährte ihr Gewalt antat. Doch etwas an der Geschichte irritierte ihn. Da war dieses Flackern in seinem Kopf, die unbehagliche Intuition, die ihm sagte, dass Ísafolds Verschwinden mit irgendetwas Ungutem in Verbindung stand. Zugleich hatte er ein seltsam nervöses Gefühl im Bauch, als hätte sich dort irgendein fröhliches Tierchen eingenistet, das vor Erwartung zappelte.

Und dann war da das andere, was ihn beunruhigte. Áróra. Er sah ihr Gesicht ständig vor sich, und immer, wenn seine Gedanken zu ihrer Begegnung an seinem Küchentisch wanderten, schlug sein Herz schneller, und dieses erwartungsvolle Tierchen in der Magengegend vollführte einen Salto mortale. Er leerte die letzte Ladung aus dem Auffangkorb und füllte damit die schwarze Bio-Tonne. Dann brachte er den Rasenmäher in den Gartenschuppen und zog auf der Terrasse Schuhe und Hose aus. Als er sich unter die Dusche stellte, wusste er, dass er sich in diese Sache einschalten würde. Sommerurlaub hin oder her, er musste herausfinden, wo Ísafold untergetaucht war. Worüber er mit sich selbst nicht ganz im Reinen zu sein schien, war die Frage, ob diese Entscheidung eine Folge seiner

Intuition war, seiner inneren Stimme, die sagte, dass mit Ísafold etwas Schlimmes passiert war. Oder ob sich alles um sein heftiges Verlangen drehte, Áróra wiederzusehen.

25

Die Masseurin knetete Áróras Schultern und löste die Spannung, die sich in den letzten Tagen dort angesammelt hatte. Ihr war gar nicht aufgefallen, wie verspannt ihre Muskeln waren, sie hatte die Massage als Teil einer Körperpeeling-Behandlung gebucht, die im Wellness-Bereich des Hotels angeboten wurde – eigentlich, mit Hákon im Hinterkopf, um ihre Haut weicher und attraktiver zu machen –, doch jetzt hatte sie das Gefühl, die Massage war genau das, was sie brauchte. Ihr Gesicht wurde in das Loch in der Massagebank gepresst, und als sie die Augen öffnete, sah sie nur den Boden darunter. Um den Kopf freizubekommen, gab es nichts Besseres, als gezwungen zu sein, stillzuhalten und eine gute Stunde lang in die Leere zu blicken.

Und jetzt sah sie ganz deutlich, dass ihre Gedanken sich in zwei Hälften teilten, als wären es zwei Zimmer. In dem einen saßen ihre Mutter und ihre Schwester: Mama machte sich Sorgen, und Ísafold war in irgendwelchen Schwierigkeiten, und zu ihrem eigenen Erstaunen spürte Áróra eine plötzliche Wut in sich aufsteigen. Sie würde Ísafold davonjagen, wenn sie sie gefunden hätte, denn trotz des Unbehagens, das sich in ihr ausgebreitet hatte, sagte ihr die Vernunft, dass Ísafold höchstwahrscheinlich in irgendeinem Gästezimmer bei Freunden oder Bekannten hauste oder in einem Hotel unter südlicher Sonne, wo sie nach der Trennung von Björn ihre Wunden leckte und nicht die Geistesgegenwart hatte, sich bei jemandem zu melden.

Im anderen Gedankenzimmer war Hákon mit dem Schatz, den er irgendwo versteckt hielt. Ihr Magen zog sich zusammen vor Anspannung, wenn sie an die Schatzsuche dachte, die ihr bevorstand. Es machte ihr jedes Mal Freude, ein Projekt vor sich zu haben, aber zugleich war es auch schwelender Unwille, der sie dazu antrieb, sich in die Arbeit zu stürzen. Der Wunsch, Gerechtigkeit walten zu lassen, damit Männer wie Hákon mit ihren Machenschaften nicht ungestraft davonkamen. Vielleicht wohnte ja eine Art Rachegöttin in ihr.

Die kräftigen Hände der Masseurin bearbeiteten jetzt ihre Hüften, und Áróra stöhnte, als Schmerz und Wohlbefinden sich verbanden. Der Räucherstäbchenduft und die Entspannungsmusik in dem warmen Raum taten ihr gut, wie auch diese starken Hände, die mit ihrem Körper auf sensible und liebevolle Art umgingen, etwas, wonach sie sich oft sehnte und was sie sich doch so selten gönnte.

Nachdem die Masseurin eine Wolldecke über sie gebreitet hatte und kurz bevor Áróra auf der Massagebank einschlief, traf sie die Entscheidung, ihren Islandaufenthalt neu zu definieren. Sie entschied, in welchem Gedankenzimmer sie wohnen wollte. Als die Schläfrigkeit sie überkam, hatte sie sich selbst vor Augen, wie sie in Hákons Zimmer trat und ihm ihre Hand reichte, als wollte sie ihn zum Tanzen auffordern. Sie wollte Hákon als ihr Projekt begreifen: seinen Schatz finden und dafür ihre Provision kassieren, und sie wollte alle Schuldgefühle von sich abschütteln, dass sie mit ihm schlief, denn sie hätte ja nichts mit ihm angefangen, wenn sie gewusst hätte, dass sie ihn eines Tages bespitzeln würde.

Und während sie Hákons Geld nachjagte, würde sie sich zugleich in die Nachforschungen zu Ísafolds Verschwinden vergraben, um ihre Mutter zu beruhigen und sich selbst auch.

Natürlich war das alles nicht angenehm. Natürlich durchzuckte sie der Gedanke, dass Björn zu weit gegangen war, und… Sie konnte sich nicht dazu überwinden, den Gedanken zu Ende zu denken. Sie durfte sich nicht der Angst hingeben. Sie wusste, wie das ablaufen würde. Wenn sie verängstigt wäre und sich Sorgen um Ísafold machen würde und viel Zeit investierte, um nach ihr zu suchen, dann wäre ihre Wut auf sie ungeheuerlich, wenn Ísafold schließlich zu Hause bei ihrer Mutter hereinschneite, braun gebrannt und in einem Señoritakleidchen, bestürzt über den ganzen Aufruhr und die Besorgnis, die sie verursacht hatte. Noch wütender wäre Áróra allerdings auf ihre Schwester, wenn sie hinterher, als wäre nichts gewesen, zu Björn zurückkehrte.

26

Vergiss nicht, dass manche Männer echte Dreckschweine sein können, sagt Papa und zeigt mir, wie ich mich wehren kann. Nach einem Finger greifen und ihn in Richtung Handrücken biegen, bis ein knirschendes Geräusch zu hören ist. Mit der Ferse so fest du kannst auf den Fußrücken stampfen. Ihn ins Ohr beißen, bis du ein Stück Ohrmuschel abgebissen hast. Die Finger in die Augenhöhlen bohren. Das Knie kräftig in den Hodensack rammen. Deine letzten Kräfte mobilisieren und nicht zögern. Wer zögert, hat schon verloren.

Das lässt sich beim Open-Air-Festival auf den Vestmannaeyjar in die Tat umsetzen, zu dem Ísafold mich einlädt, als ich gerade sechzehn bin. Ihre Freundinnen aus Newcastle sitzen dort auf der Wiese, sie singen und flirten mit süßen Jungs, und nach einiger Suche finde ich Ísafold ein paar Schritte neben dem Fußweg ins Tal. Sie liegt auf dem Rücken zwischen den Moospolstern, hilflos wie ein Schaf. Sie ist wach, doch so hackedicht, dass sie nicht allein aufstehen kann. Neben ihr kniet ein Mann, der sich abmüht, ihr die Hose runterzuziehen.

Er ist ein Schwein, von der Sorte, vor der Papa mich gewarnt hat, und ich lasse ihn das spüren. Ich stehe hinter meiner Schwester.

Das Dreckschwein presst eine Hand schützend auf sein Auge und rennt kreischend davon, während das Blut in kräftigen Strömen unter seinen Fingern hervorquillt und in das dunkelgrüne Spätsommergras tropft.

27

SONNTAG

Olga war erleichtert, dass Ómar, nachdem er das Treppenhaus gesaugt hatte, wieder in der Wohnung war, als die Frau kam, die sich nach Ísafold erkundigte. Als Olga vom Bäcker gekommen war, hatte sie am Türknauf den Schlüssel mit dem Holzschild entdeckt, auf dem zu lesen war: »*Deine Woche, deine Verantwortung für die Nachbarn*«, und Ómar hatte ihn ihr aus der Hand genommen und nichts davon hören wollen, dass sie das Staubsaugen selbst übernehmen wollte. Und sie hatte nachgegeben. Er würde beim Staubsaugen von Treppe und Treppenabsätzen immerhin überschüssige Energie aufbrauchen, und in Wahrheit war sie heilfroh, um diese Arbeit herumzukommen. Mittlerweile hatte sie überall Schmerzen.

Doch als es an der Tür klingelte, spürte sie wieder dieses Stechen in der Herzgegend. Was, wenn jemand ihn beim Staubsaugen im Treppenhaus gesehen hatte, ihn auf den Fahndungsfotos wiedererkannt hatte, zwei und zwei zusammenzählte und bei der Ausländerbehörde anrief? Was, wenn sie schon unterwegs waren, um ihn abzuholen? Um ihn ihr wegzunehmen und ihn in sein vom Krieg erschüttertes Heimatland zurückzuschicken, wo alles voller Blut und Bomben war? Sie schob Ómar hastig in sein Zimmer, schloss die Tür hinter ihm ab und zischte ein paarmal in bestimmtem Ton, er wisse ja, dass er still zu sein habe. Dann nahm sie den Hörer der Gegensprechanlage ab und meldete sich mit *Hallo?* Zu ihrer Verwunderung hörte sie eine sanfte Frauenstimme, die fragte, ob sie hereinkommen dürfe, um Olga ein paar Fragen über ihre Schwester Ísafold zu stellen.

Olga hatte Ísafolds Schwester zwar schon mal getroffen, als sie eines Tages hergekommen war, um Ísafold nach den Rangeleien mit Björn abzuholen, dennoch musterte sie die Frau verblüfft, die ihrer Nachbarin so erstaunlich ähnlich sah. Sie schien zweifellos Ísafolds jüngere Schwester zu sein, wenn auch knochiger gebaut und mit hellerem Teint, und es war offensichtlich, dass sie verschlossener war als Ísafold, schüchterner. Und in ihrem Isländisch war ein leichter Akzent auszumachen.

»Entschuldige die Störung«, sagte sie. »Ich habe ein paar Fragen zu Ísafold hier in der Nachbarwohnung. Wir haben seit über zwei Wochen nichts mehr von ihr gehört. Hast du sie irgendwo gesehen oder eine Idee, wo sie sein könnte?«

»Ist sie denn nicht nach England in den Urlaub gefahren?«, fragte Olga. »Laut Björn wollte sie dort Verwandte besuchen.«

Das schien die Schwester zu überraschen, und sie fragte nach, wann genau Björn das gesagt und wie er das formuliert habe. Olga wiederholte, was sie – über Ómar – von Björn erfahren hatte, doch sie wollte Ómar nicht in diese Sache hineinziehen, auch wenn er Ísafold tatsächlich besser kannte als sie. Die beiden tranken regelmäßig Tee zusammen, wobei er ihr in den Ohren lag, sie solle sich einen Mann zum Heiraten suchen, anstatt mit Björn in wilder Ehe zu leben. *Das Mittelalter lässt grüßen*, hatte Ísafold gekichert, als sie Olga davon erzählte, und die hatte nur geseufzt. Ómar war ziemlich naiv, was das betraf, und altmodisch obendrein.

Sie hatte der Frau nicht viel mehr zu sagen, und es erstaunte sie, wie besorgt sie wirkte. »Habt ihr als Familie denn nichts von ihr gehört, seit sie von hier abgereist ist?«, fragte sie, und die Frau versuchte abzulenken und sagte, dass ihre Mutter seit Mitte Mai nichts mehr von Ísafold gehört habe. Olga kannte das noch von ihrem Jonni und wusste, wie Kinder ihre Mütter immer wieder im Stich lassen konnten, deshalb musste das noch nicht unbedingt etwas bedeuten.

Als die Schwester sich verabschiedet hatte und Olga gerade die Tür zum frisch geputzten Treppenhaus schließen wollte, drehte sich die Frau um und warf ihr noch eine letzte Frage hinterher.

»Weißt du vielleicht, wo sie in letzter Zeit gearbeitet hat?«, fragte sie. »Mama dachte, sie arbeitet in einem Modeladen im *Kringlan*, aber Björn hat gesagt, dass sie da schon lange nicht mehr jobbt.« Das kam Olga äußerst merkwürdig vor. Ísafolds Familie schien nicht die geringste Ahnung über ihr Leben hier in Island zu haben.

»Sie hat als Putzfrau in den Seniorenwohnanlagen unten in der Stadt gearbeitet«, antwortete sie. »Das ist jedenfalls mein letzter Stand.« Sie verpasste es, die Schwester im Gegenzug zu fragen, warum sie so wenig wusste. Warum sie nicht wusste, dass Ísafold schon lange nicht mehr im *Kringlan* arbeitete. Weshalb Ísafold das nicht einmal ihrer Mutter erzählt hatte. Es ging einen nicht immer etwas an, was sich bei anderen so abspielte, und es war am besten, sich in solche Dinge gar nicht erst einzumischen. Olga selbst war dankbar, dass die Leute im Block ihr nicht allzu sehr hinterherschnüffelten und herauszufinden versuchten, wer Ómar war und warum er bei ihr wohnte.

28

Grímur hatte gerade die Wohnung hinter sich abgeschlossen, als eine Stimme ihn zusammenfahren ließ.

»Guten Tag«, sagte die Stimme, und als er sich umdrehte, sah er, dass sie der Frau gehörte, die vorgestern bei ihm geklingelt hatte. Ísafolds Schwester. Sie hätte fast ihre Zwillingsschwester sein können, nur jünger und eine Nummer größer. Sie überragte Ísafold sicher um einen Kopf, und auch ihre Schultern waren breiter. Das Haar war aschblond und die Augen waren braun und verträumt. Sie wirkte ernsthafter als Ísafold, die immer irgendwelche Neonsträhnchen im Haar hatte, zahlreiche Stecker in beiden Ohren und einen in der Nase. Die Schwester hatte einen gediegeneren Stil, trug edle Stoffe und das Haar sorgfältig frisiert. Grímur nickte zum Gruß und zog am Türknauf, damit der Schlüssel sich im Schloss herumdrehen ließ. Alles in diesem Gebäude war mittlerweile in die Jahre gekommen, darunter das Schloss an seiner Wohnungstür, bei dem man einen bestimmten Trick anwenden musste, um es zu öffnen und zu schließen.

»Ich bin die Schwester von Ísafold, sie wohnt ...« Die Frau zögerte einen Augenblick und fuhr dann fort. »... Eher *wohnte* hier oben im ersten Stock, direkt über dir.«

»Ja, ich erinnere mich«, sagte er und klang vielleicht unangemessen kurz angebunden. »Von damals, als du sie bei mir abgeholt hast.«

»Genau! Ich wollte dich fragen, ob du sie vielleicht näher kennst?«

Grímur spürte, wie sein Herz schneller schlug. Und ob er Ísafold kannte! Er kannte sie sogar sehr gut. Manchmal hatte er das Gefühl, dass er sie viel besser kannte als ihr Mann. Und erst recht als ihre Schwester.

»Ich habe sie mal im Treppenhaus gesehen und auf einer Eigentümerversammlung. Und dann letztes Jahr oder wann das war, als du sie bei mir abgeholt hast. Ich weiß also, wer sie ist«, sagte er. »Aber das ist alles.« Er wollte dieser Frau nicht auf die Nase binden, dass Ísafold sehr oft bei ihm am Küchentisch gesessen hatte, um ihm ihr Herz in Sachen Björn auszuschütten. Dass sie an seiner Schulter geweint hatte. Hauptsächlich morgens, wenn es am Abend zuvor in ihrer Wohnung wieder einmal hoch hergegangen war.

»Hast du sie in letzter Zeit irgendwo gesehen?«, fragte die Frau. In ihrer Stimme lag ein bittender, hoffnungsvoller Ton, und für einen Moment tat sie Grímur leid, sodass in seinem Inneren ein Anflug von Verständnis aufkeimte, Verständnis für das, was Ísafold als die nervtötende Aufdringlichkeit ihrer Schwester beschrieben hatte.

»Nein«, antwortete er. »Es ist einige Zeit her, dass ich sie gesehen habe.«

»Weißt du, wann genau das war?«, fragte die Frau, und jetzt war Grímurs Mitleid, das sich kurzzeitig in ihm eingenistet hatte, verschwunden. Er fand sie einfach aufdringlich.

»Nein«, antwortete er und klang unhöflicher als beabsichtigt. Er ging durch den Hauseingang, und um seine wortkarge Antwort zu entkräften, hielt er der Frau die Tür auf.

»Danke«, murmelte sie und verschränkte die Arme, als erwartete sie zu frieren, sobald sie ins Freie kam, und wieder spürte er seine Empfindlichkeit tief in seinem Inneren wie einen dumpfen Widerhall aller Gefühle, die in ihm gebrodelt hatten, wenn Ísafold in der Nähe war. Und immer dann hatte er den Drang, sich zu rasieren. Geraume Zeit unter der Dusche zu stehen und jedes einzelne Haar wegzurasieren. Das war manchmal das Einzige, was ihn beruhigen konnte. Das Gefühl für seine weiche Haut, unberührt von diesen dünnen, feinen Fäden aus widerlichen toten Proteinen, die alle Energie aus seinem Körper zogen.

»Kein Problem«, murmelte er zurück und hielt ihr die Außentür auf, doch als sie auf der Straße standen, drehte er sich um und ging einfach weg. Er steuerte schnurstracks die Ladenzeile auf der anderen Straßenseite an und blickte nicht mehr zurück, um sie noch einmal zu sehen, obwohl ihre gesamte Körpersprache vermittelt hatte, dass sie gern noch länger mit ihm geredet, ihm noch mehr Fragen gestellt hätte.

Doch er konnte sich nicht erlauben, dazustehen und weiter über Ísafold zu reden, ihm könnte jederzeit irgendetwas herausrutschen, er könnte mit Worten oder Mimik eine Andeutung machen, und dann riskierte er, dass der neue Plan scheiterte. Das durfte keinesfalls passieren. Denn wie er am Freitagabend durch die Scheibe des Restaurants beobachtet hatte, war Björn damit beschäftigt, sich eine neue Frau zu angeln.

29

Es ging auf drei Uhr zu, und Áróra hatte sich lange mit der Nachbarin im Wohnblock in Kópavogur unterhalten und war auf einen weiteren Nachbarn gestoßen, diesen glatzköpfigen, sonderbaren, der Ísafold nicht besonders gut zu kennen schien. Doch immerhin hatte sie durch Olga eine Information über ihre Arbeit erhalten, und das war ein weiterer Ausgangspunkt für ihre Suche. Am Arbeitsplatz würde sie in Erfahrung bringen, ob Ísafold gekündigt hatte oder im Urlaub war. Sie hatte erwogen, auch bei Björn anzuklopfen, aber sie hatte sowieso keine neuen Fragen, und er würde wohl kaum neue Antworten präsentieren.

Um halb vier wollte Áróra ihre Cousine treffen, die stets in Kontakt mit Ísafold gewesen war, doch da sie bis dahin noch fast eine halbe Stunde Zeit hatte, beschloss sie, das Auto vor dem Einkaufszentrum in Hafnarfjörður zu parken und eine Runde durch das Städtchen zu drehen. Das blaue Meer kräuselte sich sanft in der Brise, doch direkt unterhalb der Hafenmauer war das Wasser spiegelglatt und geradezu durchsichtig, und das Geröll, das die Molen befestigte, spiegelte sich auf der Wasseroberfläche. Vom Ende der Mole war die Halbinsel Reykjanes zu erkennen, die sich in der Ferne am Horizont erstreckte, und in ihrer Mitte erhob sich der Keilir aus dem Dunst, rautenförmig wie eine ägyptische Pyramide.

Áróra schlenderte am Wasser entlang bis zum Yachthafen, wo sich die Kapitäne mit ihren Motorbooten beschäftigten, während auf zwei der Anlegestege Kinder mit Angelleinen spielten und den Fischen nachstellten. Sie lächelte. Ihre Eltern wären jetzt genau über diesen Punkt in eine Diskussion geraten. Ihr Vater hätte es wunderbar gefunden, wie frei und selbstständig isländische Kinder aufwuchsen, Mama hingegen hätte darauf hingewiesen, dass das unbeaufsichtigte Spielen von Kindern am Meer sogar lebensgefährlich sein konnte. Sie blieb einen Augenblick am Ende eines Schwimmanlegers stehen und beobachtete zwei Jungen, die mit ihrer Angelleine kämpften. Ihr Freudenschrei echote durch den stillen Hafen, als sich herausstellte, dass an der Leine ein Fisch zappelte. »Ein Dorsch!«, rief der eine triumphierend und streckte seine Hand in die Luft, und der andere schlug begeistert ein. Man sah von Weitem, wie sich der Stolz in der Körpersprache der Jungen niederschlug. So etwas durften isländische Kinder erleben; Selbstständigkeit und Stolz, weil sie die Dinge selbst in die Hand nehmen konnten, anstatt ständig die Hilfe der Erwachsenen aufgedrängt zu bekommen. Und wenn Áróra so darüber nachdachte, hatte sie, als sie die Entscheidung getroffen hatte, Hákon auf die Spur zu kommen, ein ähnliches Gefühl gehabt. Sie hatte alle Warnungen und Zweifel in den Wind geschlagen und einfach alles laufen lassen. War ihrer eigenen Intuition gefolgt und hatte drauf gepfiffen, was andere dachten. Vielleicht war sie in Wahrheit isländischer, als sie glaubte.

Sie kehrte um und ging zurück in die Stadt. Diesmal folgte sie der kleinen Einkaufsstraße direkt bis zu dem Café, das ihre

Cousine Ellý als Treffpunkt vorgeschlagen hatte. Beide erreichten gleichzeitig ihr Ziel, jede aus ihrer Richtung. Ellý schob einen Kinderwagen vor sich her und grüßte, während sich auf ihrem geröteten Gesicht ein Lächeln ausbreitete.

»Schön, dich zu sehen«, flüsterte sie und versuchte, das Kind nicht zu wecken, als sie die Cousine umarmte. Áróra spähte in den Wagen und sah das Köpfchen mit der gehäkelten Mütze, das unter der Bettdecke hervorlugte. »Wir stellen ihn einfach hier draußen hin«, sagte Ellý, platzierte den Wagen unter das Fenster des Cafés und zog die Bremse an. Áróra zögerte. Das hier war typisch Isländisch und brachte sie jedes Mal gründlich aus dem Gleichgewicht.

»Willst du ihn da draußen stehen lassen? Allein?«

»Er schläft wie ein Stein«, sagte Ellý. »Ich werde ihn schon hören, wenn er aufwacht. Er hat die Lunge von seinem Papa.« Sie lachte, nahm ihre Handtasche aus dem Drahtkorb unter dem Wagen und stieg die Stufen hinauf zum Café.

»Wir könnten natürlich auch einen Spaziergang mit ihm machen, bis er aufwacht«, schlug Áróra vor, doch Ellý schnaubte verächtlich.

»Wenn ich nicht sofort einen Kaffee kriege, dann explodiere ich«, sagte sie und öffnete die Tür zum Café. »Ich war weder gestern draußen noch heute Morgen, ich finde, ich habe eine kleine Auszeit verdient.« Áróra folgte ihr nach drinnen und dann zur Theke, doch sie konnte sich nicht verkneifen, immer wieder nach dem Kind zu schielen. »Alles bestens«, sagte Ellý und schlug Áróra lachend auf die Schulter. »Hier haben alle genug Kinder, niemand kommt auf die Idee, noch weitere zu stehlen.«

30

Als Grímur mit dem Sonntagsgebäck zurückkam und die Tür zum Treppenhaus öffnete, erschrak er noch einmal, denn die Frau hätte ihn auf dem Weg nach draußen fast umgerannt. Björns neue Flamme. Er zog den Bauch ein und presste seinen Rücken an den Türrahmen, damit sie sich vorbeidrücken konnte, und dabei roch er den starken Duft von Kräutershampoo aus ihren feuchten Haaren. Er inhalierte den Duft, der sein Herz berührte und einen Schmerz mit sich brachte, den er seit damals, als er Ísafold gerade kennengelernt hatte, nicht mehr verspürt hatte. Ein Duft von Unschuld. Von Frühling. Von einem Neuanfang. Doch zugleich hätte er die Frau am liebsten angeschrien. Sie solle verschwinden und sich in diesem Haus nie mehr blicken lassen. Sie solle diesen Wohnblock meiden wie der Teufel das Weihwasser. Sein Blick verfolgte sie, wie sie quer über den Parkplatz ging und die Bushaltestelle ansteuerte. Dass sie um diese Uhrzeit an einem Sonntag gerade von Björn kam, wies darauf hin, dass sie bei ihm übernachtet hatte, und als Grímur im Haus verschwand und vor seiner Wohnungstür stand, spürte er, wie die Enge in seiner Brust anschwoll. Dass die Beziehung der beiden sich so schnell entwickelte, verschaffte ihm zusätzlichen Druck. Er konnte sich nicht zu lange mit der Organisation aufhalten. Er musste einen Gang hochschalten.

Er warf die Tasche mit dem Gebäck auf den Tisch. Er hatte zwei *kleinur*, isländisches Schmalzgebäck, gekauft und zwei Stücke »Hochzeitsglück«. Ísafold liebte Hochzeitsglück, weshalb er angefangen hatte, immer etwas davon im Haus zu haben, damit er ihr etwas anbieten konnte, wenn sie unerwartet hereinschneite. Einmal hatte sie unter Tränen, die aus ihrem blauen Auge rannen, über die Ironie gekichert, dass das Hochzeitsglück aussgerechnet ihr Lieblingskuchen war, und er erinnerte sich an das Brodeln in seiner Brust, das sich in eine Mischung aus Liebe und Wut verwandelte, und an die heiße Sehnsucht, sie zu befreien. Sie von Björn zu befreien und nicht zuletzt von ihr selbst, von der Bindung und der blinden Liebe, die sie an einen Mann fesselte, der sie nicht verdient hatte. Genauso wenig, wie er diese neue Frau verdient hatte.

Etwas Ähnliches hatte ihm in seiner Jugend viel Kummer bereitet. Er erinnerte sich an seine Jahre auf dem Gymnasium und daran, wie es ihn betrübt hatte, dass die Mädchen immer wie verrückt den sogenannten *bad boys* hinterherliefen, Jungs, die hemmungslos von sich selbst und ihrer eigenen Großartigkeit eingenommen waren, während sie die Mädchen schlecht behandelten. Jungen wie ihn ließen die Mädchen hingegen links liegen, Jungen, die einem Mädchen den gebührenden Respekt erwiesen hätten. Jungen, die sie niemals geschlagen oder gequält hätten, um sie dazu zu bringen, im Bett Dinge zu tun, die sie nicht tun wollten. Jungen, die ihnen zugehört hätten, wenn sie hätten reden wollen, und die sie nach ihrem Befinden gefragt hätten oder nach ihren Träumen. Jungen, die sie zu schätzen gewusst hätten.

Grímur hatte die Angewohnheit, wenn er aus der Bäckerei nach Hause kam, sich eine volle Kanne Kaffee zu kochen und sie gierig zu seinem Gebäck in sich hineinzuschütten, doch jetzt weckte die Erinnerung an vergangenen Ärger vermischt mit bittersüßer Liebe eine Art Aufruhr in seinem Inneren, der es ihm unmöglich machte, sich zu entspannen. Er musste sich unbedingt rasieren, obwohl er das bereits erledigt hatte, bevor er in die Bäckerei gegangen war. Er zog sich aus, stellte sich unter die Dusche und spürte gleich die erste Erleichterung. Wasser wirkte auf ihn immer beruhigend. Wenn auch nicht ganz so sehr wie eine Rasur. Er bedeckte sein Gesicht mit Rasierschaum und spürte das Brennen, denn die Haut war noch empfindlich von der Morgenrasur, doch wenn er mit den Fingerkuppen fest über die Augenbrauen fuhr, konnte er ein paar kurze Stoppeln ausmachen. Die Augenbrauen waren am schlimmsten. Schlimmer als der Bart. Es schien unmöglich, sie anständig zu rasieren, immer war irgendwo ein Haar, das hervorstand und ihn nervte. Er fuhr mit der Rasierklinge über die Stirn, hin und her, mit dem Haarwuchs und dagegen, und obwohl es brannte, schien es ihn zu beruhigen.

31

Sie fanden einen Tisch direkt am Fenster des Cafés, sodass sie nur die Fensterscheibe von dem Kinderwagen trennte, und Aróra hatte sich etwas beruhigt darüber, dass Ellý ihr Kind allein draußen ließ.

»Ich bin so glücklich, endlich aus dem Haus zu kommen«, sagte Ellý. »Ich habe eigentlich überhaupt keinen Grund, nach draußen zu gehen, ich hänge viel zu viel zu Hause ab. Schön, dich zu sehen; ich habe keine Ahnung, wie lang unser letztes Treffen her ist! Du warst auf keiner Familienfeier oder so was, seit du ein Kind warst! Soweit ich weiß jedenfalls, ist das alles unglaublich lange her!« Ihr Wortschwall brach ab, als sie einen Schluck Kaffee trank. Sie hatte offensichtlich das dringende Bedürfnis, mit jemand anderem zu reden als mit ihrem Baby.

»Ich weiß es auch nicht mehr«, antwortete Aróra wahrheitsgemäß. Es war lange her, dass sie zu einem anderen Anlass in Island gewesen war, als um zu versuchen, ihrer Schwester gut zuzureden, und es war noch länger her, dass sie mit irgendwelchen Verwandten Kontakt gehabt hatte. »Ich bin nur hier, um nach Ísafold zu suchen.« Kaum hatte sie den Satz ausgesprochen, wurde ihr klar, wie sonderbar das klingen musste, also beeilte sie sich, noch etwas nachzulegen. »Es ist wirklich nett, dich

wiederzusehen. Viel zu lange her, dass wir uns gesehen haben.«
Ellý beobachtete sie interessiert und mit fragendem Blick.

»Was ist eigentlich los mit Ísafold?«, fragte sie dann und dämpfte ihre Stimme. Sie sprach noch nicht ganz im Flüsterton, aber leise genug, um Vertraulichkeit anzudeuten.

»Ich hatte gehofft, du könntest mir etwas darüber sagen«, erwiderte Áróra. »Mama hat mich hergeschickt, um nach ihr zu suchen, denn sie hat seit mehr als zwei Wochen nichts mehr von ihr gehört und springt im Dreieck vor Sorge.« Ellý nickte.

»Ja, mich hat sie auch angerufen und gefragt, ob ich etwas über sie weiß, und dann hat Daníel – erinnerst du dich noch an Daníel? Das war doch dieser Typ von der Polizei, der mal mit Tante Didda verheiratet war und in den wir als Mädels alle verknallt waren. Auf meiner Konfirmation hat er mit uns auf dem Motorrad Runden gedreht, weißt du noch? Jedenfalls ist er jetzt bei der Kriminalpolizei und hat mich wie gesagt angerufen und gefragt, wann ich Ísafold zuletzt gesehen habe …«

»Und wann hast du sie zuletzt gesehen?«, unterbrach Áróra. Ellý hielt inne in ihrem wirren Redefluss und zog die Augenbrauen zusammen.

»Hast du davon nichts mitgekriegt?« Sie wirkte verblüfft, doch noch lange nicht so verwundert, wie Áróra es war.

»Was mitgekriegt?«, fragte sie, und Ellý starrte sie einen Moment lang an, dann richtete sie sich auf ihrem Stuhl auf, lehnte sich nach vorn und stützte die Ellenbogen auf den Tisch.

»Ich habe Ísafold zuletzt vor Weihnachten gesehen. Sie war so lieb, hat immer bei mir vorbeigeschaut, als ich hochschwanger war und mich vor Beckenschmerzen kaum bewegen konnte. Ich hing praktisch nur zu Hause rum und war unendlich dankbar, mal mit jemand anderem zu reden als mit meiner Mutter. Mein Freund arbeitet den ganzen Tag bis abends spät, und wir wohnen mit dem Kleinen bei Mama, aber dann passierte das mit den Pillen, und seitdem habe ich sie nicht mehr gesehen. Daníel wollte ich das nicht sagen, weil er bei der Polizei ist, ich will Ísafold ja nicht in Schwierigkeiten bringen oder so ...« Áróra hob die Hand.

»Mo-ment, leg mal eben den Rückwärtsgang ein, ich weiß überhaupt nicht, wovon du redest. Welche Pillen?«

»Ja, okaaay«, sagte Ellý lang gezogen. »Dann hast du von dieser Sache also wirklich nichts mitgekriegt?«

32

Áróra gelang es mit viel Fingerspitzengefühl, ihr Handy an die Freisprechanlage im Mietwagen anzuschließen, damit sie mit ihrer Mutter reden konnte, während sie sich bemühte, nicht zu vergessen, dass hier Rechtsverkehr herrschte. Ellý hatte sie erschöpft zurückgelassen, und sie konnte es kaum erwarten, sich auf das schneeweiße Hotelbett zu werfen und eine Weile zu dösen. Es war, als ob ihr Kopf Ruhe brauchte, nachdem sie die Geschichte von Ísafolds Leben in Island gehört hatte. Es lag auf der Hand, dass dieses Leben sich erheblich unterschied von dem, was sie sich vorgestellt hatte.

»Wusstest du von dieser Tablettensache mit Ellý und ihrer Mutter?«, fragte Áróra sofort, als ihre Mutter ans Telefon ging.

»Was für eine Tablettensache?«

»Also, erstens hat Ísafold zu Hause bei Dagný, Ellýs Mutter, Schmerztabletten geklaut, und zweitens hat sie in der Apotheke Dagnýs Medikamente einkassiert.«

»Ja, ich habe irgendwann mal so was in der Richtung gehört, aber ...«, antwortete ihre Mutter zögernd.

»Ja, und? Warum hast du mir nichts davon gesagt? Ich fahre hier kreuz und quer durch die Stadt und interviewe Leute, und du hast den Daumen auf diesen Informationen? Ihr Ton war vielleicht etwas zu vorwurfsvoll, aber Áróra war wütend. Das war wieder mal so typisch für ihre Mutter.

»Ja, die Dagný, die ist eben, wie sie ist«, sagte sie. »Bei der weiß man nie genau, ob es wahr und richtig ist, was sie sagt. Ísafold hat mir erzählt, was die beiden ihr vorgeworfen haben, aber sie hat mit Schmerztabletten so gar nichts am Hut. Ich schätze, das Ganze ist einfach ein Missverständnis.«

»Das war kein Missverständnis«, zischte Áróra. »Als Dagný ihre Medikamente abholen wollte, die sie wegen ihrer quälenden Schmerzen in ihrer kaputten Hüfte dringend braucht, da war das Rezept schon eingelöst, und als sie sehen wollte, wer den Erhalt der Medikamente unterschrieben hatte, war es Ísafold.«

»Könnte es sein, dass Dagný Ísafold gebeten hatte, die Tabletten für sie abzuholen, und es dann einfach vergessen hat? Sie neigt ja dazu, manchmal so ein bisschen ...«

»Nein, Mama«, erwiderte Áróra. »Als Dagný Ísafold angerufen hat, um Näheres zu erfahren, da hat Ísafold einfach aufgelegt, und danach hat sie Ellý und den Rest der Familie auf Facebook blockiert, und keiner von ihnen hat seitdem etwas von ihr gehört.«

»Diese Leute von der Seite deines Vaters können manchmal ziemlich theatralisch ...«

Áróra widerstand der Versuchung aufzulegen. Sie war fuchsteufelswild. Ihre Mutter hatte ganz offensichtlich von dieser Sache mit den Pillen gewusst, es aber vor ihr geheim gehalten und sich stattdessen irgendwelche Erklärungen und Entschuldigungen für Ísafolds Benehmen zurechtgelegt. So wie man das von ihr kannte.

»Ich glaube ihnen, Mama«, sagte sie langsam und deutlich. »Und du hättest mir das sagen sollen.« Sie legte auf und hoffte, sie hatte sich einigermaßen höflich verabschiedet und zugleich ihre Unzufriedenheit drastisch genug zum Ausdruck gebracht. Morgen würde sie ihre Mutter noch mal anrufen und sie bearbeiten, bis sie ihr alles erzählte, was sie über Ísafold und ihr bisheriges Leben in Island wusste. Und nichts davon ausließ.

33

Ómar stürzte sich auf sein Eierbrot, das Olga ihm zu seiner Hafergrütze geschmiert hatte, und sie bläute ihm wieder einmal ein, dass er auf dem Balkon keine Hühner halten durfte. Wie auch immer sie es ihm zu erklären versuchte, er redete einfach weiter, meinte, dass man bloß ein Netz über den Balkon zu spannen brauche, und dann könnten sie vier oder sechs Hühner haben. Die Tiere würden sich schnell auszahlen, sagte er. Ein Ei pro Tag und Huhn!

»In Mehrfamilienhäusern gibt es Regeln«, sagte Olga zum wiederholten Mal. »Tiere zu halten ist verboten.«

»Aber der Kerl im dritten Stock hat einen Hund«, warf er ein. »Warum dürfen wir dann keine Hühner halten?«

»Dann hätten wir keine Ruhe mehr, mein Lieber. Hühner gackern den ganzen Tag, und außerdem stinken sie.«

»Aber wenn die Nachbarn Eier von uns bekämen, würden sie sich freuen und sich über Lärm und Gestank nicht mehr aufregen.«

Sie sah ihn an und lächelte, und er sah auf und lächelte zurück. Manchmal hatte sie den Eindruck, als sähe sie in seinen Augen eine fremde Welt. Seine Vorschläge zur Verbesserung ihres Lebens wirkten hier in Kópavogur oft absonderlich, waren aber dort, wo er herkam, zweifellos vollkommen normal. Natürlich wären Hühner eine clevere Idee, und wenn sie in einem Einfamilienhaus wohnen würde mit genug Platz für ein Freigehege zur Geflügelhaltung, würde sie auf der Stelle einwilligen. Dann hätte er eine Beschäftigung, während sie auf der Arbeit war, und sie würden beim Lebensmitteleinkauf noch mehr sparen.

Er stand auf und spülte seinen Teller ab. Sie hatte ihm schon mehrfach gesagt, er solle das schmutzige Geschirr einfach in die Spülmaschine stellen, doch er schien es meistens sofort wieder zu vergessen.

»Wann hast du Ísafold von nebenan zuletzt gesehen?«, fragte sie. Ómar stand am Spülbecken und schien zu erstarren. Sie sah es ihm von hinten an, dass er offensichtlich nachdachte. Die eine Hand lag auf dem Rand der Spüle, und in der anderen hielt er die Spülbürste. Das Wasser lief, und für einen Augenblick war dieser Strahl, der in das verkratzte Stahlbecken sprudelte, das einzige hörbare Geräusch in der Küche.

»Wo ist Ísafold?«, fragte er, ohne sich umzudrehen.

»Ich weiß nicht«, sagte Olga. »Sie scheint verschwunden zu sein, und ihre Schwester ist auf der Suche nach ihr.«

»Soldaten haben sie entführt«, sagte Ómar leise. »Sie nehmen sie einfach mit und legen sie in Ketten, um sie zu vergewaltigen.« Olga erschrak. Er neigte dazu, seltsame Dinge zu sagen, die aus irgendwelchen Erinnerungen aus dem Krieg stammten und ihn meistens zwischen Schlaf und Wachzustand überfielen. Wenn er nachts aufwachte und weinte. Oder eher am helllichten Tag.

Olga stand auf, ging zu ihm und legte ihm die Hand auf die Schulter. Er zuckte so abrupt zusammen, dass er ihr einen Heidenschreck einjagte, und dann stand er auf einmal laut brüllend mitten in der Küche und schlug mit der Spülbürste um sich, als hätte er ein Schwert in der Hand.

»Was?«, rief er, während der reißende Wasserstrahl im Spülbecken dröhnte. »Was ist mit Ísafold? Warum? Das ist nicht gut. Sie ist nicht hier! *Why you ask me?*« Olga griff nach dem Wasserhahn und drehte ihn zu, dann streckte sie die Hände nach ihm aus und versuchte, ihn zu beruhigen. Sein Wortschwall wirkte zusammenhanglos, sodass sie nicht dahinterkam, was er fragen wollte in seinem gebrochenen, mit isländischen Wörtern durchsetzten Englisch.

»Sch, sch, Ómar«, sagte sie in dem Tonfall, in dem sie mit ihm sprach, wenn er nachts weinte. Sie sprach beruhigend, einschläfernd und schob sich langsam näher an ihn heran. »Komm, komm, sch, sch. Ist doch alles in Ordnung, Ómar, Lieber, beruhige dich doch!« Er hörte auf, die Spülbürste zu schwingen, seine Arme fielen schlaff an den Seiten herab, und er verstummte, doch Olga sah an seinem angespannten Gesicht und in seinem Blick, der wie wahnsinnig in der Küche umherirrte, als verfolgte er eine unsichtbare Gefahr, dass er immer noch verwirrt und aufgewühlt war. »Komm, komm«, sagte sie, und endlich schien er wieder zu sich zu kommen. Er schaute ihr in die Augen, und sie sah eine abgrundtiefe Trauer, die sich darin spiegelte. Diese Augen hatten offenbar viel gesehen. Vieles, das sie sich nicht im Geringsten vorstellen konnte, und sie spürte, wie ihr Mitgefühl für ihn immer stärker wurde.

Sie drehte sich auf dem Absatz um und verließ die Küche, und einen Moment später hörte sie, wie die Tür zu seinem Zimmer hinter ihm ins Schloss fiel. Sie atmete auf und ließ sich auf einen Küchenstuhl fallen. Sie hatte ihn zum ersten Mal in einem solchen Zustand der Verwirrung erlebt, während er wach war. Und sie hatte zum ersten Mal Angst vor ihm bekommen.

34

Es war nicht weit vom Café bis zu Daníels Wohnung oberhalb des Flüsschens in Hafnarfjörður. Sie musste ihm erzählen, was Ellý ihr berichtet hatte. Dass Ísafold ihren Verwandten Schlaftabletten geklaut hatte, war bestimmt keine Nebensache. Daníel reagierte nicht auf die Türklingel, doch hinten aus dem Garten klang leise Musik, weshalb Áróra schätzte, dass er vielleicht *das gute Wetter ausnutzte*, wie man das hier nannte. Als sie um die Hausecke bog und den Garten betrat, wehte ihr eine Rauchwolke entgegen, die vom Grill auf der Terrasse vor Daníels Wohnung stammte.

»Na, hi!«, rief Daníel, der in kurzen Hosen und einem T-Shirt mit einer Grillzange in der Hand am Grill stand.

»Aha, hier wird das gute Wetter genutzt«, sagte sie und lächelte. Er lachte und drehte ein großes Stück Fleisch auf dem Grill herum.

»Kommt nichts anderes infrage«, sagte er. »Ein frühes Abendessen hier bei mir. Normalerweise grillt man ja viel zu spät am Tag, wenn es schon richtig kalt ist. Aber das hier erinnert doch eher an die Sommerferien, oder? Essen, wann man will, und schlafen, wann man will?«

»Unbedingt«, sagte Áróra und setzte sich in den Gartenstuhl, den er ihr hinstellte. Auf der Terrasse war es windstill und, zugegeben, ziemlich warm, also zog sie ihre Jacke aus und ließ die Sonne auf ihre nackten Arme scheinen.

»Ich wollte dir was erzählen, das ich über Ísafold gehört habe«, sagte sie und griff nach dem Bier, das er ihr reichte. »Von Ellý, unserer Verwandten, die du ja auch kontaktiert hast.«

»Nach dem Essen«, sagte er, schichtete eine große Menge Lammfleisch auf einen Teller und stellte ihn auf den Gartentisch. »Es ist genug Fleisch da, und die Kartoffel teilen wir uns einfach.« Er verschwand durch die Glastür in die Wohnung und kam kurz darauf mit zwei Tellern, Besteck und einer Dose *Stjörnusalat* zurück, der Áróra an die Grillfeste ihrer Kindheit erinnerte. Er setzte sich ihr gegenüber, schnitt die Kartoffel in zwei Hälften und legte die eine auf ihren Teller, und jetzt stellte Áróra fest, dass sie hungrig war.

»Greif zu!«, sagte Daníel, lächelte ein strahlendes Lächeln und deutete auf den Fleischberg auf dem Teller.

»Danke«, sagte Áróra und suchte sich ein Stück Lammfleisch aus, wobei sie dachte, dass ihr Vater mit dieser Mahlzeit überaus zufrieden gewesen wäre. *Proteine für das Trollmädchen*, hätte er wahrscheinlich gesagt. Daníel nahm sich zwei Scheiben auf einmal, schnitt sich sofort einen Bissen ab und steckte ihn in den Mund.

»Hmmm«, machte er und häufte einen großzügigen Klecks *Stjörnusalat* neben sein Fleisch, und auf einmal spürte Áróra, wie ein wohliges Gefühl sie überkam. Sie atmete tief durch und entspannte sich auf ihrem Stuhl, ließ ihre Wirbelsäule ein wenig einsinken, lehnte sich über den Tisch und fing an, ihr Fleisch in kleine Stücke zu schneiden. Der Duft von Gras vermischte sich mit den Essensgerüchen, und die warme Sonne und Daníels muskulöser, nackter Oberschenkel, der unter dem Tisch an ihrem Bein entlangstrich, schickten Ströme der Seligkeit durch ihren ganzen Körper. Es tat gut, sich zu entspannen.

»Es werden mehr und immer mehr Fragen, die ich meiner Schwester gern stellen würde«, sagte sie.

Nach dem Essen stellte Daníel ihr einen Stuhl vor den Computer im Wohnzimmer und ließ sie das Gerichtsverzeichnis durchsuchen, während er den Abwasch erledigte. Sie stieß auf das Amtsgericht von Reykjanes und ging die neuesten Urteile durch, die in das Verzeichnis aufgenommen worden waren. Sie brauchte nicht lange, um zu finden, was sie suchte: *Angeklagter verurteilt wegen Besitz und Weitergabe rezeptpflichtiger Medikamente.*

Sie klickte den Link an, und das Rechtsdokument öffnete sich: *Die Staatsanwaltschaft gegen Björn Hannesson.*

Dem Dokument zufolge hatte Björn sieben Monate Haft auf Bewährung bekommen für den Besitz von knapp zweihundert Schmerztabletten, für die er kein Rezept vorweisen konnte, und seine Beteuerungen, die Tabletten seien zum eigenen Gebrauch, galten nicht als stichhaltig. Das musste damit zusammenhängen, dass Ísafold die Schmerztabletten von ihrer Tante Dagný gestohlen hatte. Wenn Björn ein Junkie war und solche Unmengen von Medikamenten brauchte, war es nicht unwahrscheinlich, dass Ísafold sich derart ein Bein ausriss, um ihm das Dope zu beschaffen. Sie schien bereit, sich von Björn alles Erdenkliche gefallen zu lassen. Das hier war wieder ein Teilchen des Puzzles, das Áróra versuchte zusammenzusetzen, um Isafolds

Leben in Island zu ergründen, doch das Teilchen gab leider keine Hinweise darauf, wo Ísafold zu finden war. Und es erklärte genauso wenig, warum Björn den Nachbarn weisgemacht hatte, Ísafold mache Urlaub in England, während er zu ihr gesagt hatte, sie habe ihn verlassen.

35

Grímur stand nackt vor dem Badezimmerspiegel und zitterte. Seine Haut war nach der dritten Rasur rot und entzündet, sodass er beim Abtrocknen vorsichtig sein und aufpassen musste, nicht zu stark zu reiben. Arme und Beine waren in Ordnung, als vertrügen die Extremitäten das besser als das Gesicht, die Brust und die Geschlechtsteile. Er nahm den Föhn und stellte ihn auf die zweithöchste Stufe, dann begann er an Bauch und Rücken, um das Frösteln aus seinem Körper zu blasen. Als die Haut schon ziemlich trocken war, cremte er sich ein und hatte eine frische Rasierklinge in Reichweite, falls er auf eine Borste stoßen sollte. Eine kleine, ekelhafte Borste, die sich aus seinem Körper wand, als hätte sie nichts anderes zu tun, als draußen nach Bakterien zu fischen und sie dann durch die Haut wieder nach innen zu ziehen. Das war eher ein Gefühl als Wissen. Grímur wusste sehr gut, dass diese Rasuren ihm nicht guttaten, und er wusste auch, dass der Arzt recht hatte, wenn er erklärte, dass die Haut viel anfälliger für Infektionen werde, wenn er sich so oft rasierte. Doch es war völlig unmöglich, das jemandem zu erklären, der nicht diesen Widerwillen kannte, der ihn ergriff, wenn er über Haare nachdachte. Wenn er darüber nachdachte, was Haare in Wirklichkeit waren: ein länglicher Proteinfaden bestehend aus toten Zellen, der sich durch winzige

Löcher in der Haut, die mit Schweiß und Fett verklebt waren, nach außen wand.

Die Creme brannte und machte die Haut berührungsempfindlich, also zog er seine Jogginghose an, die innen weich gefüttert war, und ein bequemes, weites Shirt, das kaum am Körper scheuerte. Er setzte sich an den Computer und fand Björns neue Flamme auf Facebook. Sie hieß Kristín und war leicht zu finden, da sie buchstäblich alles likte, was Björn postete. Ob es Anfeuerungsrufe beim Fußball waren, schlechte Videos von Leuten, die hinfielen, oder Bilder von seinem Abendessen. Sie hielt Björn offenbar für den heißesten Fang der Stadt. Noch so ein Unschuldslamm, das sich in ihn verknallt hatte. Noch so ein Unschuldslamm, das ins Unglück rannte.

Er speicherte ihr Profilbild auf seinem Computer, druckte es auf hochwertigem Fotopapier aus und betrachtete es genau. Sie war wunderschön, schöner als Ísafold, wenn das möglich war. Das Gesicht war ebenmäßiger, der Teint heller. Sie war unzweifelhaft jünger und hatte eine Kleinigkeit mehr auf den Rippen. Ísafold war inzwischen ziemlich hager. Er öffnete den großen Wohnzimmerschrank und begann, die Fotos von Ísafold, die die rechte Schranktür von innen bedeckten, vorsichtig, eins nach dem anderen, auf die linke Seite gegenüber zu verfrachten. Wenn er damit fertig wäre, Ísafold die Seiten wechseln zu lassen, würde er das Profilbild der neuen Frau oben innen an die rechte Schranktür heften. Es war eine große Tür, er hätte also ausreichend Platz für jede Menge Fotos von ihr.

36

Ísafolds rechtes Auge ist in einer rot schimmernden Schwellung versunken. Sie sitzt am Küchentisch bei ihrem Nachbarn in der Wohnung unter ihr und hat offenkundig schon lange da gesessen, gemessen an den nass geweinten Taschentüchern, die sich vor ihr auf dem Tisch angesammelt haben.

Der Nachbar ist sonderbar. Ganz weiß und glatzköpfig, weshalb er seltsam ausdruckslos wirkt. Er zittert buchstäblich vor Nervosität. Ísafold ist zu sehr beschäftigt mit ihrem eigenen Schmerz, um zu sehen, dass der Mann es kaum erwarten kann, sie und ihre Probleme aus seiner Wohnung zu befördern.

Der blaue Bluterguss auf Ísafolds linkem Wangenknochen ist kurz davor, aufzuplatzen. Die Mitte ist dunkelblau, scheint aber von einem violetten Ring umgeben zu sein, und das Farbenspiel erinnert an den Ölfilm auf einer Pfütze.

Der Bluterguss an ihrem Arm dagegen ist schwarz und so angeschwollen, dass die Haut aussieht, als wäre sie kurz vor dem Aufreißen. Es ist, als brodelte unter der Oberfläche eine Art Blutmagma, das nur darauf wartete, in einem kraftvollen Ausbruch herauszuschießen.

»Vielleicht hast du den Arm gebrochen«, sage ich, doch sie schüttelt den Kopf. Sagt, sie müsse auf keinen Fall in die Notambulanz. Sagt, sie brauche überhaupt nichts außer einmal gründlich ausschla-

fen. Ich schlage das Hotel vor, um den Nachbarn aus seiner Zwangslage zu befreien, und Ísafold willigt ein.

Auf dem Weg ins Hotel halte ich am Frauenhaus, damit Ísafold sich ein paar Ratschläge holen kann.

Ísafold ist zu erschöpft, um zu widersprechen, doch sie wehrt sich standhaft gegen den gesunden Menschenverstand der Beraterin und erklärt, das sei alles ihre eigene Schuld. Sie habe Björn provoziert. Sie habe das blaue Auge und den schwarzen und den blauen Bluterguss selbst heraufbeschworen.

37

MONTAG

Áróra nahm sich reichlich Zeit, um ihre Beine mit dem Waschhandschuh zu bearbeiten, bevor sie sie mit Seife einschäumte und sich dann bemühte, sie sauber zu rasieren, ohne auch nur ein Härchen stehen zu lassen. Sie saß in der gefliesten Duschwanne mit ihren Kosmetikartikeln in Reichweite, und wenn sie an den Abend dachte, flatterten in ihrem Bauch ein paar Schmetterlinge. Sie freute sich und überlegte, ob der Abend gelingen würde oder nicht, denn natürlich würde der Abend mit Hákon nicht nur ein Date, sondern bot auch die Gelegenheit, den USB-Stick in Hákons Computer zu schmuggeln.

Der USB-Stick, auf dem das Programm gespeichert war, das ihr Zugriff auf seine gesamten Daten ermöglichte. Das ihr erlaubte, alles zu verfolgen, was er auf seinem Computer tat. Das Programm, das sie ein paar Hackern für den Preis eines Kleinwagens abgekauft und das sich schon mehr als einmal bezahlt gemacht hatte.

Sie trocknete sich ab und stellte sich vor den Spiegel; sie föhnte ihre Haare und versuchte sich vorzustellen, wie sie sich wohl nach dem Date mit Hákon fühlen würde. Würde sie sich hinterhältig und verräterisch vorkommen, wenn sie nicht nur mit ihm schlief, weil sie ihn begehrte, sondern auch, weil sie auf die Gelegenheit hoffte, in die Nähe seines Computers zu kommen? Wenn sie beim Sex einen ganz bestimmten Hintergedanken hatte und nicht einfach um der Befriedigung willen mit ihm schlief?

Nach dem Föhnen massierte sie Öl in ihr Haar, damit es glänzte, stutzte ihre Schamhaare und cremte den ganzen Körper mit Kokos-Bodymilk ein. Ihre Haut wirkte glatt und straff im Spiegel, und sie musterte zufrieden ihren muskulösen Körper. Warum sollte sie sich denn nicht ihren attraktiven Körper zunutze machen? Männer nutzten doch auch ihre Machtposition aus, die sie gegenüber Frauen hatten, warum also sollten Frauen nicht dasselbe tun? Sie ging hinüber ins Schlafzimmer und schlüpfte in ihre Unterwäsche, setzte sich dann auf die Bettkante und lackierte ihre Zehennägel mit rotbraunem Nagellack. Erst kürzlich war sie bei der Fußpflege gewesen, also musste das ausreichen. Aber ihre Hände waren eine andere Geschichte. Sie griff nach ihrem Telefon und googelte, bis sie ein Nagelstudio fand, für das man keinen Termin brauchte. Es war sündhaft teuer, doch sie würde ja demnächst genug Geld für so etwas haben. Das Studio war in dem kleinen Einkaufszentrum in Hafnarfjörður. Alle ihre Wege schienen derzeit nach Hafnarfjörður zu führen, dachte sie, und im selben Augenblick schweiften ihre Gedanken zum Küchentisch in der behaglichen Wohnung ihres Onkels Daníel. Mit dem sie nicht verwandt war.

38

Olga beobachtete Ómar, der vier Eier mit Salz und Pfeffer verquirlte, dann eine gute Handvoll Haferflocken darüberstreute und weiterquirlte.

»Der Trick ist«, sagte er, die Eimasse nicht in die Pfanne zu gießen, bevor das Öl richtig heiß geworden ist, dann wird das Omelette schön knusprig.« Das war inzwischen ihre Morgenroutine an Werktagen geworden. Er bereitete Eier in irgendeiner Form zu, Rührei oder gekochte Eier, und manchmal wendete er trockenes Brot in Ei, briet das Ganze in der Pfanne und streute Zimt darüber. Er hatte abgenommen, seitdem er bei Olga eingezogen war und sie diese morgendlichen Eiermahlzeiten eingeführt hatten, denn das Frühstück bewirkte, dass er mittags oft nicht beonders hungrig war und nicht mehr brauchte als einen kleinen Snack.

Es hatte sich so viel verändert, seit er in Olgas Wohnung wohnte, doch der größte Unterschied war, dass ihre Sicht auf viele Dinge eine andere geworden war. Die hartplastikbeschichtete Kücheneinrichtung in Braun und Orange war ihr zum Beispiel schon seit Jahren ein Dorn im Auge gewesen, und sie hatte seit Langem im Hinterkopf gehabt, sie gegen etwas Moderneres auszutauschen, sobald sie es sich leisten könnte. Mittlerweile war ihr das völlig egal, denn Ómar gefiel die Küche ausnehmend gut, er putzte sie mit Hingabe und befestigte bei der Gelegenheit gleich die Schranksicherungen, die sich immer wieder lösten. Und dann war da die Dankbarkeit. Er war so dankbar für alles, dass sie sich irgendwann dabei ertappte, im Stillen alles Mögliche aufzuzählen, wofür sie ihm dankbar war, und wenn sie sich nicht irrte, war sie tief drinnen glücklicher als zuvor.

Er verteilte das Omelett auf zwei Teller und reichte ihr einen davon, und bevor er anfing zu essen, musterte er sie mit einem vielsagenden Blick.

»Was?«, fragte sie mit vollem Mund.

»Ich habe im Netz eine Seite gefunden, wo man sich eine gefälschte Personenkennnummer zusammensetzen kann«, sagte er, und sie legte die Gabel beiseite.

»Mein lieber Ómar ...«, begann sie, doch er fiel ihr ins Wort.

»Ich will ja nichts Gefährliches damit machen, ich will einfach nur ins Fitnessstudio«, sagte er. »Ich habe schon Dosen und Flaschen gesammelt, genug für eine Monats-Mitgliedskarte, und wenn ich die abgebe und das Geld kriege, dann brauche ich nur noch die Personenkennnummer und muss noch eine Kleinigkeit drauflegen, und dann kann ich im Studio gegenüber vom Kreisverkehr trainieren. Die Erwartung in seinen Augen war so groß, dass sie es nicht übers Herz brachte, einfach Nein zu sagen, obwohl sie wusste, dass jeder einzelne Kontakt draußen unter Leuten das Risiko erhöhte, dass man ihn aufgriff. Sein Gesicht erschien regelmäßig in den Medien, denn die Polizei fahndete nach ihm, gewiss, aber das Bild war schon älter und ziemlich unscharf, und außerdem hatte Ómar jetzt viel kürzere Haare als damals und wirkte tatsächlich jünger als auf diesem verknickten Passfoto. Doch es brauchte nur einen aufmerksamen Angestellten bei den Recycling-Containern oder im Fitnessstudio, und die ganze Sache würde auffliegen. Und hier gab es auch noch die Nachbarn, die ihn bemerken mussten, wenn er seine Sauberkeitsanfälle im Treppenhaus oder rings um den Block auslebte, und Olga hoffte, sie würden ihn weiterhin ignorieren.

»Personenkennnummern bestehen aus einer Zahlenfolge, die ...«

»Ich weiß, ich weiß«, sagte er ungeduldig. »Mein Geburtsdatum und dann noch vier Ziffern. Aber diese Website lässt die Zahlenreihen so aussehen, als ob sie echt wären. Kein durchschnittliches Computersystem kapiert, dass da was nicht stimmt. Es ist ein Ausländer, der diese Seite gebaut hat, genau für Leute wie mich.« Olga seufzte.

»Ich werde mal beim Ausländerbund anrufen und mich über diese Sache informieren«, sagte sie. Ómar lächelte zufrieden und machte sich über sein Omelette her. Es würde ihm sicher guttun, etwas zu tun zu haben. Eine Struktur für jeden Tag, etwas anderes als Putzen und Wäschewaschen. Regelmäßige Bewegung, die Energie verbrannte. Sie konnte sich kaum dazu durchringen, den Rechtsanwalt des Ausländerbundes anzurufen, der sich um die Belange von Geflüchteten kümmerte, denn dann käme heraus, dass Ómar immer noch bei ihr wohnte. Das System funktionierte so, dass die, die gesucht wurden und denen die Abschiebung drohte, von Ort zu Ort geschickt wurden, sodass auch beim Ausländerbund selbst die wenigsten wussten, wer wo wohnte. Das erhöhte die Sicherheit. Aber für Ómar würde sie das tun. Und sie würde ihm auch die fünftausend Kronen geben, die ihm fehlten, um die Mitgliedskarte für das Sportstudio zu kaufen. Sie konnte ihm einfach nichts abschlagen.

39

Der Eingang zur Seniorenwohnanlage lag in einem Hof, der auf die Lindargata hinausging, und offensichtlich wurde der Hof auch als Außenbereich für die alten Leute genutzt. Das gelb gestrichene Gebäude bot Windschatten von drei Seiten, sodass die Bänke und die Blumenkübel nach Süden lächelten und der ganze Hof sonnendurchflutet war. Da die kühle Brise hier eine Pause machte, schien die Sommersonne warm auf Áróras Rücken, sodass sie ihre Jacke auszog und über den Arm legte, während sie auf den Eingang zuging.

Sie brauchte ziemlich lange, um das Büro zu finden, in dem der soziale ambulante Pflegedienst beheimatet war, und soweit sie die Nachbarin verstanden hatte, war das die Einrichtung, für die Ísafold gearbeitet hatte. Die Aufsichtsführende war grobknochig mit stattlichen, grau melierten Dauerwellen, und als Árora an die Tür klopfte, stand sie auf und begrüßte sie mit einem festen Händedruck.

»Ich heiße Árora und suche nach Informationen über Ísafold Jónsdóttir, die hier arbeitet. Die Frau sah sie eine Weile schweigend an, und Árora hatte das Gefühl, die Frau maß sie mit ihren Blicken, als müsste sie begutachten, ob sie überhaupt einer Antwort würdig war. Árora setzte sich der Frau gegenüber auf die Kante des Stuhls und dachte darüber nach, warum man in Büros nach wie vor an solch großen Schreibtischen saß, während die Computerbildschirme mittlerweile papierdünn geworden waren.

»Ísafold Jónsdóttir arbeitet hier nicht mehr«, sagte die Frau mit zusammengepressten Lippen, wie um zu vermeiden, dass ihr auch nur ein falsches Wort herausrutschte.

»Können Sie mir sagen, wann sie hier aufgehört hat?«, fragte Áróra und bemühte sich, freundlich zu klingen, doch auf das Misstrauen der Frau schien das keinen Einfluss zu haben.

»Sind Sie Anwältin?«, fragte sie und kniff die Augen zusammen.

»Nein, nein!«, beeilte sie sich zu versichern. »Ich bin ihre Schwester, und unsere Mutter hat mich hergeschickt, um sie zu suchen, denn wir haben seit über zwei Wochen nichts mehr von ihr gehört. Wir wohnen aber nicht hier in Island.« Das Gesicht der Frau entspannte sich, und sie lehnte sich in ihrem Stuhl zurück.

»Aha«, sagte sie. »So ist das also.«

»Ja«, sagte Áróra. »Wir versuchen herauszufinden, wann sie zuletzt hier gesehen wurde, und ich würde gerne wissen, ob sie Urlaub genommen oder gekündigt hat.«

»Hm.« Die Frau legte den Kopf schief und kniff ein Auge zu, als ob ihre Brille nicht stark genug wäre, um Áróra eingehend zu betrachten. »Weder noch«, fuhr sie fort. »Man hat ihr Anfang Mai gekündigt, und sie ist noch am selben Tag gegangen. Die Kündigung war rechtskräftig, und die vorgeschriebene schriftliche Abmahnung hatte sie auch erhalten. Wenn du also vorhast, die Gewerkschaft einzuschalten, kannst du das vergessen.« Áróra schüttelte heftig den Kopf.

»Nein, nein, nichts dergleichen. Wie ich bereits gesagt habe, ist Ísafold nämlich verschwunden.«

»Verschwunden?«

»Ja.«

»Verschwunden im Sinne von irgendwo versteckt oder endgültig verschwunden?« Áróra verstand nicht, warum die Frau so lange brauchte, um zu begreifen, was man zu ihr sagte, vielleicht hatte sie auch überhaupt nicht zugehört, als sie ihr das Ganze erklärt hatte. Jedenfalls lag es auf der Hand, dass die Frage nach Ísafold die Frau gründlich aus dem Gleichgewicht gebracht hatte.

»Sie ist endgültig verschwunden«, sagte Áróra. »Und wir, die Familie, machen uns allmählich ernsthaft Sorgen.«

»Verstehe«, sagte die Frau, und Áróra wartete darauf, dass sie noch etwas hinzufügte, doch sie schwieg.

»Könnte ich vielleicht den Grund erfahren, weshalb ihr gekündigt wurde?« Áróra hatte kaum ihren Satz beendet, als die Frau ihr streng ins Wort fiel.

»Nein«, sagte sie knapp. »Aber die Kündigung wurde auf rechtmäßiger Basis ausgesprochen.«

Áróra stand auf und bedankte sich, die Frau grüßte schmallippig zurück und wandte sich wieder ihrem Bildschirm zu. Ihre Bewegungen wirkten theatralisch, so als spielte sie auf der Bühne eine Büroangestellte, wobei sie auch den Zuschauern weit hinten im Saal begreifbar machen musste, worum es ging. Áróra verließ das Büro und ging quer durch die Empfangshalle, und während sich die automatische Eingangstür öffnete, drehte sie sich abrupt um und sah, dass die Frau ihr mit zusammengekniffenen Augen hinterherschaute.

40

Áróra lehnte die Gelnägel ab, nahm aber den Gellack gern an, denn erfahrungsgemäß war Gellack viel robuster als gewöhnlicher Lack und würde ziemlich sicher bis nach Mittsommer halten. Von dem Chemiegestank im Nagelstudio hatte sie mittlerweile einen Anflug von Kopfschmerzen, weshalb sie, als sie hinaus auf den Gang des Einkaufszentrums trat, die Sonnenbrille aufsetzte. Gerade hatte sie überlegt, Daníel anzurufen, als er plötzlich vor ihr stand.

»Wir von der Polizei sind immer misstrauisch gegenüber Leuten, die ihre Sonnenbrillen auch drinnen tragen«, sagte er grinsend, und Áróra lachte.

»Und das völlig zu Recht!«, sagte sie. Sie nahm seinen Kuss auf die Wange entgegen und berührte gleichzeitig seinen Oberarm, was eine Mischung aus Händeschütteln und Umarmung sein sollte, doch sie hielt ihn zu lange fest und sah, wie sein Blick an ihrem Körper hinunterwanderte. Vielleicht tat er es aus Versehen, vielleicht war es aber auch eine Antwort auf ihre Geste, die überhaupt keine Geste gewesen war, sondern ihr völlig unwillkürlich und in einer Art Verwirrung unterlaufen war. Oder auch nicht. Sein Arm war muskulös, und sie spürte die Wärme seiner Haut durch sein dünnes Hemd und hätte sich gut vorstellen können, ihre Hand noch länger an diesem Ort zu lassen.

»Ich habe gerade an dich gedacht«, sagte sie dann mit einem Lächeln, und er lächelte verschmitzt zurück und zwinkerte ihr zu.

»Ist das so?«

Wieder konnte Áróra sich nicht beherrschen und lachte. Sein Tonfall war schmeichelhaft, und er zog eine Augenbraue hoch, als wollte er das eine oder andere andeuten, doch sie war erleichtert, dass er diesen angedeuteten Flirt, der sich aus purem Versehen in diese Richtung entwickelt hatte, mit Humor nahm, denn sie hatte keineswegs vorgehabt, ihn so lange und so fest zu berühren.

»Ich war eben im Seniorenheim in der Lindargata, wo Ísafold angeblich zuletzt beschäftigt war, aber die haben mir gesagt, sie arbeitet dort nicht mehr.«

»Hmm«, machte Daníel bloß.

»Ich hatte die Idee, ob du vielleicht da runterfahren und den wahren Grund für Ísafolds Kündigung herausfinden könntest«, sagte sie. »Die Direktorin will mir nichts sagen, aber wenn du ihr deinen Dienstausweis vor die Nase hältst, wird sie vielleicht gefügiger. Ich habe das Gefühl, dass da etwas Seltsames unter der Oberfläche schlummert. Daníel lächelte wieder, aber diesmal war das Lächeln freundschaftlich. Warmherzig, nicht so intensiv wie vorhin, als die Ironie in seinen Augen blitzte.

»Das kann ich gerne machen«, sagte er, und seine Stimme klang sanft. »Wenn du mit mir essen gehst. Heute Abend.«

»Heute Abend kann ich nicht«, sagte Áróra hastig, erleichtert, dass sie die Wahrheit sagen konnte. Sie war mit Hákon verabredet.

»Dann eben morgen Abend«, sagte Daníel, und sie versuchte lächelnd, eine passende Ausrede zu erfinden, doch auf die Schnelle fiel ihr nichts ein.

»Okay«, sagte sie. »Morgen Abend.« Eine glühende Röte stieg ihr ins Gesicht, und auf einmal fühlte sie sich wie ein Teenager, der mit aller Kraft versucht, die menschliche Kommunikation zu verstehen, doch nicht ganz nachvollziehen kann, um was es geht. Sie hätte einiges gegeben, um zu wissen, was er dachte. Wollte er sie anbaggern? Oder war er bloß ein anständiger älterer Kerl, der einfach nur nett sein wollte zu seiner jungen Nichte aus dem Ausland? Oder, genauer gesagt, zu seiner Nicht-Nichte?

Áróra saß wieder im Auto, als es ihr endlich gelang, sich ausreichend zu beruhigen, um ihre Fingernägel zu begutachten. Sie waren rosa-braun, deutlich heller als die Fußnägel, und die Lackschicht war makellos. Sie war bereit für das Date mit Hákon heute Abend, doch aus irgendeinem Grund hatte sie plötzlich Lust, das Treffen abzusagen.

41

»Wie oft meldet sich Ísafold normalerweise bei dir?«, fragte Daníel und bemühte sich, einen sanften Tonfall anzuschlagen, wie immer, wenn er im Rahmen seiner Ermittlungen mit Angehörigen sprach.

»Mindestens ein- bis dreimal pro Woche«, sagte Violet, die Mutter von Áróra und Ísafold, und er hörte, wie die Verzweiflung durch die Stimme sickerte, obwohl sie offenbar so tat, als wäre sie ruhig und gefasst.

»Und damit meinst du telefonisch?«, fragte Daníel.

»Ja«, sagte sie und fügte dann hinzu: »Aber sie postet jeden Tag irgendwas auf Facebook. Also normalerweise. Aber jetzt hat sie seit fast drei Wochen nichts mehr gepostet.«

»Ich verstehe«, sagte er ruhig in sein Telefon, das er mit der linken Hand ans Ohr hielt, während er mit der rechten versuchte, im Computer nach Ísafold zu suchen. Violet nannte ihm bereitwillig ihren Facebook-Zugang, damit er Ísafolds Posts lesen konnte, die niemandem außer ihren Freunden zugänglich waren.

Violet hatte recht gehabt, Ísafold hatte in den letzten beiden Maiwochen und den ersten Tagen im Juni nichts mehr gepostet. Nicht einmal die Werbung von irgendwelchen Modeläden hatte sie geteilt, keine Sonderpreise oder Gewinnspiele und auch keine Videos von niedlichen Kleinkindern, die übten, alleine zu essen oder zu laufen, oder andere Dinge, die Ísafold sonst gern zu teilen schien.

Er notierte gewissenhaft die Telefonnummern aller Verwandten und Bekannten, von denen Violet sich vorstellen konnte, dass Ísafold mit ihnen in Kontakt gewesen war. Dann verabschiedete er sich von ihr mit den Worten, es sei beim jetzigen Stand der Dinge am besten, Ruhe zu bewahren und optimistisch zu sein. Violet schien sich an diesen Strohhalm zu klammern, froh, das von einem Polizisten zu hören, als wäre seine Berufserfahrung ein Gewicht auf der Waagschale der Hoffnung. Bei der Polizei gab es zu diesem Punkt zwei Theorien, zum einen die, der er selbst anhing: Am besten den Leuten Mut zusprechen und sie beruhigen, denn Angehörige, die vor Schreck erstarrt waren, halfen bei den Befragungen oft nicht weiter. Sie waren mit den Nerven am Ende und zählten die unwichtigsten Details auf, die nicht die geringste Rolle spielten, legten überall Bedeutung hinein, auch wenn es überhaupt keinen Grund gab, sich darüber aufzuregen. Und dann gab es unter seinen Kollegen diejenigen, die es für am besten hielten, die Leute von vornherein auf das Schlimmste vorzubereiten. Laut dieser Theorie wäre es nun an der Zeit, Violet aufzufordern, sich mit dem Gedanken vertraut zu machen, dass Ísafold etwas Schlimmes zugestoßen sein könnte.

Nachdem er sich von Violet verabschiedet hatte, setzte er sich vor den Rechner und studierte streng systematisch Ísafolds Facebook-Seite. Er scrollte zwei Jahre zurück in der Timeline und notierte sich die Namen der Leute, die er auf den Fotos sah.

Ein Großteil der Bilder zeigte sie selbst und Björn. Meistens sah man sie im Freien beim Essen oder auf einer Party mit einem Glas in der Hand und ausgelassenem Grinsen. Auf einigen Bildern saßen sie draußen im Gras, und auf zweien schienen sie irgendwo auf dem Land zu sein, gespenstische Lavabilder mit Birkengestrüpp ringsumher, sodass er auf die Gegend von Mývatnssveit tippte.

Áróra tauchte in einigen der zwei Jahre alten Fotoserien auf. Mal schien sie auf Besuch in Island zu sein, mit Weihnachtskerzen im Hintergrund und einem Glas Punsch vor ihr auf dem Tisch, mal waren die Aufnahmen aus dem Frühjahr danach, als Ísafold und Björn Áróra augenscheinlich in Edinburgh besucht hatten.

Er klickte sich weiter auf Áróras Profil und verlor sich für eine Weile in ihren Fotos. Es war so, als könnte man sie einfach nicht schlecht fotografieren. Auf jedem der Bilder war sie schön, stattlich und schön, denn meistens war sie mindestens einen halben Kopf größer als die Frauen, die mit ihr auf dem Bild zu sehen waren, und oft sogar größer als die Männer.

Ihre verführerischen dunklen Augen schienen die Kamera magisch anzuziehen, und die vollen Lippen waren eine Aufforderung zum Küssen. Er stellte sich vor, wie es sein musste, sie in den Armen zu halten. Das Gefühl wäre sicher anders, als einen zarten und empfindlichen, zerbrechlich wirkenden Frauenkörper zu umfassen, wie manche Frauen ihn hatten. Áróras Körper war kraftvoll, sie würde eine feste Umarmung genauso wegstecken wie ein schweres Gewicht, das auf ihr lag.

Er räusperte sich, verärgert über sich selbst, und stand auf.

Er war über Áróras Fotos in Gedanken versunken, anstatt seinen Plan weiterzuverfolgen: eine Art Landkarte oder Skizze vom vergangenen Jahr in Ísafolds Leben anzulegen.

Er öffnete die Glastür, trat hinaus auf die Terrasse und zog seine Socken aus. Dann ging er hinunter auf den Rasen und genoss es, die Kühle der Erde unter seinen Fußsohlen zu spüren und die Zehen in die weiche, dichte Grasnabe zu drücken. Er lief ein paarmal vor und zurück. Das Gras sah im Abendlicht dunkelgrün aus, und die glatte Oberfläche erinnerte entfernt an Flanell. Wenn die Unkrautecke hinten vor dem Felsen nicht wäre, könnte das der perfekte Garten sein.

Daníel ging zur Garage und spähte durch eines der Fenster hinein. Lady Gúgúlú saß über ihre Nähmaschine gebeugt und bearbeitete hochkonzentriert glitzernden Paillettenstoff. Er klopfte leicht ans Fenster und winkte, woraufhin sie aufsah.

»Brauchst du nicht mal ne Zigarettenpause, gute Frau?«, fragte Daníel, als sie zur Tür kam, doch seine Einladung war unnötig, sie hatte bereits eine Zigarettenschachtel in der Hand.

»Ich bin allergisch gegen Leute, die mich *Frau* nennen«, sagte Lady Gúgúlú, während sie eine Zigarette aus der Schachtel holte und sie ansteckte. *Frau* klingt irgendwie so ältlich.

»Entschuldige. Ich wollte dich nicht beleidigen.«

»Da ist *Madame* schon besser. Der französischen *Madame* haftet ein gewisser Glamour an, während die isländische *Frau* für immer dazu verdammt ist, Lockenwickler und Schürze zu tragen, die sie bei einer Spendenaktion des Frauenvereins irgendwo draußen auf dem Land erstanden hat. Und sie ist mindestens um die siebzig.«

»Ich werde es mir merken, *Madame*.« Daníel antwortete mit einer angedeuteten Verbeugung, und Lady Gúgúlú musterte ihn nachdenklich.

»Du kannst mich auch einfach *Lady* nennen. Damit wären wir beim Du.« Daníel verneigte sich nochmals und zog einen nicht vorhandenen Hut.

»Und was willst du sonst noch?«, fügte Lady hinzu und ließ den Zigarettenrauch in großen Kringeln aufsteigen.

»Ich weiß es eigentlich nicht genau«, sagte Daníel. »Ich hatte einfach Lust, dich zu sehen.«

»Bist du einsam?«

»Ich glaube, ja. Es ist so komisch, in den Kaffeepausen niemanden zum Reden zu haben. Das ist das Einzige, was ich im Sommerurlaub vermisse. Die Kaffeepausen.«

42

Áróra schlüpfte in ein kurzes schwarzes Kleid und nutzte die Gelegenheit, die Strümpfe wegzulassen, stieg in ihre hochhackigen Sandalen und legte sich ihren Mantel um die Schultern. In der Tür ihres Hotelzimmers kehrte sie um und suchte nach einem Halstuch. Das könnte in der Abendkühle nicht schaden, wenn die Sonne nicht mehr so hoch am Himmel stand.

Durch die Innenstadt zogen Schwaden von Essensdüften. Die ersten Gäste hatten sich in den Restaurants eingefunden, und Áróra sog den Duft in sich ein und versuchte, die Speisen zu bestimmen. Hummersuppe, gegrilltes Lamm, gebratener Fisch. Auf den Straßen ein Gewirr aus unzähligen Sprachen, und ein Großteil der Leute, die hier unterwegs waren, schien Touristen zu sein. Man erkannte sie an den grellbunten Outdoorjacken und den derben Wanderstiefeln und daran, wie sie umherblickten und sich für die Stadt interessierten. Sie hatte Reykjavík immer hässlich gefunden. Ein architektonischer Supergau, wo zwischen den niedrigen Holzhäusern Betonungetüme hochgezogen wurden und die alten Häuser immer geduckter aussahen, je mehr Hochhäuser um sie herum aus dem Boden schossen. Aber sie musste zugeben, die Lage der Stadt war großartig. Die Esja war stets irgendwo im Hintergrund und wechselte ihre Farbe je nach Wetter und Wolkenschatten, sodass sie immer wie neu wirkte und alle Blicke auf sich zog.

Als sie das Restaurant betrat, in dem sie verabredet waren, atmete sie tief durch. Es war ein modernes Fischrestaurant in einem großen, alten Holzhaus mit zwei Stockwerken. Die Tische waren alle besetzt, und in der Luft lag ein lebhaftes Stimmengewirr, in das sich leise Jazzklänge mischten, die sie aus ihrer Jugend kannte. *Gling-gló* vom Tríó Guðmundar Ingólfssonar und Björk. Eine der Lieblingsplatten ihres Vaters. Der Kellner nahm ihr den Mantel ab und geleitete sie zu einem Tisch, an dem Hákon gerade aufstand; er umarmte sie und küsste sie auf beide Wangen.

Und auf einmal konnte sie nicht mehr verstehen, warum sie am Mittag von dieser Panikattacke erwischt worden war und die Verabredung mit Hákon hatte abblasen wollen. Wie sie dieses gewinnende Lächeln und diesen muskulösen Körper in einem Anflug von konfuser Gefühlsduselei hatte vergessen können, nur wegen dieses Polizisten-Nicht-Onkels, mit dem sie am folgenden Abend ausgehen würde. Hákon war gut aussehend und charmant, und es würde Spaß machen, sich mit ihm zu unterhalten und ihm zuzuhören. Sie war neugierig, mehr über ihn und sein Leben zu erfahren und darüber, wie er es geschafft hatte, geschäftlich wieder auf die Füße zu fallen. Es wäre interessant, seine Seite der Geschichte zu hören. Und es wäre spannend, zu erfahren, wie er diesen steilen Neuanfang zu erklären versuchte und wie diese Erklärung später zu den Informationen passte, die sie mithilfe des neuen Programms aus seinem Computer fischen würde. Während Áróra über das vor ihr liegende Projekt nachdachte, wanderte ihre Hand unwillkürlich zu ihrer Tasche, an deren Vorderseite in einer kleinen Außentasche der USB-Stick ruhte.

43

Ich füttere Ísafold mit Babynahrung, die ich ihr mit einem Teelöffel verabreiche. Durch die Drähte, die ihren Kiefer zusammenhalten, kann sie den Mund nicht richtig öffnen.

Björn ist im Ausland, und ich bin nach Island gereist, um mich um Ísafold zu kümmern, worum Mama mich gebeten hat, und jetzt versuche ich, aus ihr herauszukriegen, was passiert ist. Gegen den Heizkörper gefallen, presst sie zwischen den Zähnen hervor. Das kann auch nur mir passieren.

Ich gehe in ein Elektrogeschäft und kaufe einen Stabmixer, um frisches Gemüse für sie zu pürieren. Ich koche Haferflocken mit Ei, damit sie ein paar Proteine bekommt. Ich finde unzählige Smoothie-Rezepte im Internet. Ich organisiere eine Beraterin vom Frauenhaus, die zu ihr nach Hause kommen und mit ihr reden soll.

Ísafold ist wütend und will nicht mit der Beraterin reden. Und ich soll nicht immer so hysterisch sein. Außerdem habe Björn recht, ich solle mich nicht in Dinge einmischen, die mich nun mal nichts angingen.

Sie ist einfach gegen den Heizkörper gefallen, das Dummerchen.

Ich rolle das Bettzeug auf dem Sofa zusammen und packe meine Tasche. Räume eine volle Einkaufstüte mit Babygläschen in den Kühlschrank und gehe.

Ich habe die Nase voll, auf meine große Schwester aufzupassen.

44

DIENSTAG

Olga reichte Ómar einen Fünftausend-Kronen-Schein, den er mit einem strahlenden Lächeln entgegennahm, das, wie sie fand, das Wohnzimmer stärker aufwärmte als die Morgensonne, die durchs Fenster hereinschien. Er hatte ausnahmsweise länger geschlafen als sie, und sie hatte inzwischen geduscht, sich angezogen und ihre Sachen für die Arbeit gepackt, als er in Pyjamahose und einem ärmellosen Hemd im Flur erschien.

»Ich zahle dir das zurück«, sagte er. »Sobald ich arbeiten gehen darf, zahle ich dir das zurück.« Olga schüttelte den Kopf, doch er fuhr fort. »Wenn ich in Kanada angekommen bin, kriege ich Arbeit und kann dir das Geld schicken, oder ich kann, falls meine Berufung durchkommt, vielleicht auch in Island arbeiten.«

Wenn er über Island und Kanada redete, dann in einem Atemzug, er wechselte von einem Land zum anderen und zurück, doch vielleicht war so ein Plan B gar nicht so dumm, falls sein Antrag auf unbefristeten Aufenthalt in Island endgültig abgelehnt würde. Dann könnte er sich ganz auf Kanada konzentrieren. Sie hatte beim Ausländerbund gesehen, wie Menschen zusammenbrachen, wenn sie ausgewiesen wurden, weil sie geglaubt hatten, Island sei ein unbegrenzter Ankerplatz.

»Es ist alles in bester Ordnung, Ómar«, sagte sie. »Mach dir keine Gedanken deswegen. Besorg dir halt die gefälschte Kennnummer und beschaff dir eine Mitgliedskarte fürs Fitnessstudio. Dann hast du was zu tun, und das ist besser, als den ganzen Tag zu Hause zu hängen.«

»Haben die Leute, mit denen du telefoniert hast, gesagt, dass das okay ist? Die Leute beim Ausländerbund, die Ausländern helfen? Dass es in Ordnung ist, im Fitnessstudio eine falsche Kennnummer anzugeben?«

»Ja«, log sie und lächelte. Sie hatte den Ansprechpartner beim Ausländerbund nicht angerufen. Sie hatte die Angelegenheit gedreht und gewendet, seitdem er sie gestern gefragt hatte, und dann beschlossen, dass es darum ging, das Risiko für jeden einzelnen Fall neu zu bewerten und abzuwägen. Und ihr Fazit war, dass es wohl weniger riskant war, wenn Ómar sich im Sportstudio mit einer falschen Kennnummer anmeldete, als wenn sie beim Ausländerbund anrief, um der Organisation damit auf die Nase zu binden, dass er immer noch bei ihr wohnte. Das konnte dazu führen, dass einer von den Organisatoren unbequeme Fragen stellte. Sich einmischte. Und dann würde es nicht mehr lange dauern, bis jemand an die Tür klopfte, um ihr Ómar wegzunehmen. Jemand, der sagte, dass ein Ortswechsel unbedingt notwendig für ihn sei. Dass er seine Adresse ändern müsse. Es hatte in seinem Leben schon genug Ungewissheit gegeben, ohne dass sie noch einen draufsetzte und ihn wieder auf die Straße schickte. Ihn wieder der Warteschleife des Ausländerbundes überließ. Dann müsste er alle zwei Wochen zu einer neuen Familie ziehen, damit die Polizei ihn nicht finden würde, um ihn des Landes zu verweisen.

Ómar ging auf sie zu und umfasste sie mit seinen langen, braunen Armen. »Danke dir, Mama«, sagte er auf Isländisch. Ihr Herz machte einen Satz, wie immer, wenn er sie Mama nannte. Das berührte in ihrem tiefsten Inneren einen empfindlichen Fleck, denn wenn man einmal Mama gewesen war, gab es keinen Weg, es jemals wieder zu verlernen. Und das war vielleicht der eigentliche Hauptgrund dafür, dass sie nicht wollte, dass jemand wusste, dass Ómar noch immer bei ihr wohnte. Sie wollte ihn für sich haben. Für sich ganz allein.

45

Áróra erwachte neben Hákon mit nagenden Gewissensbissen. Es war, als hätte ihr Körper sie mit dieser Beklemmung geweckt, und nun stiegen ihr die Tränen in die Augen. Ísafold war verschwunden. Irgendwo. Allein. Vielleicht verängstigt oder misshandelt. Und was tat sie, ihre Schwester, die stärkere Schwester, die ihrem Vater versprochen hatte, auf die Kleinere aufzupassen? Sie lag neben einem fremden Mann im Bett mit dem einzigen Ziel vor Augen, sich zu bereichern. Das war die Wahrheit an dieser Geschichte.

Sie lag mit dem Rücken an Hákon geschmiegt, nachdem sie die Unersättlichkeit der Nacht gestillt hatten, und auf einmal war ihr sein Geruch fremd. Unbekannt. Sie kroch vorsichtig aus dem Bett und angelte nach ihren Kleidern. Jetzt schienen ihr ein Slip und ein dünnes Flatterkleidchen kaum die Bezeichnung »Kleidung« zu verdienen, und Gänsehaut kroch ihre Oberschenkel hoch, während sie zum Schreibtisch schlich.

Als sie sich setzte, gab der Schreibtischstuhl ein knarrendes Geräusch von sich, und sie erstarrte, blieb stocksteif sitzen und wartete auf irgendein Zeichen, dass Hákon von den Geräuschen aufgewacht sein könnte. Für einen Augenblick herrschte Stille im Zimmer, doch dann holte er tief Luft und ließ den Atem gleich wieder ausströmen. Das Einatmen war lang gezogen und ging durch die Nase, das Ausatmen dagegen schnell und durch den offenen Mund. Er schnarchte nicht direkt, doch wenn er einatmete, hörte sie einen leichten Luftzug durch die Nasenlöcher einströmen. Áróra zählte drei Atemzüge, dann steckte sie den USB-Stick in seinen Laptop und fuhr ihn hoch. Der Computer fragte nach einem Passwort. Verdammt. Die Enttäuschung, die sich in ihr breitmachte, war von Erleichterung durchsetzt. Ohne Passwort konnte sie nichts unternehmen. Das wäre eine Ausrede ihr selbst gegenüber. Es war unmöglich. In keiner Weise realisierbar, sodass sie Hákon und seine Angelegenheiten nun abhaken und sich auf Ísafold konzentrieren konnte. Schließlich war sie ihretwegen nach Island gereist.

Ein leises Klopfen aus dem Rechner stoppte sie genau in dem Moment, als sie den USB-Stick aus dem Gerät ziehen wollte, und auf dem Bildschirm erschien ein Fenster, das nach einer Mail-Adresse fragte. Das Spionageprogramm ließ sich also öffnen, ohne dass der Computer selbst gestartet wurde. Wieder einmal brachte sie diese Investition zum Staunen. Sie hatte das Programm schon oft verwendet, um sich Zugang zu anderer Leute Rechnern zu verschaffen, doch diese waren bisher noch nie passwortgesichert gewesen.

Hákon brummte und wälzte sich geräuschvoll hin und her. Nun lag er mit dem Gesicht in ihre Richtung, und sie saß an seinem Computer, hielt den Atem an und wartete. Es herrschte Totenstille, und Áróra hatte das Gefühl, sie höre ihr eigenes Herz, das immer schneller und aufgeregter raste, je länger sie auf ein Zeichen dafür wartete, dass Hákon weiterhin schlief. Was sollte sie sagen, wenn Hákon auf einmal mit offenen Augen daläge und sie beobachtete, wie sie sich an seinem Computer zu schaffen machte? Wie sollte sie ihm das erklären?

Sie drehte langsam den Kopf, bemühte sich, jede Hüftbewegung zu vermeiden, damit der Stuhl nicht wieder knarrte, und warf einen Blick über die Schulter. Hákon lag mit geschlossenen Augen da, und während die Erleichterung durch ihren Körper strömte, sog er tief die Luft ein und schnaubte sie in einem geräuschvollen Schnarchlaut wieder aus. Áróra kritzelte *C U Later* auf das erste Blatt des Schreibblocks, der neben dem Computer lag, und zeichnete ein Herzchen darunter. Sie war froh, dass sie ihm nicht mehr in die Augen sehen musste, nicht nur, weil sie ihn hintergangen hatte, indem sie das Spionageprogramm auf seinem Computer installiert hatte, sondern auch, weil die Gedanken an Ísafold sie immer noch gefangen hielten, und neben einem Mann aufzuwachen, den sie kaum kannte, fühlte sich einfach nur falsch an.

46

Die Bauarbeiten in der Innenstadt verhinderten, dass Daníel den gewöhnlichen Weg zur Seniorenwohnanlage in der Lindargata nehmen konnte, also parkte er weiter unten im Viertel und lief die Straße wieder zurück. Die Baukräne, die zwischen den Häusern aufragten und das ganze Gebiet überschatteten wie unvollständige Versprechungen von etwas, das sich nur vielleicht erfüllen würde, entzündeten ein Fünkchen Angst in seinem Inneren. Jedenfalls war er froh, nicht mehr bei der Stadtpolizei zu sein, wenn der nächste Bankencrash käme, denn diese unzähligen Hotelgebäude schienen darauf hinzudeuten, dass die Leute diesen Wirtschaftszweig auf gefährliche Art hochjubelten. Jetzt schon zum zweiten Mal.

Daníel stellte sich vor, dass die knochige Angestellte im Büro des ambulanten Pflegedienstes der Typ Frau war, den man lieber auf seiner Seite haben wollte als gegen sich. Er sah, wie sie erstarrte, als er nach Ísafold fragte, doch ihre Gesichtszüge entspannten sich, als er seinen Ausweis hervorzog und erklärte, dass er Polizist sei. Er achtete darauf, nicht sofort offenzulegen, dass er im Fall von Ísafolds Verschwinden ermittelte, schließlich hatte er noch keine offizielle Erlaubnis hierzu bekommen, weil er derzeit im Urlaub war, aber eins konnte er bedenkenlos behaupten: dass er Polizeihauptkommissar war und den Angehörigen half, sie zu finden.

Facebook hatte am vorigen Abend nichts Weiteres zutage gefördert, höchstens, dass Ísafolds Posts und vor allem Fotos von ihr mit Björn immer sporadischer geworden waren. Björns Profil konnte er mit dem Zugang von Violet, Björns Schwiegermutter, nicht öffnen. Er hatte es offensichtlich gelöscht, also war hier nichts mehr zu holen. Doch jetzt wollte Daníel Nägel mit Köpfen machen, wollte endlich die Basisinformationen zusammenkriegen, um anschließend mit Áróra auf die Wache zu fahren und ihre Schwester als vermisst melden zu können.

»Ísafold Jónsdóttir wurde Ende April gekündigt, und sie ist noch am selben Tag gegangen. Die Kündigung war rechtskräftig, und die vorgeschriebene schriftliche Abmahnung hatte sie bereits erhalten«, leierte die Direktorin herunter, legte den Kopf nach hinten und ließ die beeindruckende Dauerwelle wippen.

»Jetzt ist Ísafold spurlos verschwunden«, sagte Daníel leise, lehnte sich über den Schreibtisch der Frau und sah ihr direkt in die Augen, was es den Leuten meist erschwerte, wegzuschauen. Und wer nicht wegschauen kann, der hat es schwer, der Wahrheit auszuweichen. Die Frau seufzte und lehnte sich ebenfalls nach vorn.

»Wir hätten das natürlich sofort der Polizei melden sollen«, sagte sie. »Aber wir haben eben auch eine Verantwortung, was das Vertrauen der Leute in uns als Vorstand betrifft. Und ich dachte eben, es wäre nicht gerade sinnvoll, die Sache öffentlich zu machen, denn das würde noch mehr Leute von ihrer Sorte auf die Idee bringen, dass das hier ein Ort ist, an dem so etwas als Kinderspiel gilt.«

»Leute von ihrer Sorte? Weshalb genau wurde Ísafold denn gekündigt?«

»Medikamentendiebstahl«, sagte die Frau. Hier leben schutzbedürftige Menschen, und die müssen darauf vertrauen können, dass die Angestellten, die die Schlüssel zu den Zimmern haben, verlässlich sind.«

»Dann wurde Ísafold also dabei erwischt, wie sie den alten Leuten hier im Haus die Medikamente klaute?«

»Ja. Sie hat als Reinigungskraft gearbeitet, und wenn ich ehrlich sein soll, war sie sehr beliebt. Sie putzte gründlich und war gesellig und nett zu den Bewohnern. Aber dann mehrten sich die Klagen, dass Tabletten fehlten. Schmerztabletten. Und da sind bei mir die Alarmglocken losgegangen.« Daníel nickte und lächelte aufmunternd.

»Sie war also munter und gesellig«, sagte er. »Wirkte sie denn wie ein Tablettenjunkie? War sie unpünktlich, unzuverlässig und so weiter?«

»Man konnte die Uhr nach ihr stellen«, sagte die Frau. »Deshalb kam mir das auch so komisch vor. Wirklich komisch. Aber als wir überschlagen haben, wie viele Medikamente aus den Zimmern verschwunden waren, die sie geputzt hatte, da kamen wir auf eine derart astronomische Zahl, dass Eigengebrauch nicht infrage kam. Das, was sie innerhalb eines Monats mitgehen ließ, hätte genügt, einen Elefanten zur Strecke zu bringen. Oder gleich mehrere. Die meisten Senioren haben irgendein Schmerzmittel in ihren vorbereiteten Tablettentütchen, und viele bekommen dazu noch Oxycontin und Contalgin, um die Durchbruchschmerzen in Schach zu halten, zum Beispiel bei Gelenkproblemen und schweren Rheumaanfällen.«

»Und ihr wart euch sicher, dass Ísafold das alles gestohlen hat?«

»Kein Zweifel. Nicht im Geringsten. Sie war nicht nur die einzige Angestellte, die in den Zimmern ein und aus ging, deren Bewohner dann hinterher ihre Tabletten vermissten, sondern wurde auch von der Überwachungskamera erfasst, wie sie Zimmer betrat, die sie an diesem Tag gar nicht zu reinigen hatte. Und das auch noch gegen zwölf, die Leute saßen unten in der Kantine beim Mittagessen.«

Daníel stand auf, gab der Frau die Hand und dankte ihr für die Informationen. »Wir haben beschlossen, mit diesem Fall genauso umzugehen wie bei jedem x-beliebigen Angestellten, der beim Klauen erwischt wird«, sagte sie. »Wir wollten versuchen, zu vermeiden, dass die Sache nach außen dringt und sich zu einem Medienskandal auswächst.«

47

Es war bereits Mittag, als Björns neue Flamme endlich in der Haustür erschien und hinaus auf den Parkplatz ging, wo sie einen grauen Kleinwagen ansteuerte. Grímur hatte die beiden am Vorabend zusammen nach Hause kommen sehen, kichernd und gut gelaunt, Björn mit dem Arm um ihre Taille, und heute morgen hatte er ihn dann um kurz vor acht wegfahren sehen. Seitdem hatte er auf einem Küchenstuhl gesessen, den er vor das Schlafzimmerfenster bugsiert hatte, um freie Sicht auf die Eingangstüren des Wohnblocks und den Parkplatz zu haben, und hatte darauf gewartet, dass sie ebenfalls davonfuhr. Er war ein paarmal in die Küche geeilt, um sich Kaffee zu kochen, und war schnell wieder damit ans Fenster zurückgekehrt. Er hatte sich nicht einmal seiner geliebten Rasur hingegeben, obwohl ihn das Verlangen danach schon zweimal fast übermannt hatte. Während er wartete, las er auf seinem Handy Nachrichten, und da die Warterei sich hinzog, war er irgendwann sogar bei den Klatschkolumnen über irgendwelche Partylöwen angelangt, von denen er nie zuvor gehört oder gelesen hatte, als die Frau endlich herauskam. Er beobachtete, wie sie sich ins Auto setzte, den Sicherheitsgurt anlegte und den Motor anließ, dann lehnte sie sich in Richtung Rückspiegel und schien Lippenpflege oder Lippenstift aufzutragen, was genau, konnte er aus der

Entfernung nicht erkennen. Dann fuhr sie vom Parkplatz, und Grímur sah, wie sie sich in den Kreisverkehr vor der Eisenwarenhandlung einfädelte.

Er sprang auf, holte die Gummihandschuhe aus der Küche und streifte sie über, schlüpfte in ein Kapuzenshirt und zog die Kapuze tief in die Stirn, sodass sie mit den Augenbrauen abschloss. Das war natürlich vollkommen unnötig, denn es gab keine Überwachungskameras im Gebäude, doch irgendwie gab ihm das Sicherheit, und er fühlte sich nicht ganz so ausgeliefert. Als er im Treppenhaus stand, sah er sich um und lauschte. Er hörte nirgends Schritte im Haus, also eilte er die Treppe hinauf, erstaunlich leichtfüßig, als verliehe seine innere Anspannung ihm zusätzliche Energie.

Er steckte den Schlüssel ins Schloss, und für einen Moment blieb der Schlüssel stecken, sodass er befürchtete, Björn habe vielleicht das Schloss austauschen lassen, doch dann sprang das Schloss mit einem kurzen Ruckeln auf, und er war drinnen.

Ísafold hatte ihm den Schlüssel gegeben. *Zur Sicherheit*, hatte sie gesagt. *Wenn ihr hört, dass er mich wirklich brutal plattmacht.*

Aber dazu war es später nicht mehr gekommen. Ab da war dort oben Stille gewesen. Erstaunliche Stille. Doch jetzt zahlte es sich aus, einen Schlüssel zu haben.

Er spähte in den Flurschrank, der offen stand, und sah darin ausschließlich Mäntel und Jacken von Björn. Er sparte wohl nicht an eleganter Garderobe, denn dort hingen immerhin drei Lederjacken, einige Blazer, ein Wollmantel und eine glänzende Daunenjacke wie die auf den Werbeplakaten an den Bushaltestellen, die ein ganzes Monatseinkommen kosteten. Damenjacken sah er keine, also musste die neue Frau in derselben Jacke gekommen und wieder gegangen sein.

In der Küche gab es nicht viel zu entdecken, also ging er direkt ins Bad und wunderte sich, dass es frisch renoviert war. Er hatte keine Handwerker im Haus bemerkt, und das letzte Mal, als er hier oben bei Ísafold Kaffee getrunken hatte, war das Bad heruntergekommen und schäbig gewesen wie immer. Der Bodenbelag hatte sich teilweise gelöst, und durch die Nässe war die Wandfarbe überall abgeblättert. Jetzt waren Wände und Fußboden mit grauen Naturfliesen bedeckt, und die Badewanne war an einem Ende in die Wand eingelassen; der Badewannenrand an der Vorderseite war breit, sodass man darauf Platz nehmen und mit demjenigen, der in der Wanne lag, plaudern konnte. Er setzte sich auf den Rand und sah sich selbst, wie er dort saß und auf Ísafold im Schaumbad hinunterblickte. Je ein Glas Weißwein in der Hand, duftender heißer Wasserdampf, ein paarmal glänzte ihre Brust durch den Badeschaum. Ihr Schienbein in seinem Schoß, und er seifte es hingebungsvoll mit weichem Rasierschaum ein und griff nach seinem nagelneuen Rasierapparat. Er sprang abrupt auf. Er war nicht hergekommen, um sich in Tagträumen zu verlieren.

Im Badezimmerschrank waren alle Fächer außer einem gefüllt mit Körperpflegeprodukten für Männer. Das andere war ziemlich leer bis auf eine rosa Zahnbürste, einige Haargummis, ein kleines Schminktäschchen und ein Fläschchen Parfüm. Er nahm das Parfüm, öffnete es vorsichtig und hielt es unter die Nase, und sofort schwebten seine Gedanken in Richtung Süden mit diesem Duft, der ihn an Baumrinde erinnerte, trockenen Sand, irgendwelche Früchte, deren Namen er nicht kannte, bunte Blumen.

Im Schlafzimmer war das Bett nicht gemacht, auf einem der Nachttische lag ein Stapel Bücher von Elena Ferrante, und die Haken an der Innenseite der Tür waren schwer mit Kleidern behängt. Man sah sofort, dass an dem einen Haken ausschließlich Frauenkleider hingen. Er vergrub sein Gesicht in dem Kleiderbündel und holte tief Luft. Derselbe Duft, der den Süden verhieß, aber schwerer, vermischt mit Körpergeruch und Waschmittel. Die Kommode am Ende des Bettes war leer, mit Ausnahme der obersten Schublade, in der sich einige knappe Spitzenhöschen und ein BH in Körbchengröße B befanden. Ísafold trug D; dieser BH gehörte offensichtlich der neuen Frau. Er schob die Tür zum großen Kleiderschrank zur Seite und sah, dass beide Hälften mit Björns Kleidung gefüllt waren. Zwischen den Kleidungsstücken war viel Platz, als ob er sie überall im Schrank verteilt hätte, um den Platz auszunutzen und Ísafolds Hälfte zu beschlagnahmen.

Grímur hatte genug gesehen. Björn hatte augenscheinlich alle Spuren beseitigt, die Ísafold hinterlassen hatte, und die Kosmetik im Bad und die Bücher und die Kleider im Schlafzimmer deuteten darauf hin, dass die neue Frau begonnen hatte, Sachen bei ihm zu deponieren. Es würde nicht mehr lange dauern, bis sie bei ihm einzog. Er hatte weniger Zeit zur Verfügung, als er gedacht hatte.

48

»Ich gehe mit einem alten Onkel von mir essen«, sagte Áróra zu Hákon ins Telefon, während sie draußen vor dem Hotel stand und auf Daníel wartete. Sie hatte den Tag dazu verwendet, weitere Hintergrundinformationen über Hákon und seine Firmen zu untersuchen und wie es dazu gekommen war, dass er im Gefängnis landete, doch sie war noch nicht dazu gekommen, den Inhalt seines Computers mit dem Spionageprogramm zu sondieren, dazu war sie einfach viel zu unruhig wegen ihrer Verabredung heute Abend. Hákon hatte sie schon heute wieder treffen wollen. Hatte vorgeschlagen, sich später nach dem Essen noch auf einen Drink zu treffen, dann gezögert und gefragt, ob sie ihn aufdringlich finde. Sie lachte.

»Nein, nein«, antwortete sie. »Ich melde mich später, falls ich noch Lust auf einen Drink habe.«

Seine Antwort konnte sie nicht mehr hören, denn im selben Moment bremste ein Motorrad vor ihr auf dem Bürgersteig. Sie schaltete ihr Handy aus und verstaute es in der Tasche, als ihr klar wurde, dass es Daníel war, der auf dem Motorrad saß. Er stieg von seiner Maschine und reichte ihr einen Helm.

»Moment mal, wollten wir nicht zusammen essen gehen?«, fragte sie überrascht. Sie hatte erwartet, sie würden eines der Restaurants in nächster Nähe anzusteuern.

»Überraschungsausflug«, sagte er. »Aber keine Sorge, es wird nur eine kurze Tour.« Áróra zögerte. Sie trug Sandalen ohne Strümpfe und eine dünne Jacke, dazu aber glücklicherweise Jeans anstatt Kleid oder Rock. Sie griff widerwillig nach dem Helm.

»Ich bin mir nicht sicher, ob ich mir das zutraue«, sagte sie, und er lächelte.

»Ich fahre sehr vorsichtig«, versicherte er und stieg wieder auf seine Maschine, schloss den Kinnriemen seines Helms und klopfte hinter sich auf den Sitz. Áróra überlegte, ob sie ablehnen sollte, ihm den Helm zurückgeben, den Kopf schütteln und gehen. Aber sie wusste, dass sie es bereuen würde, denn in ihrem Magen spürte sie ein leichtes, angespanntes Kribbeln. Sie hatte seit ihrer Kindheit nicht mehr auf einem Motorrad gesessen. Und damals war es ebenfalls mit Daníel gewesen.

Ein paar Minuten später rasten sie die Sæbraut entlang. Sie umklammerte fest Daníels Taille, und ihr wurde schwindlig, wenn sie versuchte, die Touristen zu fixieren, die auf der Küstenpromenade spazierten, oder die Autos, an denen sie vorbeizogen, oder die Esja am Horizont. Also schloss sie die Augen, und da auch die Ohren unter der dicken Polsterung des Helms nur wenig aufnahmen, war es, als wären diese entscheidenden Sinnesorgane in den Schlaf versetzt worden, während andere dafür aufwachten und empfindsamer wurden. Ihre Haut spürte überdeutlich Daníels Nähe, sein lederbekleideter Körper wurde so fest an ihren gepresst, dass die Wärme zwischen ihnen zu fließen begann. Sie hatte das Gefühl, dieser Wärmestrom sei plötzlich in ein Farbenspiel umgeschlagen, rosarot und glühend, und ihr Zeitgefühl sei ebenfalls abhandengekommen, sodass sie erschreckt zusammenfuhr, als die Maschine bremste und hielt.

Mit zitternden Beinen stieg sie vom Motorrad und zog sich den Helm vom Kopf. Daníel lachte.

»Hast du etwa Angst gehabt?«, fragte er, doch sie schüttelte den Kopf und sah sich um. Versuchte herauszufinden, wo sie waren.

»Nein«, antwortete sie. »Es hat richtig Spaß gemacht.« Das war zwar nicht ganz, was sie hatte sagen wollen, aber schließlich hätte sie nicht sagen können, diese kurze Fahrt sei großartig gewesen. Zauberhaft. Erregend auf eine unangemessene Art und Weise.

»Gern geschehen«, sagte er und zeigte auf ein Gestrüpp oberhalb der Straße. »*Dinner is served.*«

Er stapfte durch das dichte Unterholz, und sie folgte ihm bis zu einer kleinen, von niedrigen Birken eingerahmten Lichtung, wo er eine Wolldecke ausbreitete und eine Plastiktüte darauf stellte.

»Wow«, sagte sie. »Ein Picknick.« Er setzte sich auf die Decke und öffnete die Tasche, und sie setzte sich neben ihn. Aus der Tasche kamen zwei Dosen Malz-Orangen-Limonade sowie in Alufolie verpacktes Flachbrot mit geräuchertem Lammfleisch. »Mit Traditionen hast du wohl kein Problem«, sagte sie.

»Stimmt!«, sagte er, lachte und reichte ihr ein Lammfleisch-Sandwich. Sie saßen nebeneinander und aßen schweigend. Der Picknickplatz war windgeschützt, und die Sonne stand noch hoch am Himmel. Unterhalb lag der Vífilsstaðavatn wie ein

Spiegel, über den sich die Landschaft wölbte, und Áróra fühlte, wie ihr Herz sich ausdehnte, als ob es mehr Platz in ihrem Inneren forderte. Um Platz zu schaffen für diesen Abend, diese Sonne und dieses Land.

»In zwei bis drei Wochen ist hier alles voller leuchtend blauer Lupinen«, sagte Daníel.

49

Ísafold stimmt allem zu, was ich und ihr Schwager Ebbi ihr einreden, während wir zu dritt um Ebbis Küchentisch sitzen, zwischen uns Kerzen und eine Tüte kleinur.

Schließlich ist sie bereit, Björn zu verlassen. Sie sieht ein, dass es so nicht weitergeht. Sie weiß, dass sie Gefahr läuft, bleibende Schäden zurückzubehalten. Sie weiß, dass sie in einem Teufelskreis steckt, den sie durchbrechen muss.

Ich buche für uns zwei Flugtickets für morgen nach Edinburgh und eine Zugfahrkarte von dort zu unserer Mutter nach Newcastle. Ebbi geht zu Björn nach Hause und holt ihren Pass und ein paar Klamotten.

Später am Abend kommt ihre Schwiegermutter, um für Björn Partei zu ergreifen. Sagt, er sei am Boden zerstört. Wie sehr er es bereue, handgreiflich geworden zu sein. Wie er sich danach sehne, dass sie ihm verzeihe, und beendet ihre Rede damit, dass Ísafold sich eben am Riemen reißen solle, ihn nicht so zu provozieren.

Am Morgen, als ich aufwache, sitzt Ebbi am Küchentisch und schüttelt resigniert den Kopf. Ísafold ist wieder bei Björn.

50
MITTWOCH

Daníel benutzte ausschließlich die Hände, um das Unkraut entlang der Hausmauer zu jäten, denn obwohl er nichts dagegen gehabt hätte, jetzt eine kleine Schaufel oder eine Harke zur Hand zu haben, befürchtete er, die Nachbarn zu wecken, wenn er mit dem Stahl an der Steinwand entlangkratzte. Er begnügte sich also damit, seine Gartenhandschuhe überzustreifen und mit aller Kraft Löwenzahnpflanzen herauszuziehen und Grasbüschel abzureißen, die sich zwischen dem Asphalt des Parkplatzes und dem Haus ihren Weg ins Freie gebahnt hatten. Das hier musste gemacht werden, auch wenn es natürlich hirnverbrannt war, mitten in der Nacht Unkraut zu jäten. Aber um nichts in der Welt hätte er jetzt einschlafen können. Dazu war er viel zu wütend auf sich selbst, weil er sie geküsst hatte. Was hatte er sich eigentlich dabei gedacht? Die Kleine war verwirrt, sie kannten sich wenig bis gar nicht, und außerdem war er viel, viel, viel zu alt für sie.

Trotzdem war etwas Seltsames zwischen ihnen passiert. Er hatte ihr von seiner Arbeit und von seinen Kindern erzählt, und sie hatte über ihren Vater geredet und darüber, dass sie sich immer wie eine Art Pendel vorkam, das zwischen dem gewissenhaften britischen Osten und dem wilden Westen hier in Island hin- und herschwang. Sie hatte es so formuliert, und er hatte gelacht und sie klug gefunden, doch dann war sie ernst geworden und hatte erklärt, sie fühle sich oft wie in einem endlosen Schwebezustand mitten über dem Atlantik, so wie alle, die zwei Nationen angehörten. Da hatte er das starke Verlangen verspürt, sie an sich zu ziehen, und als sie sich küssten, flogen Funken und Schmetterlinge auf. Er hätte auf der Stelle sagen können, dass er sie liebte, doch der Moment war fast sofort wieder vorbei, weil sie sich ihm entzog. Sie bat ihn um Entschuldigung, sagte, sie habe keine romantischen Hintergedanken.

Und jetzt war er so wütend auf sich selbst, dass er fast explodierte, ohne seiner Wut Luft machen, geschweige denn, sie in etwas Gutes umwandeln zu können. Sollte er sie anrufen und sich entschuldigen? Oder war das vielleicht auch aufdringlich? Anfangs hatte sie seinen Kuss ja erwidert, hatte ihre Hand an seine Wange gelegt und mit diesen wunderbaren Lippen seine Lippen berührt. War es dann nicht genauso ihre Angelegenheit und deshalb sinnlos, sie um Verzeihung zu bitten, als hätte er sich etwas zuschulden kommen lassen?

Er hatte die Hausecke erreicht, und alles Unkraut war weg. Er hatte Schmerzen in den Fingern und schwitzte an Bauch und Rücken, obwohl seine Ohren taub vor Kälte waren. Er stand auf und dehnte seinen Rücken. Er zog die Gartenhandschuhe aus, ging um das Haus herum und in den Garten. Der Schuppen stand offen, und er warf die Handschuhe ins Regal, schloss den Schuppen ab und schob den Riegel vor. Als er sich umdrehte, entdeckte er einen halb aufgeblühten Löwenzahn, der genau in Augenhöhe aus einem Spalt im Felsen hervorwuchs, und er wunderte sich, dass er ihn nicht schon vorher bemerkt hatte.

Er streckte die Hand aus, um ihn herauszureißen, und im selben Moment hörte er Lady Gúgúlús Stimme hinter sich.

»Ist es denn wirklich nötig, alle Blumen rauszureißen?«

Lady stand plötzlich hinter ihm, nur mit ein Paar Nylonstrumpfhosen bekleidet. Sie reichten ihr bis etwas oberhalb der Taille, und unter dem Hosenbund klemmten eine Zigarettenschachtel und ein Feuerzeug.

»Das ist Löwenzahn«, sagte Daníel. »Ich habe keine Lust, die Samen überall auf dem Rasen herumfliegen zu haben.«

»Stell dir doch mal vor, wie hübsch der Rasen aussehen würde, grün mit gelben Blüten.«

»Unkraut ist nicht hübsch«, erwiderte Daníel, doch Lady schüttelte missbilligend den Kopf.

»Das ist das Problem an euch Heten«, sagte sie, »dass ihr Schönheit allzu streng definiert.«

Daníel zuckte mit den Schultern. Er hatte jetzt keine Lust mehr auf lange Diskussionen über Löwenzahn und wollte sich nicht vorwerfen lassen, an der Vernichtung der Schönheit schuld zu sein. Dazu war es viel zu spät in der Nacht. Er würde es später noch einmal versuchen. Er könnte dem Löwenzahn mit Unkrautbekämpfungsmittel den Garaus machen, wenn Lady gerade nicht hinsah, oder einfach mit dem Staubsauger kommen, wenn der Löwenzahn zur Pusteblume geworden war, und die Schirmchen wegsaugen. Dagegen könnte Lady wohl kaum etwas einwenden.

Er wollte duschen, sich einen Kaffee machen und dann warten, bis die Grenzschutzbehörde öffnete, damit er sich nach einer möglichen Ausreise Ísafolds erkundigen konnte. Wenn er von dort eine Antwort bekäme, hätte er einen Grund, Áróra anzurufen, und dann würde er ein *Sorry* ins Gespräch einfließen lassen. *Sorry wegen gestern Abend* oder so ähnlich. Um den dramatischen Unterton dieser missglückten Anmache abzumildern. Um so zu tun, als wäre nichts gewesen. Um so zu tun, als wäre es ihm in Wirklichkeit ziemlich egal, dass sie ihm eine Abfuhr erteilt hatte.

51

Áróra hatte unruhig geschlafen und in Zirkeln geträumt, dazwischen war sie immer wieder mit Herzrasen hochgeschreckt. Der Traumkreis begann mit dem Motorrad, dem aufregenden, flackernden Hochgefühl und ihrem Bauch, den sie fest an seinen Rücken schmiegte, dann kam der Kuss, und im Traum gingen sie weiter als in Wirklichkeit, und dann saß sie wieder hinter ihm auf dem Rückweg in die Stadt, die Nähe seines Körpers war jetzt unerträglich und ihr selbst übel von der schnellen Fahrt.

Nun, wo sie unter der Dusche stand und versuchte, richtig wach zu werden, fiel es ihr schwer, zwischen Traum und Wirklichkeit zu unterscheiden.

»Ich bin emotional nicht im Gleichgewicht«, hatte sie gesagt, als sie sich trennten. »Ich kann mich auf nichts einlassen, solange die Sache mit Ísafold noch ungeklärt ist.«

»Es ist mein Alter, oder?«, hatte er leise gefragt und niedergeschlagen gewirkt, obwohl sie das vehement abgestritten und gesagt hatte, sie finde ihn attraktiv, was auch stimmte, doch sie könne nicht einen Mann im Kopf haben, solange ihre Schwester vermisst werde, was nicht ganz stimmte, aber sie hätte es lächerlich gefunden, Hákon zu erwähnen, um die Sache damit zu erklären. Und die Nähe zwischen ihnen hatte sich sowieso in Luft aufgelöst, sobald die Stimmung gekippt war. Sie hatte die Dosen und die Alufolie von den Sandwiches in die Plastiktüte gestopft, während er die Wolldecke zusammengefaltet und in dem Fach unter dem Motorradsitz verstaut hatte.

Áróra glühte von innen und außen, als sie aus der Dusche kam, sodass sie sich nur oberflächlich abtrocknete, das Handtuch um ihr Haar wickelte und sich nackt ins Zimmer setzte. Sie fuhr den Computer hoch, und nachdem sie einmal tief durchgeatmet hatte, klickte sie auf den Link, den das Spionageprogramm ihr per E-Mail geschickt hatte und der ihr den Zugang zu Hákons Computer ermöglichen sollte. Sie brauchte einige Zeit, um zu verstehen, wie schnell das Programm arbeitete und dass der Bildschirm, den sie jetzt vor sich sah, gar nicht ihrer war, sondern Hákons, und dass ihre Maus und ihre Tastatur wie eine Art Fernbedienung funktionierten. Zunächst einmal öffnete sie einige Dateien, die das Wort *Hotel* im Namen hatten, doch das waren größtenteils Zeichnungen und irgendwelche Bauvorhaben, also schloss sie sie wieder eine nach der anderen und widmete sich seinen Apps.

Das Passwort zu seinem E-Mail-Programm schien auf dem Computer gespeichert, sodass es sich öffnen ließ und sie sich durch eine endlose Reihe von Mails scrollen konnte, in denen es um Maurerarbeiten, Malerfarbe und den Kauf von Kronleuchtern ging. Offensichtlich waren die Gestaltung und das Aussehen von Hotels Hákons Herzensangelegenheit. Sie ging seinen Suchverlauf durch und sah, dass er in erster Linie Nachrichten und Kundenbewertungen von Restaurants gelesen hatte, außerdem hatte er ihren Namen gegoogelt. Sie musste lächeln, und ein warmer Strom durchflutete ihren Körper, in dem sich aber auch sofort ihr schlechtes Gewissen bemerkbar machte, weil sie ihm hinterherspionierte. Der Browserverlauf zeigte, dass er die Website einer Schweizer Bank besucht hatte. Sie klickte auf die Startseite und das Log-in für das Onlinebanking, kam aber nicht weiter, denn die Seite forderte sowohl Benutzernamen als auch Passwort, und beide schienen nicht im Computer gespeichert.

Verfluchte Scheiße. Um seine Passwörter zu bekommen, müsste sie ihn beim Eintippen beobachten, und auch das würde nicht unbedingt funktionieren. Am besten wäre es, die Bewegungen seiner Finger auf der Tastatur per Video aufzuzeichnen. Áróra dachte kurz über diese Möglichkeit nach, kam aber zu keinem Ergebnis.

Als sie aufstand, um sich anzuziehen, klingelte das Telefon. Ihre Mutter war in der Leitung, und bevor sie auch nur ein Wort herausgebracht hatte, hörte Áróra, dass sie weinte.

»Ich habe solche Angst«, schluchzte sie und zog Áróra augenblicklich hinüber in eine andere Wirklichkeit. Die Familienwirklichkeit. Die Schmerzwirklichkeit. »Je länger ich nichts von ihr höre, desto größer wird meine Angst, dass Ísafold etwas Entsetzliches zugestoßen ist.«

52

Das Gesicht des Sozialarbeiters zeigte die verständnisvolle Miene, die Grímur von seiner endlosen Odyssee durch das System her nur zu gut kannte, aber da der Mann schon so ausgesehen hatte, als Grímur eingetreten war, nahm er an, diese Miene sei eine Art Standardmerkmal von Leuten, bei denen man Sozialhilfe von Seiten der Stadt beantragte.

Grímur nahm auf der anderen Seite des Schreibtisches Platz und schaute aus dem Fenster, während der Sozialarbeiter auf seinen Bildschirm starrte. Draußen sah man die Kirche von Kópavogur, wo offensichtlich gerade eine Beerdigung stattfand, Fahnen auf Halbmast und Leichenwagen an der Eingangstür. Die geschwungenen Bögen des Kirchengebäudes wirkten weniger spektakulär als sonst, denn der graue Nieselregen hing tief über der Stadt und verzerrte Farben wie auch Formen, sodass die Wirklichkeit trübe schien wie ein verblichenes Aquarell. Er hoffte, dass der Regen aufhören und die Wolken sich verziehen würden, und tatsächlich schien sich das Wetter zum Schluss der Beerdigung aufzuhellen, als die Fahne wieder voll gehisst wurde und die Seele in ihrer Freude über die Befreiung von der Schwerkraft des Erdenlebens ihre Reise in den Himmel angetreten hatte.

»Du bist aufgrund einer psychischen Erkrankung schwerbehindert, stimmt das?«, murmelte der Sozialarbeiter und starrte noch genauer auf seinen Bildschirm.

»Ja«, sagte Grímur. »Das kommt hin.«

»Und wie geht es dir inzwischen gesundheitlich?«

»Ich halte mich für einigermaßen stabil.«

»Und die Zukunft?«, fragte der Sozialarbeiter. »Wie siehst du deine Zukunft?« Hast du vor, deine akademischen Fähigkeiten zu nutzen, um dein Physikstudium abzuschließen? Du warst Klassenprimus beim Abitur und hattest an der Uni immer exzellente Noten. Und hast für deine Studienleistungen sogar einen Preis bekommen.«

Grímur lächelte geduldig. In seiner Akte war anscheinend vermerkt, dass ihm nur noch wenig zum Studienabschluss fehlte, denn alle Sozialarbeiter, mit denen er bisher gesprochen hatte, schienen das zu wissen.

»Nein, ich glaube nicht«, antwortete er und hoffte, dass irgendein wehmütiges Bedauern in seinem Gesicht zu lesen war. »Das wäre zu belastend. Meine Mutter sagt, ich hätte mich an der Uni mit dem Lesen übernommen, aber es war wahrscheinlich der Stress, der mir so zugesetzt hat.« Der Sozialarbeiter nickte verständnisvoll, aber enttäuscht.

»Hmm. Hier steht, dass du ein Auto fährst?« Der Sozialarbeiter schaute wieder auf und musterte ihn über den Rand seiner Lesebrille hinweg. Grímur unterdrückte ein Seufzen, das er jetzt gern mit einem tiefen Stöhnen herausgelassen hätte. Das hier musste er einmal im Jahr machen, mit einem Sozialarbeiter über den Antrag auf finanzielle Unterstützung von städtischer Seite sprechen, um seine Invalidenrente aufzubessern.

»Ich habe ein Auto, eine alte Rostlaube, für die würde ich nicht mehr viel kriegen«, erklärte Grímur ruhig. »Aber ich benutze die Karre eigentlich nie, außer wenn ich einkaufen muss oder so was, und dann im Winter, wenn das Wetter schlecht ist. Aber meistens nehme ich den Bus.« Er musste unbedingt vermeiden, zu viele Fragen über sein Auto beantworten zu müssen, da er das Auto dringend brauchte, um seinen Plan auszuführen.

»Hmm. Aber die Versicherung hat natürlich ihren Preis«, sagte der Sozialarbeiter nachdenklich.

»Gewiss. Aber was mich am meisten belastet, sind die Unterhaltszahlungen«, sagte Grímur, erleichtert, dass es ihm gelungen war, das Gesprächsthema zu wechseln.

»Ja, ich verstehe.« Der Sozialarbeiter klickte ein paarmal mit der Maus und starrte auf den Bildschirm. »Du zahlst Unterhalt für drei Kinder?«

»Ja, ich habe drei Kinder«, antwortete Grímur.

»Aha, so ist das. Und außerdem beteiligst du dich sicher an den Lebenshaltungskosten für die Kinder, Zahnarzt, Kleidung, Freizeit und so weiter?«

»Ja, klar«, sagte Grímur. »So gut ich eben kann. Aber sehr viel beisteuern kann ich als Schwerbehinderter nicht.« Er hatte beschlossen, dem Sozialarbeiter nicht auf die Nase zu binden, dass die Kindsmutter außer dem gesetzlich verankerten Pflichtbetrag keine Krone Unterhalt von ihm annehmen wollte. Je mehr Ausgaben Grímur nach Annahme des Sozialarbeiters zu stemmen hatte, desto besser.

»Das ist die größte Gruppe bei uns«, sagte er. »Unterhalt zahlende Väter mit geringem Einkommen.« Diesen Punkt hoben alle Sozialarbeiter hervor, als hätten sie die Pflicht, einem angehenden Sozialhilfeempfänger mitzuteilen, dass er nur einer von vielen war. Einer von Unzähligen in der gleichen Lage. Vielleicht sollte das aufmunternd klingen, aber Grímur war einfach nur genervt. Er atmete langsam durch die Nase aus, um sich nichts anmerken zu lassen. Er wollte vermeiden, zu emotional zu wirken, undankbar oder schlecht gelaunt. So etwas kam nicht infrage, wenn man auf Güte und Mitgefühl anderer angewiesen war.

»Du lebst in einer Sozialwohnung, stimmt das? Drei Zimmer heißt es hier.« Wieder hörte man das Geräusch der Maus, als der Sozialarbeiter auf dem digitalen Fragebogen das entsprechende Kästchen anklickte.

»Ja, das stimmt.« Grímur hatte nicht vor, dem Sozialarbeiter gegenüber einzuräumen, dass eine Dreizimmerwohnung eigentlich viel zu groß für ihn war. Sicher, er hatte drei Kinder, doch die besuchten ihn sowieso nie, sodass ein Apartment für ihn locker ausgereicht hätte. Aber es ging den Sozialarbeiter nichts an, dass man Grímur untersagt hatte, seine Kinder zu sehen.

53

Der junge Verkäufer im Computerfachgeschäft war sehr entgegenkommend und half ihr, die kleine Webcam mit ihrem Computer zu verbinden und ein Programm zu installieren, mit dem sie die Aufnahmen vor- und zurückspulen konnte wie bei einem Youtube-Video auf ihrem Telefon. Sie hatte dem Jungen gegenüber behauptet, die Webcam in einem Vogelhaus anbringen zu wollen, um die Jungen im Nest beim Ausschlüpfen zu beobachten. Es war die kleinste Webcam im ganzen Geschäft, doch ihr schien sie immer noch zu groß und zu sperrig. Das würde kein Spaß, sie in Hákons Zimmer zu verstecken.

In dem Computerladen arbeiteten nur junge Männer, und wie erwartet bekam sie den besten Service. Eine ältere Frau stand schon ewig in der Schlange, während der Junge um Áróra herumtanzte, und die anderen Angestellten waren viel zu beschäftigt damit, sie anzustarren, um ihren Job anständig zu erledigen. Alle außer dem Kleinen. Er warf ihr einen kurzen Blick aus den Augenwinkeln zu, reizbar und verächtlich, wie sie ihn nur von kleinen Männern kannte. Es musste wohl etwas an ihrer Größe und ihrem muskulösen Körper sein, das so ein Verhalten hervorrief.

Normalerweise versuchte sie den Eindruck, den sie auf Männer machte, nicht auszunutzen und setzte eine eiskalte Miene auf, um sie davon abzuhalten, ihr besondere Beachtung zu schenken, ihr den Vortritt zu lassen, zu freundlich zu sein. Aber jetzt brauchte sie Hilfe, denn das Installationsprogramm der Webcam war fürchterlich kompliziert, und allein würde sie sicher nie damit zurechtkommen.

Die Webcam funktionierte durch eine winzige halbkonvexe Linse. Die Perspektive ähnelte der eines Schlüssellochs, durch das man sah, verzerrt, doch mit einer hohen Auflösung. Im Programm konnte sie das Video bearbeiten, konnte einzelne Teile heranzoomen, um das Bild besser sehen zu können, sodass sie, falls es ihr gelingen sollte, die Kamera an einem günstigen Ort in Hákons Zimmer anzubringen, den Ausschnitt des Bildschirms, auf dem seine Hände auf der Tastatur zu sehen wären, heranzoomen und in Zeitlupe abspielen könnte. Damit hätte sie auch seine Passwörter für den Onlinezugang bei der Schweizer Bank. Und dann würde das Leben ihr sein schönstes Lächeln zeigen.

Draußen auf der Suðurlandsbraut fegte ihr ein kalter Wind entgegen, und ihre Haut brannte, wenn sie sich gegen den Wind stemmte, die Haare stellten sich als Wärmeschutz auf wie Jahrtausende zuvor bei ihren behaarten Vorfahren. Sie konnte gut nachvollziehen, dass Katzen in der Kälte größer zu werden schienen und sich in pummelige Pelzkugeln verwandelten. Gerade jetzt, während sie vom Computerladen zu ihrem Mietwagen lief, hätte sie nichts dagegen gehabt, in so einem flauschigen Kugelfell zu stecken. Sie konnte nicht verstehen, wie die Leute sich hier durch den Winter kämpften, wenn schon der Sommer so eisig war.

Sie setzte sich ins Auto, stellte die Heizung auf die höchste Stufe und rieb ihre Handflächen aneinander, um das Frösteln loszuwerden. Das Thermometer im Auto zeigte zehn Grad Außentemperatur. Aber wahrscheinlich hatte das Frieren auch mit ihren Gefühlen zu tun. Es war vielleicht so etwas wie ein Nervenzittern, denn beides, sowohl das Treffen mit Daníel gestern Abend, sein warmer Körper auf dem Motorrad, der sie noch immer beschäftigte und Schmetterlinge im Bauch hervorrief, wie auch der Schmerz, den die Tränen ihrer Mutter heute Morgen ausgelöst hatten, schien sie aus der Bahn zu werfen. Und nun konnte sie nichts anderes tun, als zu befürchten, dass ihre Mutter recht hatte und mit Ísafold etwas Schlimmes passiert war. Etwas wirklich Schlimmes.

54

Olga nahm die Treppe zu ihrer Wohnung im ersten Stock, anstatt den Aufzug zu benutzen, so wie Ómar es ihr geraten hatte. Schön einen Fuß nach dem anderen, sagte er immer. Ältere Leute müssen ihre Beine kräftigen. Wobei sie nicht den Eindruck hatte, dass ihre Beine merklich kräftiger geworden waren, seitdem sie vor ein paar Wochen begonnen hatte, die Treppe zu nehmen. Jedes Mal, wenn sie die Stufen hochstapfte, hatte sie dieses Ziehen in den Vorderseiten der Oberschenkel, und auch die Gelenke schmerzten bei jeder Bewegung. Nicht nur die Hüften und die Knie, sondern auch die Knöchel und die Fußballen machten ihr zu schaffen, hauptsächlich rechts. Ein Zeitungsartikel hatte behauptet, dass der Grund für solche Schmerzen das Tragen spitzer Schuhe sei, doch laut Ómar war es ihr o-beiniger Gang, der die Schmerzen verursachte. Beim Verschnaufen auf dem Treppenabsatz musterte sie die Abnutzung der Stufen genau in der Mitte, wo die Treppe am meisten strapaziert wurde, und fragte sich, wann die Eigentümergemeinschaft wohl genügend Rücklagen zusammengespart haben würde, um dem Treppenhaus eine gründliche Erneuerung zu gönnen. Eine Runde Farbe konnte jedenfalls nicht schaden, vielleicht ein neuer Teppich für die Stufen. Doch im Haus wohnten zu viele Leute, die pleite waren und ihre Beiträge nicht zahlten, sodass die

Schulden sich anhäuften, während der Vorstand der Eigentümergemeinschaft es nicht übers Herz brachte, das Geld professionell eintreiben zu lassen.

Sie seufzte schwer, als sie ihre Handtasche im Flur ablegte und ihren Mantel auszog. Sie hörte nichts von Ómar, also musste er entweder in seinem Zimmer sein oder im Sportstudio. Gestern war er zweimal im Studio gewesen, hatte morgens Gewichte gestemmt und den Nachmittag auf dem Laufband verbracht, erzählte er zufrieden mit sich, und sie konnte, trotz ihrer Sorgen, nicht anders, als sich für ihn zu freuen. Für einen Augenblick wurde sie von dem Gedanken durchzuckt, ob sie nicht mit ihm ins Studio gehen und es auch mal versuchen sollte. Ab dem nächsten Jahr wäre ihre Lebenssituation dieselbe wie seine, sie hätte jeden Tag frei und nichts zu tun. Obwohl sie sich auf ihren Ruhestand freute, wusste sie, dass das auch problematisch werden könnte. Aber dann verdrängte sie die Fitnessstudioidee wieder, denn wenn sie so etwas Ómar gegenüber erwähnte, würde er nicht lockerlassen, bis er sie mit ins Studio geschleppt und ihr dort alle möglichen Kunststücke gezeigt hatte. Sie fand es mühsam genug, seinem Rat zu folgen und die Treppe zu benutzen. Dann hätte sie nichts anderes mehr auf dem Programm, als sich auf einigen von diesen Geräten abzuzappeln. Und die Gelenkschmerzen würden gleich noch mal so schlimm.

In der Thermoskanne war heißer Kaffee, wie immer, wenn sie von der Arbeit kam, und zwei ihrer Butterkeksschnitten lagen in einer kleinen Schale auf dem Tisch bereit. Ómar war wirklich ausnehmend gut zu ihr. Viel besser, als ihr eigener Junge jemals gewesen war. In gewisser Hinsicht war es, als hätte das Schicksal ihr Ómar zugespielt, als eine Art Wiedergutmachung für ihren Jonni, der gleich zu Anfang seines kurzen Lebens quer im Geburtskanal gelegen und ihr unerträgliche Schmerzen zugefügt hatte und der sein ganzes Leben über in einer Art Widerwillen gegen sein eigenes Dasein verbracht hatte. Ómar war ein Pflaster auf die Wunde ihrer Seele, eine Salbe gegen die Schmerzen, von denen sie bis vor Kurzem noch geglaubt hatte, sie niemals loszuwerden.

Olga öffnete ihr Notizbuch und fand die Telefonnummer des Rechtsanwalts des Ausländerbundes, den sie immer anrief, um den Stand der Dinge in Ómars Fall in Erfahrung zu bringen, doch ohne ihren eigenen Namen zu nennen. Sie wartete geraume Zeit, bis jemand antwortete, und als sie ihr Anliegen vorgebracht hatte, klang es so, als ob der Anwalt seiner Sekretärin das Telefon aus der Hand risse.

»Gut, dass du anrufst«, sagte er und wirkte etwas resigniert. »Die Berufung wurde zurückgewiesen.« Olga empfand nur wenig Enttäuschung. Im Grunde wusste sie, dass Ómar, wenn er die Aufenthaltserlaubnis bekäme, frei wäre, gehen könnte, wohin er wollte, und tun könnte, was ihm beliebte, und er würde sich wohl kaum dafür entscheiden, weiterhin bei einer alten Tante wie ihr zu wohnen. Wenn sein Antrag durchgekommen wäre, wäre sie durchaus enttäuscht gewesen, denn das hätte ihrer gemeinsamen Zeit ein Ende gesetzt. Und jetzt kroch ein Anflug von Angst in ihr hoch, wenn sie daran dachte, dass es ihr zufallen würde, Ómar die Wahrheit zu sagen.

»Auf welcher Grundlage wurde die Berufung zurückgewiesen?«, fragte sie. Die Sachlage würde sie ihm erklären müssen. Ihm wieder und wieder darlegen, weshalb er nicht in Island bleiben durfte. Ihm in beruhigendem Tonfall Regeln erläutern, die sie selbst nicht verstand. Und dann mit Wärmflasche und Wolldecke bereitstehen, um ihn warm einzupacken, wenn er sich zitternd aufs Sofa legte. Wie beim letzten Mal, als sein Antrag zurückgewiesen worden war.

»Die Sache ist die«, sagte der Anwalt, »die Nachforschungen des Ausländeramtes haben ergeben, dass ein anderer Mann gleichen Namens und mit demselben Geburtsdatum in einem Flüchtlingslager in der Türkei registriert war. Ómar Farki aus Syrien. Er wurde letztes Jahr auf offener Straße ermordet in Istanbul aufgefunden. Erstochen, wie es im örtlichen Polizeibericht hieß.«

»Was? Das ist aber merkwürdig«, sagte Olga, ohne zu verstehen, was das alles bedeutete. Kann das nicht einfach ein Zufall sein? Ein anderer Mann mit demselben Namen. Die Welt ist doch groß?«

»Nein«, sagte der Anwalt. »Ómar ...«, er zögerte, bevor er weitersprach, »... oder wie er heißt, hatte den Ausweis dieses ermordeten Mannes bei sich und zeigte ihn vor, als er nach Island einreiste.«

»Kaum zu glauben«, sagte Olga, denn ihr fiel nichts ein, was sie sonst hätte sagen können. Das war alles so seltsam. Ómar musste diese Papiere gefunden und beschlossen haben, sie an sich zu nehmen, zumal der andere Mann ja sowieso tot war. Und vielleicht hieß er tatsächlich Ómar und nicht irgendwie anders, wie es der Anwalt anzudeuten schien.

»Ich weiß, der Ausländerbund nimmt seine Arbeit ernst, und deshalb frage ich dich nicht nach deinem Namen. Aber ich nehme an, du hast den Mann bei dir zu Hause aufgenommen, zumal du hier anrufst, um etwas über den Stand seines Antrags herauszufinden«, sagte der Anwalt und sprach weiter, ohne abzuwarten, ob Olga auf seine Worte reagierte. »Aber er ist nicht der, der er behauptet zu sein. Auf jeden Fall heißt er nicht Ómar Farki und stammt wahrscheinlich auch nicht aus Syrien. Genau genommen weiß keiner, wer er ist und woher er kommt.« Nun verstummmte der Anwalt, und Olga hörte ihn tief durchatmen, dann sagte er, leiser als vorher: »Ich weiß aus eigener Erfahrung, dass der überwiegende Teil der Menschen, die hier bei uns Asyl beantragen, gute, anständige Leute auf der Suche nach einem besseren Leben sind, aber, auch wenn das aus meinem Mund vielleicht sonderbar klingt: Ein räudiges Schaf steckt die ganze Herde an.« Jetzt sprach der Anwalt so leise, dass es fast in ein Flüstern überging: »Wenn also dieser sogenannte Ómar bei dir wohnt, dann solltest du dich vorsehen.«

55

Árora sah sich um. Hákons Hotelzimmer war deutlich größer als ihres, doch Einrichtung und Design waren ähnlich. Ihr Blick wanderte durch den Raum und suchte nach geeigneten Stellen, an denen man eine kleine Webcam installieren konnte. Möbel gab es nicht viele, also brauchte man im Zimmer nicht lange zu suchen. Das Bett, zwei schreiend gelbe Sessel mit einem kleinen Glastisch dazwischen, ein Fernsehschrank, der an der einen Seite in eine Art Schreibpult oder Schreibregal überging, auf das der Laptop gerade so draufpasste, und dahinter ein Hocker ohne Rückenlehne, im Grunde nur ein Sitzpolster auf einem Spiralfuß. Sicher einer von diesen rückenfreundlichen Stühlen, die das Rückgrat in Bewegung halten sollten, indem sie es nie zur Ruhe kommen ließen.

In Hákons Zimmer stand ein großer Schreibtisch mit einem richtigen Bürostuhl anstelle ihres Spiralhockers, doch die Fernseher waren identisch, was ebenfalls für die eingebauten Kleiderschränke mit den Spiegeln an der Vorderseite galt. In beiden Zimmern gab es Gemälde über dem Bett, auch wenn sie sich nicht ähnlich sahen.

Áróra stieg aufs Bett und reckte sich, um mit dem Finger über die obere Kante des Bilderrahmens zu fahren, doch an ihren Fingerkuppen blieb nur eine dünne Staubschicht hängen.

Dann fasste sie hinter die Unterkante des Rahmens, doch da konnte man erst recht keine Kamera unterbringen, hier war alles fest mit der Wand verschraubt. Natürlich. Sie erinnerte sich an ihre Kindheit, als ihr Vater alles, was damals in der Wohnung in der Grettisgata über ihren Betten hing, festgenagelt und -geschraubt hatte. Wegen der Erdbebengefahr. Sie stieg vom Bett, klopfte sich die Hände ab und schaute sich um. Sie schloss den Kleiderschrank, und jetzt blieb kein Ort mehr übrig abgesehen von dem Flur, der in das kleine Badezimmer führte. Dort befanden sich die Steuerung für die Belüftungsanlage, ein Lichtschalter und auf dem Boden ein zusammengeklappter Kofferständer, den Áróra nicht benutzte, da sie nur mit Handgepäck angereist war. Die gesamte Beleuchtung im Zimmer war in die Wand eingebaut, also gab es keine Lampen oder Birnen, in denen man eine Kamera hätte verstecken können. Oder, Moment mal. In Hákons Zimmer waren die Decken nicht besonders hoch. Konnte es sein, dass es dort Deckenleuchten gab, in die man etwas installieren konnte? Sie schloss die Augen und versuchte sich zu erinnern, was sie gesehen hatte, als sie in Hákons Bett gelegen hatte, aber es bestand die Gefahr, dass ihr inneres Auge keine Erinnerung abbildete, sondern frommes Wunschdenken. Sie erinnerte sich schwach, dort zwei Deckenleuchten gesehen zu haben. Eine über dem Bett, die andere über dem Schreibtisch.

Ihr Handy piepste und zeigte eine SMS an, und als sie nachsah, war sie von Hákon.

Was machst du gerade?, stand auf dem Display.

Arbeiten, antwortete sie. *Ein Projekt, das ich noch fertigstellen muss.* Sie hatte ihm ihre klassische Version der Wahrheit verkauft. Dass sie für eine kleine Wirtschaftsprüfungsgesellschaft in England arbeitete. Dass sie Steuererklärungen und Jahresabrechnungen für Privatpersonen und kleine Unternehmen betreute.

Ich arbeite auch, lautete Hákóns nächste SMS. *Dinner morgen Abend?*

Vielleicht lieber Freitag?, antwortete sie. Sie musste Tempo aus dieser Beziehung rausnehmen, Zeit gewinnen. Zeit, die es ihr ermöglichen würde, Hákóns Angelegenheiten näher unter die Lupe zu nehmen und herauszufinden, was genau er vorhatte. Da er behauptete zu arbeiten, konnte es gut sein, dass er am Computer saß – zu dem sie nun Zugang hatte.

Sie setzte sich auf den Spiralhocker und fuhr ihren Laptop hoch. Sie öffnete das Programm, das ihr Einblick in Hákóns Computer verschaffen würde, und begriff, dass die Bewegungen des Cursors auf dem Bildschirm nicht von ihrer eigenen Maus stammten, sondern daher, dass Hákón seinen Rechner benutzte und sie ihm sozusagen in Liveübertragung folgte. Sie war nach wie vor dankbar dafür, dass sie in dieses Programm investiert hatte.

Hákón schien mit irgendwelchen Bankkonten beschäftigt zu sein, und soweit Áróra sehen konnte, handelte es sich um die Schweizer Bank, deren Log-in durch ein Passwort geschützt war. Sie machte eifrig Screenshots und speicherte sie alle umgehend auf ihrer Festplatte. Hákón schien zwischen seinen Konten hin- und herzuspringen, und seine Sprünge waren so abrupt, dass sie nicht nachvollziehen konnte, ob er Überweisungen tätigte oder Rechnungen bezahlte oder was auch immer, aber sie erkannte deutlich genug, dass auf beiden Konten, die er bei dieser Schweizer Bank führte, hohe Beträge lagen. Sehr hohe Beträge.

Ihr Herz hämmerte vor Spannung, als sie das isländische Bankenportal öffnete, um einen Währungsrechner zu finden, mit dem sie die Schweizer Franken in englische Pfund oder isländische Kronen umrechnen konnte, damit sie eine Ahnung bekam, um welche Geldbeträge es sich eigentlich handelte. Sie tippte eine lange Reihe Nullen in den Währungsrechner, als rechts unten in der Ecke ein kleines Fenster mit blauem Rahmen erschien, und im nächsten Moment sah sie nichts anderes mehr.

Ihr Blick haftete am Text dieser Mitteilung, und die Bankkonten verschwanden im Nebel. Auf einmal spielten die erhofften Geldbeträge keine Rolle mehr. Áróra hatte das Gefühl, Ort und Zeit zu verlieren, und klickte auf die Mitteilung, woraufhin sie sich auf Facebook wiederfand. Dort sprang ihr ein Foto von Ísafold ins Auge, mit breitem Grinsen, in einem gelben, ärmellosen Kleid an einem felsigen, sonnendurchfluteten Strand. Im Hintergrund das dunkelblaue Meer und in der Ferne eine Ansiedlung weißer Häuser.

Italien ist der Hammer!, lautete die Bildunterschrift, und Áróra starrte auf das Datum. Offenbar hatte Ísafold das Bild eben erst eingestellt, und sie musste Áróra entblockt haben, damit sie ihre Posts sehen konnte. Áróra griff nach ihrem Telefon und suchte nach der Nummer ihrer Mutter, aber ihre Hände zitterten so heftig, dass sie es entnervt aufs Bett schmiss und die

Hände vors Gesicht schlug, um den Schrei zu unterdrücken, der jetzt wie eine Naturgewalt tief aus ihrem Bauch hervorbrach. Sie rannte im Zimmer hin und her, und als sie schließlich wieder richtig Luft bekam und bis hinunter in den Magen atmete, war es, als ob sich eine Spannung löste, die sich schon seit langer Zeit in ihr angestaut hatte, und sie ließ ihren Tränen freien Lauf. Sie hatte erwartet, dass sie sich wütend auf Ísafold stürzen würde, sie anbrüllen und ihr ganz klar sagen würde, was sie von ihr hielt, weil sie ihrer Mutter Sorgen bereitet und ihrer Schwester solche Angst gemacht hatte. Doch das Einzige, was sie fühlte, war Erleichterung, so gewaltig, dass ihre Füße sich in Luft auflösten und unter ihrem Gewicht verdampften, bis sie auf ihre Knie heruntersackte. Ísafold lebte.

56

Ich komme gerade aus der Blauen Lagune, wo ich zwei Stunden lang mit den Zehen im weißen Lehm herumgeplanscht habe, als mich Ísafolds Nachbarin anruft. Ich hatte nicht vor, in die Stadt zu fahren. Ich war nur auf einem Zwischenstopp von den Vereinigten Staaten nach Großbritannien und wollte mich einmal kurz in der Lagune erfrischen.

Diesmal bin ich auf dem Weg zu ihr nicht unruhig. Habe keine Angst davor, wie übel man ihr diesmal wohl mitgespielt hat. Keine Wut auf Björn.

Ich sitze im Taxi und sehe in der Ferne den schneeweißen Keilir und drehe eine Haarsträhne zwischen den Fingern, die von dem siliziumhaltigen Wasser in der Lagune ganz steif geworden ist.

Die Nachbarin flüstert in den Hörer, dass sie glaube, Björn sei ein »Frauenverdrescher«. Sie bekomme aus der Wohnung gegenüber zwar nichts mit, aber Ísafold habe manchmal auch im Haus eine Sonnenbrille auf. Ich sehe die aufgesprungenen Lippen meiner Schwester vor mir und grübele über den Unterschied zwischen Glauben und Wissen. Der Gast der Nachbarin gehört offensichtlich einem fremden Kulturkreis an und schlägt vor, dass wir uns zusammentun und Ísafold in einem einsamen Bergdorf verstecken, bis Björn sich nicht mehr an sie erinnert und sie dort einen guten Mann zum Heiraten gefunden hat. So in Sünde zu leben gehöre sich schließlich nicht.

Ich teile seine Auffassung, dass es eine Sünde ist, meiner Schwester in ihr wunderschönes Gesicht zu schlagen. Es ist eine Sünde, ihren zierlichen und wehrlosen Körper derart zu malträtieren.

Doch diesmal fällt mir nichts Rettendes ein. Ich lasse mich auf das moosgrüne Samtsofa der Nachbarin fallen, betrachte die Häkeldeckchen, die sie dort aufgenäht hat, um die zerschlissenen Stellen an den Armlehnen zu kaschieren, und fühle eine lähmende Resignation.

57

DONNERSTAG

Sein Kumpel bei der Grenzschutzbehörde rief ihn unverschämt früh an, doch Daníel war schon lange wach. Er hatte sogar schon ein paar Runden barfuß durch den Garten gedreht, um das dichte, kühle Gras unter den Fußsohlen zu spüren, wie er es morgens gern tat, um sich zu erfrischen. Er hatte schon die zweite Nacht in Folge schlecht geschlafen und war, wenn er ehrlich sein sollte, noch immer ganz zerschlagen. Was hatte er sich eigentlich dabei gedacht, als er Áróra geküsst hatte? Jetzt hielt sie ihn sicher für einen typischen alten Schwerenöter, der sich an junge Frauen heranmachte, um seine Midlife-Crisis zu verdrängen. Das alles war überhaupt nicht seine Art. Normalerweise handelte er nie, ohne nachzudenken. Aber sie hatte ihn auf unergründliche Weise dazu gebracht, sich ganz seinen Gefühlen hinzugeben, ohne dass er das direkt beschlossen hatte. Er hatte die Gedanken in seinem Kopf hin und her gewälzt, während er im Garten seine Runden drehte, und erst als das Telefon klingelte, war es ihm gelungen, die Grübeleien zu durchbrechen. Und das auch nur, weil seine Gedanken sich dann auf etwas anderes konzentrierten: auf Ísafold.

»Wir registrieren nicht, wer das Land verlässt. An der Sicherheitsschleuse werden zwar Fotos gemacht und die Bordkarten gescannt, aber Ísafold Jónsdóttir scheint in dem genannten Zeitraum nicht ins Ausland geflogen zu sein«, sagte der Kollege.

»Und was ist mit Gesichtserkennung?«, fragte Daníel.

»Die Gesichtserkennung ist ein komplett nutzloses Verfahren, das wir schon seit Jahren nicht mehr verwenden. Zum Glück. Das System hat immer eine halbe Ewigkeit gebraucht, ein Gesicht zu finden, und dann war es in den meisten Fällen das falsche Gesicht.«

»Moment mal, also gibt es keine legale Möglichkeit, herauszufinden, ob sie das Land verlassen hat oder nicht?«

»Doch, klar, theoretisch ist das möglich. Du kannst dich beim Zoll einschmeicheln und deren Überwachungskameras am Flughafen einsehen, aber Gott sei dir gnädig, wenn du dich darauf einlassen solltest, denn die Zeitspanne, während der sie das Land möglicherweise verlassen hat, ist extrem lang. Ich hoffe, du hast ein großes Team, Leute, die abwechselnd Schichten übernehmen und die Aufnahmen durchgehen können.«

Daníel bedankte sich, setzte sich ans Ende der Terrasse und streckte die Füße ins Gras. Er hatte kein Team und eigentlich, formal gesehen, auch keine Ermittlung laufen.

Während er noch dasaß, überkam ihn plötzlich Ungeduld. Der Verkehrslärm von der Reykjanesbraut schien auf einmal ohrenbetäubend, schmerzte fast in den Ohren, und die ungemähte Grasecke oben beim Lavafelsen war noch unausstehlicher als sonst. Daníel stand auf und stapfte mit entschlossenen Schritten auf den Grasflecken zu, ging auf die Knie und fing an, dem Bewuchs mit den Händen zu Leibe zu rücken. Wenn er in diesem Unkrautdschungel mit Werkzeugen nichts ausrichten konnte, würde er eben seine bloßen Hände einsetzen. Er zog und zerrte an den Gräsern, doch was er ausriss, war hauptsächlich Unkraut verschiedener Art, Löwenzahn, Hahnenfuß und irgendwelche Halme, die seine Handflächen zerschnitten, wenn er versuchte, sie aus der Erde zu reißen. Er griff nach einem kräftigen Büschel, riss es mit einem festen Ruck aus der Erde und ließ dann sofort wieder los, heulte auf vor Schmerz und krümmte sich über seinen rechten Arm, der von einem Krampf geschüttelt wurde.

»Teufel noch mal!«, fluchte er.

»Wenn das mal keiner von den Felsenbewohnern war«, sagte Lady hinter ihm. »Bist du okay?«

»Ja, das ist bloß ein Muskelkrampf«, sagte Daníel und rieb den Arm mit der linken Hand.

»Das sollte dir eine Lehre sein, diese Ecke in Frieden zu lassen. Nach so einem Vorfall ist die Sache noch nicht erledigt. Das ist eine verzauberte Stelle. Eine Elfenstelle.«

»Ich glaube nicht an übernatürliche Wesen«, sagte Daníel genervt.

»Was als übernatürlich gilt, hängt davon ab, wie man die Natur definiert. Manche zum Beispiel würden mich als übernatürliches Wesen bezeichnen. Als übernatürlich schönes Wesen. Aber jetzt mal im Ernst, selbstverständlich hast du in der Polizeischule etwas Oberflächliches über Raum und Zeit gelernt, aber ich kann dir hier und jetzt sagen, dass das Dasein nicht so ist, wie es scheint. Wir leben alle in einer Täuschung.«

»Du bist ganz schön tiefschürfend so früh am Morgen«, sagte Daníel und stand auf. Sein Arm tat noch immer weh, und er streckte ihn vorsichtig aus.

»Hierbei geht es nicht um Tiefe, sondern um Kleinheit«, sagte Lady. »In den kleinsten Einheiten des Daseins, im Atom, herrschen keine Gesetzmäßigkeiten. Man kann durchaus an zwei Orten zugleich sein, und die Zeit kann rückwärtslaufen. Mit deiner Kriminalistik hat das wohl wenig zu tun.«

»Klar. Aber es trifft sich gut, dass ich kein Polizeihauptkommissar auf atomarer Ebene bin. Dort wäre es schwierig, eine Zeitachse zu erstellen oder ein Alibi zu bewerten. Aber ansonsten verstehe ich nicht, wovon du redest.«

»Das ist Physik. Homöopathische Physik.«

»Im Ernst jetzt?«

»Ja. Ich bin Physikerin.«

»Was?«

»Ja. So wahr ich hier stehe.« Lady lächelte. »Du hast gerade denselben Gesichtsausdruck wie meine Mutter, als ich ihr erzählt habe, dass ich den Doktortitel in Physik dazu verwenden will, Dragqueen zu werden.«

Daniel brummte. Andere Menschen konnten ihn immer noch endlos verblüffen. Er hätte darauf getippt, dass Lady vom Theater kam oder von der Musik, aber nicht aus den Naturwissenschaften. Ein solider akademischer Hintergrund schien zu ihrer Persönlichkeit nicht zu passen.

Nachdem er sich mit einem Kopfnicken von ihr verabschiedet hatte, ging er über den Rasen und auf die Terrasse. Er reinigte seine Füße auf der Fußmatte, die er dort vor der Balkontür platziert hatte, zu eben diesem Zweck, ihn daran zu hindern, Gras auf den Wohnzimmerteppich zu tragen. Er ging in die Küche und holte sich eine Tasse Kaffee aus der Thermosflasche;

er hatte ihn heute Nacht gekocht, nachdem er aufgewacht war und beschlossen hatte, bis neun Uhr zu warten und dann Áróra anzurufen, um ihr die Neuigkeiten mitzuteilen. Auf dieses Telefonat freute er sich ganz und gar nicht. Durch seinen Kopf schossen Ideen, wie er verhindern könnte, direkt mit ihr zu reden, wie zum Beispiel, ihr eine Facebook-Nachricht oder eine Mail zu schicken, doch dann schob er diese Gedanken weit von sich. Denn was auch immer zwischen ihnen nicht rundgelaufen war – sie war immerhin die Angehörige einer vermissten Person, und als Polizist hatte er sich ihr gegenüber entsprechend zu verhalten. Es war egal, ob er im Urlaub war oder nicht, denn sie hatte sich an ihn als Polizisten gewandt, und da spielte es kaum eine Rolle, dass seine bisherigen Ermittlungen von eher ungewöhnlicher Art gewesen waren. Sowieso war es jetzt an der Zeit in Bezug auf Ísafolds Verschwinden ein formales Ermittlungsverfahren einzuleiten.

Es war, als hätte Áróra seine Gedanken gelesen, denn genau als er sich an den Computer setzte, klingelte das Telefon, und sein Herz schlug schneller, als er ihren Namen auf dem Display sah.

»Ísafold ist aufgetaucht!«, sagte sie, als er dranging, und er hörte die Freude in ihrer Stimme. Die Erleichterung. »Sie ist in Italien«, fuhr sie atemlos fort. »Gestern Abend hat sie auf Facebook ein Bild gepostet, und soweit ich das sehen kann, hat sie es als *öffentlich* eingeordnet. Ich habe ihr in der Nacht eine Trillion Nachrichten geschickt und sie gebeten, Mama anzurufen. Bis vorhin hat sie das noch nicht getan, aber wir haben immerhin ein Lebenszeichen!«

»Hmmm.«

Er öffnete Facebook, loggte sich mit dem Zugang, den Violet ihm gegeben hatte, ein und ging auf Ísafolds Seite. Da war sie. Gestern Abend hatte sie nach drei Wochen Schweigen das erste Bild gepostet. Auf dem Foto stand Ísafold lächelnd vor dem blauen Meer, mit mediterran wirkenden weißen Gebäuden im Hintergrund, und die Bildunterschrift lautete *Italien ist der Hammer!*

58

Ómar schlief noch, als Olga aufstand, und während sie den Kaffee aufbrühte, überlegte sie, wie lang es her war, dass sie sich ihren Morgenkaffee selbst gekocht hatte. Ómar schien nach seinem kräftezehrenden Einstand im Sportstudio so erschöpft, dass er gestern beim Fernsehen sogar vor ihr eingeschlafen war und noch immer schlief.

Sie hatte ihm immer noch nicht gesagt, dass sein Antrag auf Aufenthaltserlaubnis wieder abgelehnt worden war. Vielleicht hatte sie nicht den Mut, auf die Traurigkeit zu reagieren, die, wie sie wusste, ihn anschließend einholen würde, Traurigkeit vermischt mit Angst, die sich in einem fiebrigen Schweißausbruch niederschlagen, sodass sie ihn pflegen musste wie ein krankes Kind. Doch auch die Worte des Anwalts gestern am Telefon machten sie nachdenklich, und sie fand, sie könne die Ablehnung von Ómars Asylantrag nicht mit ihm diskutieren, ohne auch das Telefongespräch zu erwähnen. Ohne zu fragen, wer er in Wirklichkeit sei. Wie er heiße, wenn nicht Ómar. Und wie er an den Pass eines toten Mannes geraten sei.

Aber es spielte eigentlich keine Rolle, wann sie das mit ihm besprach. Jetzt brauchte sie erst einmal Zeit zum Nachdenken. Er war sowieso bei ihr untergetaucht, und die Behörden hatten keine Ahnung, wo er sich aufhielt. Genau genommen hatte niemand außer ihr Kenntnis von seinem Aufenthaltsort. Und das konnte gern noch ein paar Tage oder Wochen so bleiben.

Olga hatte nicht die Energie, wie Ómar zum Frühstück Rührei oder Spiegelei zu machen, aber sie stellte eine Kaffeetasse an den Platz ihr gegenüber mitsamt einem Löffel, einem tiefen Teller und einer Packung Cheerios. Dann würde das Frühstück auf ihn warten, wenn er aufgestanden war, und er könnte mit den Frühstücksflocken anfangen und die Eier bis zum Mittag aufsparen. Sie selbst nahm sich eine Tasse Kaffee, rührte einen Schuss Sahne hinein und setzte sich mit dem Laptop an den Küchentisch.

Auf Facebook sah sie, dass ihre Cousine Guðný von ihrer Hochzeitsreise nach Bali zurück war, braun gebrannt und glücklich, der frischgebackene Ehemann dagegen mit feuerrotem Sonnenbrand. Außerdem wurde dort daran erinnert, dass man sich zum Familienfest väterlicherseits im Sommer voranmelden müsse, wenn man eine Übernachtung in den dortigen Gästezimmern wünschte, anstatt zu zelten. Sie hatte nicht vor, zu diesem Familienfest zu gehen. Die Vorstellung, von Verwandten umgeben zu sein, die stolz ihre Kinder und Enkel präsentierten, war noch immer zu schmerzhaft. Sie hatte niemanden zu präsentieren. Sie hatte nur einen toten Jungen, und jeder in der Familie wusste, dass er ein Problemkind gewesen war.

Dann scrollte sie den Newsfeed nach unten und blieb bei einem Bild von Ísafold, ihrer Nachbarin, hängen. Sie war garantiert nicht in England, wie ihr Mann behauptet hatte, sondern in Italien. Es war sonderbar, dass er gesagt hatte, sie wolle Verwandte in England besuchen, wenn sie in Wirklichkeit am Mittelmeer in der Sonne lag. Vielleicht hatte Ísafold Björn verlassen, und er wusste tatsächlich nicht, wo sie war. Vielleicht hatte sie nur behauptet, sie sei in England, um sich unangenehme Erklärungen zu ersparen. Olga fand das jedenfalls verständlich. An dem, was Ómar gesagt hatte, dass diese Beziehung zum Scheitern verurteilt sei, war vielleicht etwas dran. Er hatte in triumphierendem Ton hinzugefügt, dass ungeweihte Verbindungen niemals lange hielten. Sie hatten sich darüber in die Wolle gekriegt, doch er war felsenfest bei seiner Behauptung geblieben, dass Ísafold besser dran wäre, wenn sie sich einen Mann zum Heiraten suchte. Einen anderen als Björn.

Auf dem Foto lächelte Ísafold glücklich, doch sie sah weißer aus, als sie eigentlich nach zwei bis drei Wochen in der Sonne hätte sein müssen. Allerdings war Olga einfach nur erleichtert, sie zu sehen. Im Nachhinein hatte sie den Eindruck, dass Ísafold den Besuch ihrer Schwester vor einiger Zeit unangenehm gefunden hatte. Es war unangenehm, wenn Leute einfach auftauchten, ohne sich vorher anzumelden.

Sie sah auf die Uhr. Es war Zeit, sich auf die Socken zu machen. Der Pudding wartet nicht, sagte sie zu sich selbst. Es war mittlerweile eine jahrelange Routine, immer gleich. Sie würde ihr Haarnetz überziehen, sich auf ihren Stuhl am Fließband setzen, über Kopfhörer die Morgensendung im Radio hören und sich in die Diskussionen über aktuelle Themen hineindenken, während sie das Puddingpulver abwog, in die Tütchen füllte und sich dabei auf die Kaffeepause freute, wenn die vier Frauen, die in der Fabrik noch übrig waren, zusammen lachten und sich gegenseitig auf den Arm nahmen. So konnte man die Fabrikarbeit noch am ehesten ertragen, genau wie das Leben selbst, wenn es schwer wurde. Stunde für Stunde.

59

Áróra hatte erwartet, dass Daníel ihre Freude über das Auftauchen von Ísafold teilen würde, und deshalb spürte sie einen Stich der Enttäuschung in der Magengegend, als er sie ziemlich wortkarg begrüßte. Konnte es sein, dass er verärgert war, weil sie ihn vorgestern Abend abserviert hatte? Sie hatte ihn nicht für einen Typen gehalten, der schnell beleidigt ist und sich gern aufspielt. Und er hatte so aufrichtig und verständnisvoll gewirkt, als sie gesagt hatte, sie sei nicht bereit. Selbstverständlich war das Ganze unangenehm, und sie wäre jetzt auch nicht hier bei ihm gewesen, wenn sie ihn nicht um Rat hätte fragen müssen.

»Ich wollte dich nur fragen, ob du weißt, wie man Bilder, die auf Facebook gepostet werden, nachverfolgen kann«, sagte sie, während sie ihm vom Flur ins Wohnzimmer folgte und wieder diesen Duft wahrnahm, der sie beim letzten Mal in Nostalgie versetzt hatte. Dieser isländische Duft. »Dann könnten wir vielleicht herausfinden, in welchem Hotel sie wohnt, und Mama könnte dort anrufen und eine Nachricht für sie hinterlassen. Sie macht sich nämlich nach wie vor Sorgen, denn Ísafold antwortet auf keine SMS, und am Telefon ist immer nur die Mailbox dran. Obwohl es natürlich eine Erleichterung ist, endlich ein Lebenszeichen von ihr zu haben.« Daníel drehte sich um und schaute sie an, als wartete er darauf, dass sie den Mund hielt, und dann lächelte er kurz und schaute im selben Moment wieder weg. Und da verstand sie, dass er nicht verärgert oder wütend war. Er war verlegen. Wenn nicht sogar niedergeschlagen.

»Was?«, fragte sie.

»Es geht um dieses Bild«, sagte er leise und räusperte sich. »Es ist gefälscht.« Jetzt warf er ihr einen Seitenblick zu, wirkte aber immer noch schüchtern, so als traute er sich nicht, ihr direkt in die Augen zu sehen, aus Angst, sie könnte wütend werden oder aggressiv oder irgendwie so, dass er sie nicht anschauen konnte.

»Wie jetzt?«, fragte Áróra verwirrt. »Wie gefälscht?«

Sie rasselte diese Fragen hinunter, als ob jemand anderes an ihrer Stelle spräche, und sie hörte ihre eigene Stimme, ohne zu spüren, dass sie tatsächlich aus ihr herauskam. Daníel bewegte die Maus neben seinem Computer, sodass der Bildschirm aufleuchtete, und da waren sie, genau nebeneinander. Zwei Fotos von Ísafold höchstpersönlich, auf beiden Bildern im selben Kleid, mit demselben Lächeln, die Haare auf genau dieselbe Art gekämmt, nur der Hintergrund war unterschiedlich. Auf dem einen sah man ein schummriges Restaurant, hinter ihr dunkle Tische und Stühle, bunte Tischtücher und Kerzen, und das Blitzlicht brachte Ísafolds helle Haut und das gelbe Kleid zum Leuchten. Auf dem anderen Bild war eine Felsenküste im Hintergrund sowie das dunkelblaue Meer und die weiße Häusergruppe.

»Ich habe sofort gemerkt, dass die Umrisse irgendwie komisch aussehen, also lag es auf der Hand, dass man sie ins Foto reinmontiert hat. Und auf ihrer Facebook-Seite brauchte ich dann nicht lange zu suchen, um das Bild zu finden, aus dem sie rausgeschnitten worden ist.« Áróra spürte, wie sich eine schwere Last auf sie legte und sie in die Tiefe zog. Sie hatte das Gefühl, sich nicht bewegen oder sprechen zu können, allenfalls im Schneckentempo, obwohl ihr Kopf mit Höchstgeschwindigkeit raste, um alle Informationen zu beurteilen, zu versuchen, sie zu verarbeiten, sie zu verstehen.

»Und das bedeutet, dass …«, fing sie an, schaffte es aber nicht, ihre Gedanken in Worte zu kleiden, sondern starrte vor sich in die Leere, aus dem Fenster, in Daníels verschwenderisch grünen Garten. »Bedeutet das …« Ihre Stimme versagte, bevor sie den Satz beenden konnte, und sie rang nach Luft.

»Ja«, sagte er leise, die Stimme warm und tröstend, was im genauen Gegensatz zu dem stand, was seine Worte zwischen den Zeilen andeuteten. »Das bedeutet, entweder hat sie dieses Bild selbst fabriziert, um vorzuspiegeln, sie sei an einem anderen Ort, als sie wirklich ist. Oder aber jemand anderes hat das Bild bei Facebook eingestellt, um die Leute zu verwirren. Und jetzt müssen wir auf die Polizeiwache.«

Das Gewicht, das Áróra in die Tiefe zog, wog umso schwerer nach der Erleichterung, auf der sie zu Daníel nach Hause geschwebt war, was nicht lange zurücklag und zugleich eine halbe Ewigkeit, und sie spürte, wie ihre Beine unter ihr nachgaben und ihr Körper sich auflöste zu einem lauten Schrei, der in einer Art unbezähmbaren Welle aus ihr hinausflutete. Er packte sie, bevor sie fiel, und hielt sie in seinen Armen, drückte sie fest an sich, sodass ihre Wange an seinen Hals gepresst wurde, eine Hand lag auf ihrem Kopf, die andere klopfte ihr rhythmisch und beruhigend auf den Rücken, und für einen Augenblick war sie ein Kind in seinen Armen – ihr Schicksal lag in seiner Hand, und ihr Glück hing am seidenen Faden. Solange er sie festhielt und ihr auf den Rücken klopfte, kam die kalte Wirklichkeit mit allem, was Ísafold passiert sein könnte, nicht an sie heran.

Und jetzt war die Ísafold ihrer Erinnerung nicht mehr hochmütig oder gemein, nicht mehr die fiese Ísafold, die ihre Schwester *widerliches Balg* genannt, sie auf Facebook blockiert und ihr die Lüge aufgetischt hatte, sie sei gegen den Heizkörper gefallen – stattdessen war sie die vierzehnjährige, barbiebegeisterte Ísafold, die sie anlächelte, ihr beibrachte, wie man das Haar zu festen Zöpfen flocht, und sie abends im Bett an den Fußsohlen kitzelte. Ihre Schwester Ísafold.

60

Die allermeisten Einzelhandelsgeschäfte, die es, als Grímur Kind war, unten in der Stadt gegeben hatte, waren heute verschwunden, und an ihrer Stelle hatten sich zahllose Souvenirläden und Restaurants ausgebreitet. Die Innenstadt hatte sich im Lauf seines Lebens so grundlegend verändert, dass man meinen konnte, er sei ein alter Mann und nicht gerade mal Anfang vierzig. Er hasste die großen Einkaufszentren, doch diesmal hatte er sich dazu durchgerungen, ins *Kringlan* zu fahren, denn dort gab es dieses eine Geschäft, von dem er wusste, dass es eine ansehnliche Auswahl an Reisekoffern und -taschen zu bieten hatte, darunter sicher auch das, was er suchte.

Als er das Einkaufszentrum betrat, begann es in seinem Kopf zu dröhnen. Etwas an dem Gemurmel der Menschenmenge, dem Surren der Rolltreppen oder den Lichtern oder vielleicht allem zusammen verursachte ein ungutes Gefühl in ihm, und er konnte kaum den Glücksmoment erwarten, wenn er sich wieder unter freiem Himmel befand. Doch heute hatte er einen Plan und musste daher die Zähne zusammenbeißen. Er ging geradewegs auf das Geschäft zu, trat ein und war schon dabei, ein paar Koffer aus dem Regal zu ziehen, um sie zu betrachten, als die Verkäuferin auf ihn zukam und fragte, ob er Hilfe benötige. Es war eine junge Frau. Eigentlich fast noch ein Kind. Auf waghalsig hohen High Heels.

»Ich würde gerne den größten Koffer sehen, der hier vorrätig ist«, sagte er und musterte die drei, die er schon selbst herausgenommen und alle für nicht groß genug befunden hatte. Nicht, wenn er die Verkäuferin danebenstehen sah.

»Meinst du die *Superlight*-Koffer? Die *Spinner*?«, fragte sie, während er sie begriffsstutzig ansah. Es war offenbar lange her, seit er einen Reisekoffer gekauft hatte.

»Er muss strapazierfähig sein«, sagte er, »sehr strapazierfähig.« Die Verkäuferin lächelte verständnisvoll, als wäre ihr gerade klar geworden, dass er nichts von den neuesten Trends in der Reisekoffermode wusste.

»Die *Spinner*-Koffer sind die, die sich auf vier Rollen drehen lassen. Sie sind bei Weitem die praktischsten, man kann sie einfach neben sich herrollen lassen.« Er nickte. Das war natürlich gut. Schwer genug würde der Koffer sowieso. »Und wenn der Koffer vor allem langlebig sein soll, dann suchst du wahrscheinlich nach einer Box.«

»Box«?

»Ja, so ein Hartschalenkoffer aus Kunststoff, zum Beispiel Polypropylen, nicht aus Textil.« Sie holte zwei Koffer und stellte sie vor ihm ab. Sie wirkten robust und elegant zugleich, aber dieses Plastik würde kaum viel Gewicht aushalten.

»Kann das nicht brechen?«

»Natürlich ist so etwas schon vorgekommen«, gab die Frau zu. »Wenn man etwas sehr Schweres daraufstellt oder wenn sich jemand daraufsetzt oder so etwas.«

Grímur schüttelte den Kopf.

»Das geht nicht. Strapazierfähigkeit ist unverzichtbar.«

»Die größten Koffer, die wir verkaufen, haben eine Garantie bis zu 35 kg. Selbstverständlich halten die noch sehr viel mehr aus, doch der Hersteller darf das nicht konkret angeben, denn die Fluggesellschaften befördern keine schwereren Koffer.«

»Er muss aber mehr aushalten«, sagte Grímur und schaute sich um. Einen Koffer direkt zu bestellen, wollte er nicht riskieren. Eine Bestellung hinterließ Spuren. Er wusste nicht genau, wie viel Kilo der Koffer würde aushalten müssen, aber er überschlug die Zahl und kam auf etwa 80 Kilo. Natürlich konnte er das nicht zu dieser Verkäuferin sagen.

»Ist auch egal«, setzte er hinzu. »Ich werde damit nur im Inland unterwegs sein. Um Zeug und Zubehör zu transportieren. Ich bin Roady.«

Das Mädchen schaute ihn mit großen Augen an. »Wow«, sagte sie. »Für welche Band?«

Grímur hatte seine Lüge nicht im Voraus weitergesponnen, also drehte er sich arrogant weg und murmelte: »Viele Bands.«

Er ging in den hinteren Bereich des Geschäfts und hörte an dem Klackern der Absätze, dass das Mädchen ihm eifrig folgte. An der Hinterwand des Ladens, hinter der Kasse, entdeckte er eine Reihe Koffer und zeigte darauf.

»Was ist mit denen da?«, fragte er. »Die sehen ja riesig aus.«

»Ach, die hatte ich ganz vergessen«, sagte das Mädchen. »Das ist alter amerikanischer Standard, aber es sind keine *Spinner*.«

»Tja, da kann man nichts machen«, sagte er. »Darf ich mal den Grauen da anschauen?«

Die Frau räumte ein paar Pappkartons weg und brachte ihm den Koffer. »Das ist Textil«, sagte sie. »Auf jeden Fall sehr robustes Nylongewebe. Aber der Koffer selbst wiegt fast vier Kilo, deshalb wollten wir ihn zurückgeben. Solche großen und schweren Koffer will heute niemand mehr.«

»Doch, ich will ihn«, sagte er, klopfte auf den Koffer und zog seine Brieftasche aus der Hosentasche. Die Verkäuferin starrte ihn an, verwundert und erleichtert zugleich.

»Prima«, sagte sie. Dann haben wir einen Koffer weniger zurückzugeben. Ich kann dir 30 % Rabatt einräumen, aber dann hat er keine Garantie.«

»Kein Problem«, sagte Grímur. »Und Rabatt ist immer gut. Vielen Dank.« Das Mädchen lächelte und tippte etwas in die Kasse, und Grímur sah den Preis auf dem Kartenlesegerät vor ihm. »Ich möchte bar zahlen«, sagte er, und das Mädchen entschuldigte sich nervös und fing noch mal von vorn an, den Preis in die Kasse zu tippen und den Rabatt auszurechnen, während Grímur abwechselnd sie und den Koffer musterte. Auf den ersten Blick schien ihm der Koffer mehr als groß genug, um jemanden von der Größe dieser Verkäuferin darin unterzubringen.

61

Áróra hatte nicht mehr Wäsche zum Wechseln mitgenommen als für ein langes Wochenende, sodass wieder eine Handwäsche fällig war. Zuerst machte sie sich an die Unterhosen und warf sie in das Hotelwaschbecken, spritzte einen großen Klecks Hotelshampoo darauf, tauchte sie ins Wasser und rubbelte nach Kräften, bis es lebhaft schäumte. Dann fing sie an zu spülen, spülte jede Unterhose immer wieder unter dem laufendem Wasserhahn, doch es schäumte endlos.

Daníel war mit ihr auf die Polizeiwache gefahren, um Ísafold vermisst zu melden, und aus irgendeinem Grund schien die Situation, seit ihr Verschwinden zu einem formalen, offiziellen Sachverhalt geworden war, greifbarer. Während Áróra neben Daníel auf der Wache saß, ließ das Schweregefühl allmählich nach, doch zugleich fröstelte sie, als wäre sie draußen in der kühlen Abendluft, und nach und nach sah sie verschiedene mögliche Gründe für Ísafolds Verschwinden vor sich, während sich die Polizeibeamtin ihr gegenüber durch die Fragenliste arbeitete.

Sie fragte nach Depressionen, ob Ísafold bedrückt gewirkt oder Suizidgedanken geäußert habe; sie fragte nach ihrer Beziehung zu Björn, ob es Schwierigkeiten zwischen ihnen gegeben habe, ob Ísafold möglicherweise fremdgegangen sei; ob sie irgendwo gearbeitet habe, nachdem man ihr im Seniorenwohnheim gekündigt habe; wie viele Tabletten sie genommen habe, ob sie in letzter Zeit ungewöhnlich viel getrunken habe, ob sie mit jemandem Streit gehabt habe, ob irgendjemand sie bedroht oder angefeindet habe.

Je mehr die Polizistin fragte, desto vielfältiger nahm das Verschwinden Ísafolds vor Áróras Augen Gestalt an, doch zugleich wurde ihr klar, dass sie wohl kaum die richtige Person war, um ihre Schwester als vermisst zu melden, denn sie konnte diese Fragen nicht angemessen beantworten. In Wirklichkeit hatte sie nicht den Hauch einer Ahnung, wie Ísafolds Leben in letzter Zeit ausgesehen hatte.

Glücklicherweise hatte Daníel sie unterbrochen und den Stand der Dinge geschildert. Hatte der Polizeibeamtin erklärt, dass die erste Untersuchung, so wie er das formulierte, so gut wie abgeschlossen sei. Er hatte ihr auch von Björn berichtet und von seinen Erklärungen, die mit der Wahrheit wenig zu tun zu haben schienen. Von der häuslichen Gewalt. Und von dem Bild auf Facebook. Dem gefälschten Bild. Und als sie die Polizeiwache verließen, hatte er ihr angeboten, ihre Mutter anzurufen und sie über die Sachlage aufzuklären, und Áróra war so erleichtert, dass sie sich am liebsten noch einmal in seine Arme geworfen hätte, doch sie hielt sich zurück. Dann saßen sie nebeneinander auf den Stufen vor der Wache, und sie lauschte seiner ruhigen Stimme, während er ihrer Mutter die ganze Geschichte darlegte. Und sie aufforderte, nach Island zu kommen, denn die Situation sei nun wirklich *ernst* zu nennen.

Áróra füllte das Waschbecken mit kaltem Wasser, um die Unterwäsche noch einmal gründlich durchzuspülen. Es schäumte noch immer, aber sie konnte nicht mehr. Ihre Hände waren taub vor Kälte, und sie hatte das Gefühl, sie würde vor Müdigkeit gleich zusammensacken. Das war das Tief nach der heutigen Achterbahnfahrt der Gefühle, das wusste sie, aber ihre Reaktion überraschte sie doch.

Sie presste alle Unterhosen zu einem Knäuel zusammen, anstatt sie auszuwringen, um die Spitze nicht zu gefährden, und reihte sie auf dem Handtuchtrockner auf. Sie würde sich noch mehr Kleidung kaufen müssen, da sich ihr Aufenthalt in Island offenbar hinzog. Und sie würde für sich und ihre Mutter, die heute Abend hier landen würde, eine andere Unterkunft suchen müssen.

62

Áróra sah die Sorge im Gesicht ihrer Mutter sofort, als sie durch die Schiebetür in die Flughafenhalle kam, und es war, als ob ihre eigenen Sorgen gleichzeitig nachließen. Genauso war es gewesen, als ihr Vater starb. Damals war sie für ihre Mutter ein Fels in der Brandung gewesen und hatte selbst darin Trost gefunden, so als hätte sie ihrer Mutter ihre eigenen Sorgen überreicht und sich selbst vorgenommen, das zu tun, was getan werden musste. Und jetzt, als sie sie umarmte, hatte Áróra das Gefühl, dass Mama auch ihre Sorgen um Ísafold mittragen werde. Ihr Körper schien zusammengeschrumpft zu sein, sie war nicht viel mehr als Haut und Knochen, und Áróra nahm ein kaum merkbares Zittern in ihrer Stimme wahr.

»Ich fahre direkt zu Daníel«, sagte sie, als Áróra ihren Koffer nehmen wollte.

»Was?«

»Er hat mir sein Gästezimmer angeboten«, sagte ihre Mutter.

»Du willst also bei ihm übernachten?« Áróra war überrascht. Von einer besonderen Freundschaft zwischen ihrer Mutter und Daníel wusste sie nichts.

»Ja. Er will mich in dieser Sache unterstützen. Er ist ein wundervoller Mensch, dein Onkel.«

»Er ist nicht mein Onkel«, sagte Áróra und klang schärfer, als sie beabsichtigt hatte. Sie verstaute den Koffer ihrer Mutter im Kofferraum des Mietwagens, und zwischen ihnen fiel kein Wort, bis das Auto den Flughafenbereich verlassen hatte und unterhalb der abschüssigen Straße Keflavík auftauchte.

»Jetzt kenne ich mich wieder aus«, murmelte ihre Mutter, und Áróra nickte.

»Ja, der Flughafen hat sich enorm vergrößert, nachdem der Tourismus so zugenommen hat. Aber warte erst mal, bis du Reykjavík siehst.«

»Reykjavík hatte es auch bitter nötig«, sagte ihre Mutter. »Ich fand es immer unangenehm, dass wir ständig Verwandte und Freunde deines Vaters in der Innenstadt getroffen haben.«

Áróra hörte solche Bemerkungen ihrer Mutter nicht zum ersten Mal. Sie hatte sich in Island nie wohlgefühlt. Das Land war zu dünn besiedelt. Zu persönlich. Zu klein in jeder Hinsicht. Áróra gab Gas, als sie den letzten Kreisverkehr in Keflavík hinter sich gelassen hatten und in die schnurgerade Reykjanesbraut einbogen. Ihre Mutter rümpfte die Nase über den Gestank der Blauen Lagune, der bis zur Straße heraufzog, und blickte dann wortlos über die moosbewachsenen Lavafelder, die sich vom Meer aus linker Hand erstreckten, und schließlich zur Bergkette von Reykjanes, die rechts in der Ferne zu sehen war. Áróra kamen Sätze in den Sinn, die ihre Mutter gesagt hatte, als sie ein Kind war, während sie diese Strecke gefahren waren, manchmal mit Papa am Steuer, manchmal mit einem seiner Verwandten, der sie vom Flughafen abholte, wenn sie zu Besuch kamen. Und alle diese Sätze endeten damit, dass dies hier ein trister und elender Ort sei. Kalte Wüste, die aussah wie der Mond. Und hatte ihre Mutter Island schon damals öde und elend gefunden, musste dieses Gefühl sich um ein Vielfaches verstärkt haben, jetzt, wo sie hier war, um nach ihrer verschwundenen Tochter zu suchen.

63

Ich starre auf das Bild in Ísafolds Nachricht und versuche die Gefühle zu sortieren, die in meinem Inneren brodeln. Das letzte Bild vor diesem hier zeigte einen Schnitt auf der Stirn, ganz oben unter dem Haaransatz, genäht mit acht Stichen.

Und jetzt schickt sie mir ein Foto ihrer Hand, am Ringfinger ein Ring.

Ich antworte auf die Nachricht mit Fragen: Bist du wieder bei Björn? Ist auf dem Bild das, was ich vermute? Und sie ruft sofort zurück.

Sie ist glücklich, und ich reiße mich zusammen, um sie nicht anzufauchen. Bringe es nicht übers Herz, ihre freudestrahlende Stimmung zu zerstören.

Mein Eis-Björn will sich bessern, sagt sie. Sie wollen eine Paarberatung machen. Haben sogar schon einen Termin. Und er bereut alles zutiefst. Kam auf Knien und brachte ihr einen Ring.

Einen Verlobungsring.

64

FREITAG

Áróra hatte ein brennendes Gefühl an einer unbestimmten Stelle im Brustkorb, als sie an das Zittern in der Stimme ihrer Mutter gestern Abend dachte, während sie sie zu Daníel nach Hause fuhr. Es war, als wäre sie auf einmal kurz vor dem Aufgeben, jetzt, wo sie im sicheren Hafen gelandet war, in seiner kleinen Wohnung und mit einer Tasse heißem Tee in den Händen. Daníel war offensichtlich Spezialist darin, sich um Leute zu kümmern, die tief in Problemen steckten. Sie erkannte es daran, wie er ihre Mutter mit vorsichtigen Bemerkungen aufmunterte und ihre Aufmerksamkeit auf die nahe Zukunft lenkte. Auf Kleinigkeiten. Vielleicht war das eine bestimmte Methode, die Gedanken davor zu bewahren, das Gesamtbild zu begreifen. Denn das Gesamtbild vom Verschwinden Ísafolds war einfach nur finster.

Áróra hatte Schwierigkeiten gehabt, die Wohnung zu verlassen und allein hinaus in die helle Sommernacht zu gehen. Es war schwer, ihre Mutter in diesem Zustand zurückzulassen, mit dem Zittern in der Stimme und den kraftlosen Händen, die sich immer wieder am Saum ihrer Bluse zu schaffen machten, doch es war genauso schwer, dem tröstenden Tonfall Daníels und seiner bloßen Anwesenheit den Rücken zu kehren, Daníel, der Sicherheit ausstrahlte wie ein warmer Ofen in einem kalten Zimmer. Aber als sie wieder draußen war, fiel es ihr leichter, Atem zu holen, das Wohlergehen ihrer Mutter lag nun in Daníels Händen und das Wohlergehen Ísafolds in den Händen ihrer Mutter. Dennoch musste sie sich anstrengen, die Tränen, die ihr in den Hals stiegen, runterzuschlucken. Vermutlich verlief Trauerarbeit irgendwie so: Der Stress macht der Trauer Platz, die dann allmählich ins Bewusstsein einsickert.

An jenem Morgen saß Áróra mit ihrer dritten Tasse Kaffee in ihrem Hotelzimmer, als der Zimmerservice klopfte. Sie hatte keine Lust gehabt, unten frühstücken zu gehen; weder wollte sie Hákon begegnen noch etwas essen, denn ihr Körper schien nicht weniger als ihr Geist noch ziemlich taub zu sein. Aber jetzt, als die Hotelangestellte »*room service!*« rief, während sie die Tür einen Spaltbreit öffnete, und sich schon wieder rückwärts entfernen wollte, da sie bemerkte, dass das Zimmer nicht leer war, schien Áróra endlich zum Leben zu erwachen.

»Komm ruhig rein!«, rief sie der Angestellten entgegen, die sie fragend ansah und dann noch mal im selben gellenden Ton »*room service!*« rief.

»*Please come in*«, sagte sie auf Englisch. »Ich wollte gerade weg, du kannst also gern jetzt sofort sauber machen.«

Sie beschloss, in ein Café zu gehen und sich davor noch etwas zu bewegen. Ein zügiger Spaziergang durch die Innenstadt, um sich zu erfrischen. Sie griff nach Pulli und Halstuch, beschloss aber, die Jacke zu Hause zu lassen. Es schien nicht zu regnen, auch wenn der Himmel grau und bedeckt war. Das Zimmermädchen kam mit dem Staubsauger im Schlepptau wieder herein und mühte sich ab, den Stecker in die Steckdose zu stecken, als Áróra auf die Idee kam, sie ein bisschen auszufragen.

»*How is it to work here?*«, fragte sie. »Wie ist es, hier zu arbeiten?« Das Mädchen hörte auf, mit dem Stecker des Staubsaugers herumzuhantieren, und sah sie mit fragendem Blick an, während sie an dem Staubsaugerkabel herumdrehte, als wollte sie es auswringen.

»Was meinst du?«, fragte das Mädchen, Akzent osteuropäisch, und Áróra bereute, gefragt zu haben, denn sie schien verängstigt.

»Ich meine nur, ob es angenehm ist, hier zu arbeiten, und ob du genug verdienst.« Nun hörte sie auf, die Schnur durch ihre Hände zu ziehen, ließ sie auf den Boden fallen und starrte Áróra für einen Moment mit offenem Mund an, sie wirkte wie versteinert und reagierte dann in schroffem Ton.

»*You speak to manager!*«, sagte sie, steckte den Stecker in die Wand, sodass das Gerät sich mit viel Getöse in Gang setzte, und begann, den Staubsauger mühsam vor- und zurückzuwuchten. Es war klar, dass das nicht infrage kam. Áróra verließ das Zimmer, ging den langen Flur bis zum Ende und grübelte im Aufzug nach unten, ob das Mädchen aus Schüchternheit so reagiert oder ob sie sie aufgrund schlechter Englischkenntnisse missverstanden hatte. Oder aber ob ihre Frage vielleicht einen wunden Punkt berührt hatte.

65

Olga wusste nicht genau, wie oft sie sich in ihrem Arbeitsleben krankgemeldet hatte, jedenfalls ließ es sich an einer Hand abzählen. Sogar an den Tagen, nachdem ihr Jonni gestorben war, war sie zur Arbeit erschienen. Es war besser, eine Aufgabe zu haben, als zu Hause zu sitzen und zu grübeln, darüber, was sie hätte anders machen sollen, damit sein Leben eine glücklichere Richtung eingeschlagen hätte. Aber an diesem Freitagmorgen spürte sie, dass die Schlaflosigkeit der Nacht zusammen mit dem Stress wegen Ómar, dem sie sagen musste, dass sein Asylantrag abgelehnt worden war, ihr jegliche Kraft raubte. Trotzdem konnte sie nicht wieder einschlafen, als sie zurück ins Bett schlüpfte, nachdem sie bei der Arbeit angerufen hatte, sondern lag noch eine knappe Stunde lang im Bett, schwitzte und wälzte wirre Gedanken darüber, wie Ómar wohl in Istanbul an den Pass des ermordeten Mannes herangekommen war.

Ómar war schon im Sportstudio und hatte, bevor er ging, Kaffee für sie aufgebrüht; sie schenkte sich eine Tasse ein und kippte einen großzügigen Schuss Sahne dazu. Der Kaffee würde sie hoffentlich aufmuntern. Ómar hatte ihr offenbar die Zeitung von unten geholt, die jetzt wie in einem Hotel zusammengefaltet auf dem Küchentisch lag. Ómar war so unglaublich gut zu ihr, und die Angst davor, ihm die schlechte Nachricht zu überbringen, durchflutete sie wie eine kalte Welle. Sie griff nach der Zeitung und las die Schlagzeilen auf der Titelseite. Offensichtlich gab es, wie so oft im Frühsommer, in Island nicht allzu viel zu berichten, und so schlugen die Nachrichten einen eher positiven Ton an. Eine Gruppe von Freunden im mittleren Alter hatte sich einen alten Traum erfüllt und war zu einer Motorradfahrt durch die Vereinigten Staaten aufgebrochen. Hinweise, dass sich der Seeadlerbestand am Breiðafjörður im Aufwärtstrend befand. Und der Tourismus steuerte auf einen Rekordsommer zu.

Olga schrak hoch, als es an der Tür klingelte. Sie stand auf und humpelte ein paar Schritte, bis ihre Füße einigermaßen zum Leben erwacht waren. Sie ging ohne Zweifel davon aus, dass es Ómar war, der seinen Schlüssel vergessen hatte, deshalb fuhr sie vor Schreck zusammen, als sie die Tür öffnete und eine unbekannte ältere Frau auf dem Treppenabsatz stand, neben ihr ein hochgewachsener Mann, der ihr einen Polizeiausweis entgegenhielt. Polizeiausweise waren ihr geläufig. Ihr Jonni hatte dafür gesorgt, dass sie mehr als genug von ihnen gesehen hatte. Doch die Frau schien nicht von der Polizei zu sein.

»Ja?«, sagte Olga, und ihre Hand fuhr unwillkürlich durch ihre Haare. Sie war noch ungekämmt und stand im Morgenmantel da wie bestellt und nicht abgeholt. Sie hätte in diesem Aufzug niemals die Tür aufgemacht, wenn sie nicht todsicher Ómar erwartet hätte. Ómar! Sie wollten Ómar abholen! Sie hastete in Gedanken durch die Wohnung auf der Suche nach ihrem Handy, erinnerte sich, dass es auf dem Küchentisch unter der Zeitung lag. Sie knallte den Leuten die Tür vor der Nase zu, eine Entschuldigung murmelnd, sie sei sofort wieder da. Dann sauste sie in die Küche, die Schmerzen in den Füßen waren wie weggeblasen, merkwürdig, wie der Geist manchmal stärker war als der Körper. Kurz nachdem Jonni gestorben war, hatte sie keinerlei Rheuma verspürt. Es war, als hätte der schneidende Schmerz in der Seele die Oberhand gewonnen, sodass sie noch lange keine anderen Schmerzen gespürt hatte. Ihre Hände zitterten, als sie nach dem Telefon griff und eine SMS an Ómar eintippte: *Nicht heimkommen! Die Bullen sind hier. Police!* Dann holte sie tief Luft. Ging zurück zur Tür und öffnete.

»Entschuldigung. Ja?« Die beiden standen noch immer auf dem Treppenabsatz, waren aber ein paar Schritte von der Tür zurückgetreten, so als rätselten sie, ob die Frau zurückkommen und ihnen öffnen würde oder nicht. Die Leute hatten in der Zwischenzeit einen entschlossenen Gesichtsausdruck aufgesetzt. Anfangs hatten sie direkt vor der Tür gestanden, aber jetzt standen die beiden einander zugewandt da, so als hätten sie sich, bevor sie öffnete, gerade etwas zugeflüstert. Olga presste ein Lächeln hervor und hoffte flehentlich, Ómar würde die SMS entdecken, wenn er im Fitnessstudio zusammenpackte, anstatt plötzlich hier hereinzustolpern, ausgerechnet während die Polizei da war.

»Guten Tag, ich bin die Mutter von Ísafold hier in der Wohnung gegenüber«, sagte die Frau in gebrochenem Isländisch und zeigte auf die Tür von Ísafold und Björn auf der anderen Seite. Dann verfiel sie ins Englische und fuhr fort, ihr Anliegen zu schildern. Olga bekam weiche Knie, und sie hätte vor Erleichterung am liebsten laut gelacht. Dann waren sie also doch nicht wegen Ómar gekommen. Er war nach wie vor bei ihr in Sicherheit, und nichts hatte sich geändert. Die Behörden hatten keine Ahnung, wo er war.

Sie sagte zu Ísafolds Mutter dasselbe, was sie schon zu ihrer Schwester gesagt hatte, dass sie mit Ísafold gut befreundet war und sie manchmal bei ihr zum Kaffee oder Tee vorbeischaute. Was sie verschwieg, war, dass es eigentlich meistens Ómar war, mit dem Ísafold Kaffee oder Tee trank, denn das spielte schließlich keine Rolle, und dann zitierte sie Björn, Ísafold sei in Großbritannien, um Verwandte zu besuchen. Deshalb sei sie so überrascht gewesen, fügte sie hinzu, auf Facebook zu sehen, dass sie in Italien im Urlaub sei.

Nach diesem Gespräch schloss sie die Tür vielleicht unanständig laut, aber sie musste sofort Ómar anrufen und ihm mitteilen, dass die Gefahr vorbei war. Er rief umgehend zurück, und sie hörte die Verzweiflung in seiner Stimme.

»Ómar, mein Lieber«, sagte sie, »alles ist in bester Ordnung. Das war bloß die Mutter von Ísafold drüben, die ihre Tochter sucht, und der Polizist, der sie begleitet hat, war ein Verwandter von ihnen. Ich weiß zwar nicht, was das für Arbeitsmethoden sein sollen, bei Privatangelegenheiten den Leuten den Polizeiausweis direkt vor die Nase zu halten, aber ich war einfach so froh, dass die Sache nichts mit dir zu tun hat ...«

Die Erleichterung, die jetzt aus ihr herausströmte, ebbte ab, als sie Ómar schluchzen hörte.

»Ómar, Lieber ...«, begann sie, doch er schnitt ihr das Wort ab. Seine Stimme war schrill und unkontrolliert, und seine Atemzüge klangen wie das Pfeifen eines Sturms.

»Warum fragst du mich immer nach Ísafold? *Why do you ask of her?*«

Olga konnte seiner Stimme nicht anhören, ob sie ängstlich und verwirrt klang oder ganz einfach rasend vor Wut.

66

Daníel dachte über die Frau nach, bei der sie zuerst geklingelt hatten, Olga. Ihr Besuch hatte sie offensichtlich sehr durcheinandergebracht, sie hatte einen merkwürdigen Blick, knallte die Tür zu und machte sie kurze Zeit später wieder auf, dann äußerst liebenswürdig. Sie hatte wohl ihr Gras währenddessen die Toilette hinuntergespült. Er hatte das in den letzten Jahren beobachtet, dass immer mehr ältere Menschen regelmäßig Gras rauchten, ob das nun aus alter Gewohnheit aus jungen Jahren geschah oder wegen der derzeitigen Debatte darum, wie wirksam Cannabis als Schmerzmittel war. Hier hatten sich die Zeiten im Vergleich zu früher deutlich geändert, als Brennivín im Kaffee und Schnupftabak die Genussmittel waren, an denen sich die alten Leute erfreuten. Seine Großmutter hatte regelmäßig geschnupft, und er erinnerte sich, wie lustig er es fand, ein paar Restchen von ihr zu bekommen, von denen er niesen musste, woraufhin sie sich dann gemeinsam kaputtlachten.

Bei dieser Olga war jedenfalls nicht viel zu holen. Sie sagte, sie habe Ísafold vor mehr als drei Wochen das letzte Mal gesehen, wisse aber nicht mehr genau, wann, und habe dann bei Björn nachgefragt, der ihr gesagt habe, sie mache gerade Urlaub bei ihrer Familie in England.

Er sah, dass Violet tief Luft holte, bevor sie bei Björn klopfte. Er selbst hielt es nicht für vernünftig, ihn persönlich aufzusuchen. Wenn man von der Annahme ausging, dass Ísafold nicht auf freiwilliger Basis verschwunden war, dann war Björn natürlich ganz oben auf der Liste der Verdächtigen, sodass es vielleicht besser gewesen wäre, ihn der Polizei zu überlassen. Diensthabenden Polizeibeamten, keinen Bullen im Sommerurlaub. Aber Violet verlangte, eine Runde zu drehen, bei den Nachbarn zu klopfen und auch mit Björn zu reden, und natürlich war das so gesehen normal und selbstverständlich, dass Björns Schwiegermutter das Gespräch mit ihm suchte. Daníel sah seine Rolle darin, Violet zu unterstützen. Und vielleicht konnte es auch nicht schaden, Björn den Polizeiausweis vor die Nase zu halten. Um ihm etwas Dampf zu machen.

Björn kam an die Tür und war genau so, wie Daníel ihn sich vorgestellt hatte. Schroff und missgelaunt. Sein Lächeln, das er auf den Facebook-Bildern mit Ísafold aufgesetzt hatte, auf denen seine blendend weißen Zähne blitzten und die dunklen, verträumten Augen vor Leben sprühten, war kaum zu erahnen. Privat war er fahl und unansehnlich, und das sonst gut aussehende Gesicht wirkte teigig und aufgedunsen.

»Willst du deine Schwiegermutter nicht hereinbitten?«, fragte Violet, und in ihrer Stimme lag aufrichtige Empörung, eine Empörung, wie sich nur Briten darauf verstehen.

»Nicht, wenn der da dabei ist«, sagte Björn und zeigte auf Daníel. »Dich würde ich ja vielleicht reinlassen, wenn du nicht in Polizeibegleitung wärst und ich dich noch als meine Schwiegermutter bezeichnen könnte.«

»Was meinst du damit, Björn?«, fragte Violet. »Ich habe von Ísafold nicht gehört, dass ihr beide euch getrennt hättet. Das letzte Mal, als sie sich bei mir gemeldet hat, und das ist jetzt schon ein paar Wochen her, war sie überglücklich und sagte, alles sei in bester Ordnung bei euch.«

Björn zuckte mit den Schultern. »Ja. Das hat mich genauso erstaunt, als ich nach Hause kam, dass sie fix und fertig gepackt hatte und noch am selben Tag abgereist ist. Und ich habe seitdem kein einziges Wort von ihr gehört. Ich dachte, sie wäre zu dir nach Newcastle gefahren. Ich habe das einfach vermutet. Wo sonst hätte sie hinfahren sollen?«

»Vielleicht nach Italien?«, mischte sich Daníel in das Gespräch ein, und Björn starrte ihn verblüfft an.

»Was?«

»Sie hat vorgestern Abend ein Foto von sich auf Facebook gepostet, auf dem sie wohl in Italien ist«, sagte Violet. »Kennt sie jemanden in Italien?«

Björn schüttelte heftig den Kopf, und für einen Augenblick erinnerte er Daníel an ein eingesperrtes Tier. Er hatte etwas Rasendes im Blick, vielleicht auch einen Hauch Angst. Das Flackern in seinem eigenen Kopf wurde stärker, er konnte beinah den Takt mitzählen. Es lag auf der Hand, dass Björn ziemlich aus der Fassung geraten war, sei es vor Verwunderung oder aus Ärger.

»Keine Ahnung! Woher zum Teufel soll ich das denn wissen?«

»Und weshalb hast du den Nachbarn erzählt, dass sie Urlaub bei ihren Verwandten in England macht, wenn sie doch in

Italien ist?« Daníel machte einen Schritt nach vorn und stützte sich mit der Handfläche am Türrahmen ab, damit Björn die Tür nicht schließen konnte, was er, so schien es, jetzt am liebsten getan hätte.

»Das weiß ich nicht!«, schrie er. »Vielleicht einfach deswegen, weil es keinen Spaß macht, den Leuten zu erzählen, dass die eigene Frau einen verlassen hat. Oder? Ich hatte einfach erwartet, dass sie nach Hause zu ihren Leuten gefahren ist!« Das aufgedunsene Gesicht war mittlerweile feuerrot, und an seinem Hals zeichneten sich die vor Anspannung geschwollenen Adern ab. »Außerdem habe ich kein gesteigertes Interesse an Polizeibesuchen!«, brüllte er schließlich, wenn auch etwas leiser, als bemühte er sich mit aller Kraft, wieder Kontrolle über sich zu erlangen. Daníel zog die Hand zurück, und die Tür fiel mit einem lauten Knall ins Schloss. Daníel hätte Björn gern noch das eine oder andere gefragt, und zwar mit mehr Nachdruck, doch das war hier und jetzt leider nicht angebracht.

»Er schien ziemlich erstaunt, dass Ísafold offenbar in Italien ist«, sagte Violet leise, und Daníel überlegte, ob sie seine Erklärungen vielleicht nicht richtig verstanden hatte. Ob sie sich noch immer an der Hoffnung festklammerte, dass das Bild nicht gefälscht war und Ísafold sich tatsächlich in Italien aufhielt.

»Ja«, sagte er. »Er war erstaunt zu hören, dass sie scheinbar ein Bild von sich aus Italien gepostet hat«, fügte er hinzu und legte die Betonung auf *scheinbar*. Es stimmte, dass Björn sichtbar zusammengezuckt war, als Violet das Foto erwähnt hatte. Vielleicht wunderte er sich, dass Ísafold überhaupt Bilder von sich postete, dachte Daníel bei sich und spürte, wie ihm das

Herz in der Brust schwer wurde, doch das Flackern in seinem Kopf, seine Intuition, begann Fahrt aufzunehmen wie das Blaulicht einer Polizeistreife bei einer Verfolgungsjagd. Vielleicht wunderte sich Björn einfach nur darüber, dass sie ein Lebenszeichen von sich gegeben hatte.

67

Die Reaktion des Zimmermädchens heute Morgen hatte Áróra den ganzen Tag über beschäftigt, doch jetzt bestätigte sich ihr Verdacht, dass das Mädchen sich tatsächlich sonderbar benommen hatte. Hákon lehnte sich über den leeren Vorspeiseteller nach vorn und flüsterte: »Ich habe gehört, du fragst meine Angestellten über ihren Verdienst aus. Sicherlich wegen dieser Diskussion in den Medien, ich würde meine Leute unter Tarif bezahlen …«

»Was für eine Diskussion meinst du?«, fragte Áróra. Die Sache traf sie aus heiterem Himmel, denn sie hatte nirgends etwas zu dem Thema gelesen, obwohl sie enorm viel Zeit im Netz verbrachte, um über Hákon und sein Hotelimperium zu recherchieren.

»Ach so, da war irgendein Schnüffler von der Presse, dem eine Gehaltsabrechnung in die Hände gefallen war und der das veröffentlicht hat. Aber der kannte natürlich nur die halbe Geschichte, und da ich nicht öffentlich darlegen darf, wie das alles in Wirklichkeit zusammenhängt, bin ich ziemlich schlecht weggekommen.«

Áróra musterte ihn genau. Er redete ohne Punkt und Komma, schien sich rechtfertigen zu wollen, und die Röte, die ihm ab und an ins Gesicht stieg, trat jetzt in Form kleiner Schweißtropfen auf seiner Oberlippe hervor.

»Wie hängt das alles denn in Wirklichkeit zusammen?«, fragte sie und hörte selbst, wie neugierig sie klang, sodass sie sich direkt wunderte, wie aufrichtig er ihr antwortete.

»Unter uns gesagt muss ich gestehen, dass ich manchmal einen kleineren Teil der Löhne schwarz auszahle, nur um den Leuten den Aufwand mit der Steuer zu ersparen, denn das sind schließlich keine Spitzenverdiener. Aber ich weiß natürlich, dass das gegen die Regeln ist, und ich weiß auch, dass du als Steuerberaterin von solchen Machenschaften nicht unbedingt viel hältst ...«

»Exakt. Aber danach habe ich auch gar nicht gefragt, wenn du so willst«, sagte Áróra. »Mich gehen deine Immobilien nichts an. Ich wollte nur herausfinden, ob du einer dieser Widerlinge bist, von denen man hier in der Touristenbranche neuerdings hört, die ihre Angestellten schlichtweg versklaven. Sie lassen sie arbeiten und arbeiten und zahlen ihnen einen Dreckslohn, falls sie ihnen überhaupt je etwas zahlen.«

Er lächelte erleichtert und schien ihre Erklärungen offenbar für bare Münze zu nehmen.

»Ich bin kein Widerling«, sagte er und erhob sein Glas, und sie tat dasselbe, aber weil es leer war, gelang es ihnen nicht, anzustoßen, bevor der Kellner das Hauptgericht servierte. »Ich glaube, ich kann stolz behaupten, dass alle meine Angestellten gerne bei mir arbeiten. Und im Grunde profitieren alle von jeder einzelnen Krone, die nicht durch den Fiskus rollt.«

Áróra betrachtete nachdenklich sein Gesicht. Es hatte etwas

kindlich Aufrichtiges, wie er das alles behauptete, und sie überlegte, ob er das wohl selbst glaubte oder ob er sich eine seichtere Art von moralischem Gewissen zurechtgelegt hatte, um mit sich selbst leben zu können.

Hákon bestellte mehr Wein, und dann machten sie sich über das Steak her. Wie gewohnt schob sie die Kartoffeln beiseite und begann mit dem Salat. Sie hatte sich angewöhnt, immer zuerst den Salat zu essen und dann erst das Fleisch oder den Fisch, sodass die Kohlenhydrate zum Schluss kamen. Schlank zu bleiben war ein Rechenspiel, genau wie die Politik. Und ihre Rechenkünste waren gut genug, um zu wissen, dass ein Unternehmen keine schwarzen Löhne zahlen konnte, ohne selbst schwarze Zahlen zu schreiben.

68

Hákon geleitete Áróra zum Ausgang des Restaurants. Sie konnte diese Unterstützung gut gebrauchen, denn sie war mit ihren High Heels mittlerweile etwas unsicher auf den Beinen. Sie hatte irgendwann den Überblick verloren, wie viel Wein sie zum Essen getrunken hatte. Weißen zur Vorspeise, einem Fischgericht, Roten zum Hauptgang, der Lammkeule, und zum Schluss hatte es einen Dessertwein gegeben, der so süß war, dass ihr die Lust auf den eigentlichen Nachtisch völlig vergangen war, obwohl der Kellner in einem langen Sermon dessen vorzügliche Qualität gelobt hatte.

»Hallo, Hákon!«

Die Begrüßung schnitt klar und deutlich durch das Stimmengewirr, und Hákon hob die Hand und winkte. Áróra brauchte einen Moment, bis sie wieder einen klaren Blick hatte und erkannte, wer da rief. Sie wünschte, sie hätte nicht so viel getrunken gehabt, als Hákon sie ins Schlepptau nahm und zu dem Tisch zog, an dem die Frau, die gerufen hatte, einer anderen Frau gegenübersaß. Diese war jünger, klapperdürr, und Áróra glaubte im ersten Moment, sie trage ein Oberteil mit lebhaft gemusterten Ärmeln, doch als sie näher kamen, sah sie, dass es ihre Arme waren, die großflächig tätowiert aus den Ärmeln ihres Kurzarmshirts herausschauten. Hákon küsste beide Frauen, und bevor Áróra widersprechen konnte, hatten er und die Frauen beschlossen, dass sie sich dazusetzen und noch einen Drink nehmen sollten.

»Áróra, das ist Agla, meine Geschäftspartnerin, und Elísa, ihre Frau. Elísa und Agla, das ist Áróra.«

Agla reichte ihr lächelnd die Hand.

»Geschäftspartnerin?«, war das Einzige, was Áróra hervorbrachte, während sie sich auf den Stuhl setzte, den der Kavalier Hákon eilfertig für sie herangerückt hatte. Sie hatte nicht gewusst, dass er Geschäftspartner hatte. In den Reportagen über ihn, die im Netz zu finden waren, wurden Geschäftspartnerinnen und Geschäftspartner nirgends erwähnt – geschweige denn diese Geschäftspartnerin. Man brauchte kein detailliertes Wissen über die isländische Geschäftswelt, um zu wissen, dass Agla Margeirsdóttir zu den bekanntesten Finanzhaien des Landes gehörte. Eine der ganz Großen von vor der Bankenkrise. Áróra wurde schwindlig, das ganze Restaurant begann sich zu drehen. Das hier passte alles überhaupt nicht zusammen. Vielleicht war ihr Plan das Risiko nicht wert. Hákons Finanzgaunereien schienen komplizierter als erwartet.

»Ja«, sagte Hákon, »Agla war ein wahrer Schutzengel, als ich mit der Planung des Hotels in Akureyri begonnen habe. Sie hat in den Bau des Gebäudes investiert, hat das Start-up für den Hotelbetrieb finanziert und mir die ganze Zeit über den Rücken gestärkt.«

Als Hákon sie fragte, was sie trinken wolle, bat Áróra um ein Glas Wasser, und in ihrem Kopf häuften sich unzählige Fragen.

Warum hatte sie im Internet nichts darüber gefunden, dass diese Agla Teilhaberin von Hákons Hotel war? Jetzt, wo Áróra kurz davor war, die Informationen zu finden, die sie brauchte, um an seine Bankkonten zu kommen, war es hinderlich, nicht genau zu wissen, wie seine geschäftliche Beziehung zu ihr aussah.

Sie brauchte nicht lange zu warten, da bekam sie ihre Gelegenheit, diese Fragen und noch einige mehr loszuwerden, denn Elísa stand auf, entschuldigte sich und verschwand nach hinten zu den Toiletten, während Hákon die Bar ansteuerte, um Drinks zu holen.

»Das ist eine viel zu lange und komplizierte Geschichte, um sie jetzt zu erzählen«, sagte Agla. »Aber ich bin sicher, du kannst Hákon ganz in Ruhe darüber ausfragen.«

»Nicht nötig«, log Áróra, denn ihr war klar geworden, dass ihre Fragen verdächtig wirken konnten. »Ich habe nur interessehalber gefragt.«

Die Frau erhob ihr Glas und lächelte unbestimmt ins Leere. Doch als Áróra ihrem Blick folgte, sah sie, dass ihr Lächeln Hákon galt, der mit einem leeren Bierglas wartend an der Bar stand und Áróra damit zuprostete. Er wirkte fröhlich und entspannt, doch Áróra konnte sich plötzlich selbst nicht mehr ertragen, weil sie dabei war, ihn zu hintergehen.

»Ich weiß, wer du bist«, sagte Agla und sah sie mit einem bohrenden Blick an, der ihr durch Mark und Bein ging.

Áróra wurde übel, und sie hatte wieder das Gefühl, dass sich das Restaurant vor ihren Augen drehte. Hákon brachte ihr ein Glas Wasser, und sie trank es in einem Zug. Das linderte die Übelkeit, die sie aber sofort wieder einholte, als Agla sich zu ihr herüberbeugte und mit einem unterkühlten Lächeln flüsterte: »Und ich habe einen Verdacht, was du mit Hákon vorhast.«

69

»Alles okay?«, fragte Hákon besorgt und reichte ihr eine Serviette. Sie wischte sich den Schweiß vom Gesicht und stand auf. Das ganze Restaurant drehte sich, und sie wusste nicht, ob sie vor einer Minute noch total benebelt gewesen war oder ob Agla wirklich gesagt hatte, sie wisse, wer sie sei und was sie mit Hákon vorhabe. Wie, verflucht noch mal, konnte das sein? Áróra kannte diese Agla höchstens aus der Zeitung und war todsicher, dass sie ihr nie zuvor begegnet war.

»Ich bin einfach nur betrunken«, sagte sie und hörte selbst, wie verwaschen ihre Stimme klang. »Kannst du mich zurück ins Hotel bringen?«

Hákon verabschiedete sich von Agla und Elísa mit Küsschen, während Áróra schwieg; sie hatte zu viel Angst, sich übergeben zu müssen, sobald sie versuchte, etwas zu sagen. Als sie sich auf den Ausgang zubewegten, sah sie aus dem Augenwinkel, wie Agla ihr mit forschendem Blick und dumpfem Lächeln hinterhersah. Hákon hatte seinen Arm um ihre Taille gelegt, um sie halbwegs aufrecht zu halten, und sie steckte die linke Hand in seine linke Hosentasche, um sich selbst abstützen zu können. So ineinander verwoben gelangten sie schließlich auf den Bürgersteig vor dem Restaurant und liefen dort direkt ihrer Mutter und Daníel in die Arme.

Es war schwer zu sagen, ob es der Temperatursturz zwischen dem beheizten Restaurant und der kühlen Nachtluft war, der bewirkte, dass Áróra wieder etwas nüchterner wurde, oder die messerscharfe Missbilligung im Blick ihrer Mutter. Ihre Sicht wurde klarer, sie streckte sich und schob Hákon ein Stück beiseite. Es war ein unbehaglicher Moment, und Áróra hatte plötzlich den Drang, allen alles zu erklären, aber sie war nicht klar genug im Kopf, um mit dem Aufeinanderprallen dieser beiden Welten umzugehen, die sie in den vergangenen Tagen jede für sich aufgebaut hatte.

»Das ist Hákon«, murmelte sie, und Hákon reagierte formvollendet, reichte zuerst ihrer Mutter die Hand und dann Daníel, der das Angebot allerdings ignorierte, sich umdrehte und ging. Als er an Áróra vorbeikam, machte er einen Schritt auf sie zu und flüsterte: »Ach, auf einmal kannst du dich ja doch auf etwas einlassen!«

Áróra nahm wieder Hákons Hand, sobald ihre Mutter und Daníel außer Sichtweite waren. Aber sie waren kaum ein paar Schritte gegangen, als dieser ganze Abend ihr plötzlich zu viel wurde, mit allen seinen Drinks, mit Ísafold ständig in ihrem Hinterkopf und dann mit Hákon und Daníel im Doppelpack; sie beugte sich nach vorn und kotzte in den Straßengraben.

Verdammtes Island. Verdammtes winzig kleines Island.

70

Er musste sich eingestehen, dass er in den letzten Tagen nur Áróra im Kopf gehabt hatte, doch es war ihm nicht ganz klar gewesen, wie abhängig er von ihr war, bevor er sie unten in der Stadt auf der Straße getroffen hatte. Es war wie ein Schlag ins Gesicht, sie mit einem anderen Mann zu sehen, sodass er buchstäblich körperliche Schmerzen empfand. Angeblich besuchte sie heute Abend eine alte Freundin, also hatte er beschlossen, Violet unterdessen die Innenstadt zu zeigen, da ihr letzter Besuch in Island lange her war. Sie hatten gegessen, sich zum Nachtisch ein Eis gegönnt und waren durch die Straßen geschlendert, als plötzlich Áróra sturzbetrunken aus einem Restaurant wankte und ihnen beinahe vor die Füße fiel. Und dessen nicht genug, hatte sie sich an den berüchtigtsten Wirtschaftskriminellen des Landes rangeschmissen, der erst kürzlich in der Presse davon berichtet hatte, er sei frisch aus der Haft entlassen, und der sich nun offenbar fröhlich ins Reykjavíker Nachtleben stürzte. Von wegen alte Freundin. Der Typ hielt sie fest umklammert, und sie kicherte, während sie die Stufen hinabging, und hörte nicht auf zu kichern, bis sie ihre Mutter erblickte und dann ihn. Er wusste natürlich nicht, ob es ihr etwas bedeutete, ihn zu sehen, wahrscheinlich war er ihr vollkommen egal. Sie hatte ihm klargemacht, dass sie sich im Moment nicht auf ihn einlassen konnte, aber er hatte das so verstanden, dass sie an Männern grundsätzlich nicht interessiert war. Dieses Missverständnis war natürlich sein Problem.

»Die geht abends aus und amüsiert sich, während ihre Schwester …« Violet stockte. »Während ihre Schwester in Gott weiß welchen Grausamkeiten steckt!«

Sie waren schweigend in Richtung Auto gegangen, doch bevor sie einstiegen, war es Violet endlich gelungen, ihre Gedanken zu formulieren. Er sagte nichts, er brachte buchstäblich kein Wort heraus. Er hatte das Gefühl, in seinem Hals lodere ein Feuer, ein Feuer der Eifersucht. Er setzte sich ins Auto, legte den Gang ein und fummelte am Radio herum, während Violet versuchte, sich anzuschnallen. Natürlich hätte er Áróra verteidigen sollen. Etwas in der Art sagen, dass die Menschen mit solchen Dingen unterschiedlich umgingen. Manche versuchten, ihre Gefühle zu verdrängen und sich in Arbeit zu stürzen, anstatt über ihre vermissten oder verletzten Angehörigen nachzudenken, während andere ihrer Trauer und ihrer Angst ins Gesicht blickten in der Hoffnung, die Situation auf diese Weise zu bewältigen. Doch das Feuer in seinem Hals verschlug ihm die Sprache, und außerdem wollte er sowieso nichts sagen. Denn obwohl er volles Verständnis dafür hatte, dass Áróra abends ausging und sich ein paar Gläschen gönnte, hatte er eine Stinkwut auf sie, weil sie Arm in Arm mit einem anderen Mann in der Stadt herumhing. Und noch dazu mit diesem Mann!

»Jetzt wäre eine Tasse Tee genau das Richtige«, sagte Violet seufzend, und er nickte, während er rückwärts vom Parkplatz hinter der Domkirche rollte. Er würde mit ihr nach Hause fahren, Tee kochen, versuchen, ein bisschen zu plaudern, und sich dann entschuldigen und früh ins Bett gehen. Er wünschte, er hätte jetzt nicht Violet als Übernachtungsgast gehabt, und musste insgeheim zugeben, dass er das nur angeboten hatte, weil er die vage Hoffnung hatte, damit bei Áróra punkten zu können.

Nachdem Violet schlafen gegangen war, stand Daníel unten im Garten und sprang im weichen Gras auf und ab. Er trug nur ein paar Jeans, sodass sich der feine Nebel in der Luft auf seinen nackten Oberkörper legte und sich mit dem Schweiß vermischte, den er während des Trainings ausdünstete. Als Nächstes kamen die Kniebeugen, er schaffte vierzig Stück und fing dann noch einmal an zu springen. Er keuchte und war gründlich außer Atem, sein Herz raste, und dennoch hatte er den Drang, sich noch länger zu bewegen. Um das Bild von Áróra, betrunken in den Armen eines anderen Mannes, aus seinem Gedächtnis zu löschen.

»Na, wenn das mal kein hübscher Anblick ist«, sagte Lady, die gerade aus der Garage gekommen war, sich eine Zigarette ansteckte und gierig daran sog, während ihr Blick über Daníels entblößten Brustkorb wanderte. »Sieht so aus, als müsste ich dich zu mir in die Garage einladen.«

71

Áróra wagte nicht, sich darauf zu verlassen, dass das Tageslicht sie im Lauf der Nacht wecken würde. Das war zwar schon vorgekommen, aber nun hatte sie so viel Alkohol im Blut, dass sie garantiert wie ein Stein einschlafen würde und nicht vor dem Morgen wieder zu sich käme. Deshalb sagte sie zu Hákon, sie wolle erst mal unter die Dusche, er solle sich schon mal hinlegen, und sie würde dann bald zu ihm unter die Decke kriechen.

Sie stand lange unter der Dusche und drehte abwechselnd den heißen und den kalten Hahn auf in der Hoffnung, dadurch schneller nüchtern zu werden. Sie hatte das Gefühl, Nebelschwaden im Kopf zu haben, und verstand nicht, wie es kam, dass ihre Mutter und Daníel so plötzlich aufgetaucht waren, das ganze Ísafold-Drama im Gepäck. Das führte ihr auf unangenehme Art vor Augen, wie sehr ihr Dasein in den letzten Tagen in Schubladen eingeteilt gewesen war, mit Hákon und seinen Finanzen in einer Schublade und Daníel, ihrer Mutter und dem Verschwinden Ísafolds in einer anderen. Und jetzt, nachdem diese beiden Schubladen sich zu einer vereinigt hatten, fühlte sie sich gelinde gesagt sonderbar.

Als sie aus der Dusche kam, wickelte sie sich in ein Badetuch, dann setzte sie sich auf den Toilettendeckel, lehnte sich nach vorn und trank eiskaltes Wasser direkt aus dem Hahn. Es war egal, was sie trank, nichts konnte ihren Durst stillen, also stand sie auf und schaute sich im Spiegel selbst in die Augen. Nun hieß es: Vogel, friss oder stirb. Wenn diese Agla sie durchschaut hatte, würde sie Hákon vor ihr warnen. Das war zumindest, was ein Geschäftspartner machen würde. Also war jetzt wahrscheinlich ihre letzte Gelegenheit, die Kamera zu installieren.

Sie schlich nach vorne ins Zimmer, wühlte in ihrer Tasche und fand die Kamera. Sie wirkte größer und klobiger als im Geschäft, und Áróra bereute es, in Island eine Webkamera gekauft zu haben, statt im Internet ein kleineres Gerät zu bestellen und dann mehrere Tage auf die Zustellung zu warten. Aber gut, jetzt oder nie. Wenn sie sich die Zugangsdaten zu Hákons Konten beschaffen wollte, musste sie das jetzt durchziehen. So wie sie es in Erinnerung hatte, war an der Decke des Zimmers eine nicht eingelassene Leuchte angebracht, und dort würde sie das Gerät verstecken. Ein anderer Ort kam nicht infrage. Es handelte sich um einen dieser viereckigen Deckenstrahler, die sich besonders gut in Büros ausnahmen, mit weißen oder silbernen Stäben, die parallel über den Lichtkuppeln verliefen und zugleich das Ganze umrandeten.

Sie hielt den Atem an, während sie das Zimmer durchquerte. Nicht, dass sie unbedingt hätte schleichen müssen, denn Hákon lag bäuchlings quer auf dem Bett, hatte noch seine Kleider an und schlief wie ein Stein. Auch er hatte etwas zu tief ins Glas geschaut. Áróra setzte sich auf den Schreibtisch, zog die Füße hoch und hangelte sich langsam nach vorne auf die Knie. Jetzt kam es darauf an, im Gleichgewicht zu bleiben und nicht zu fallen.

Als sie endlich stand, stützte sie sich an der Wand ab und streckte sich nach oben in Richtung Deckenleuchte. Bis zur Lampe fehlten nur wenige Zentimeter, und als sie sich auf die Zehenspitzen stellte, konnte sie mit viel Mühe die Klemme der Kamera am Rahmen der Leuchte anbringen, sodass das Gerät festen Halt hatte. Die Deckenleuchte war direkt über dem Schreibtisch, auf dem Hákons Laptop stand, also müsste die Kamera, wenn er am Tisch saß und sein Passwort für das Onlinebanking eingab, ihren Dienst tun. Der Nachteil war, dass sie dort recht gut zu sehen war, und daran ließ sich auch nichts ändern. Andererseits kam es selten vor, dass Leute, die am Tisch saßen und am Computer arbeiteten, plötzlich an die Decke schauten, also würde es dieses eine Mal wohl glattgehen. Hoffentlich jedenfalls.

Vom Tisch hinunter kam sie nicht ganz so gut wie hinauf, denn als sie sich vorbeugte, verlor sie das Gleichgewicht, fiel auf den Schreibtischstuhl, der mit Getöse wegrollte, und von dort auf den Boden. Sie unterdrückte einen Schmerzenslaut, und Hákon murmelte etwas, stützte sich auf die Ellenbogen und schaute sich verwirrt um.

»Alles okay«, sagte sie. »Bloß gestolpert. Ist aber nichts passiert. Bin einfach sternhagelvoll.«

Hákon drehte sich wieder um, und sie saß eine Weile still auf dem Fußboden und wartete, bis er auch wirklich wieder eingeschlafen war. Dann würde sie sich hinausschleichen und rüber in ihr eigenes Zimmer gehen. Sie konnte sich nicht vorstellen, jetzt zu ihm ins Bett zu kriechen, die Unschuld in Person, nachdem sie die Kamera an seiner Decke angebracht hatte.

72

Obwohl es Freitagabend war, saß Grímur allein zu Hause. Er war zu aufgewühlt, um ins Kino zu gehen. Er hätte nicht die Konzentration für einen Film aufbringen können, egal, wie spannend er war. Stattdessen saß er hier in seiner Küche und konnte sich nicht einmal eine dritte Rasur erlauben, weil die Haut nach zwei Ganzkörperrasuren an einem Tag wund und beinahe blutig war. Also beschloss er, sich Instant-Nudeln zu machen, und dachte darüber nach, was die Zukunft für ihn bereithielt. Dass die Bullen Björn auf den Fersen waren, hielt er für riskant, das konnte unter Umständen seine gesamten Pläne zunichte machen.

Der Kessel pfiff, um bekanntzugeben, dass das Wasser kochte, und er stand auf, füllte den Inhalt der Nudelpackung in eine Schale und goss das Wasser darüber. Er würde zwei oder drei solcher Packungen brauchen, um satt zu werden, und für einen Moment bereute er, es nicht in die Stadt geschafft zu haben, um sich ein Würstchen und dann im Kino Popcorn und Cola zu genehmigen, so wie er das immer tat, wenn er zufällig mal Geld hatte. Aber es wäre Verschwendung gewesen, in seinem Zustand eine Kinokarte zu kaufen. Sein Herz flatterte, und er hatte das Gefühl, in Gedanken auf der Überholspur unterwegs zu sein.

Pläne hatten die Tendenz, klar und einfach zu wirken, solange die Ausführung noch in weiter Ferne lag, doch sobald die Zeit knapp wurde, begannen gewisse Einzelheiten eine Rolle zu spielen. Und diesmal spielten sie nicht nur eine große Rolle, sondern sie bedeuteten alles. Ein großzügiger Klecks Butter schmolz auf den Nudeln, und er salzte kräftig nach. Sein Hausarzt hatte ihm empfohlen, wegen seines Blutdrucks das Salz zu reduzieren, doch im Moment konnte er sich nicht mit solchen Nebensächlichkeiten aufhalten. Er hatte anderes und Wichtigeres auf dem Programm. Er schaufelte einen Haufen Nudeln in sich hinein, sog die losen Enden in den Mund und kaute, während ihm die Butter über das Gesicht lief. Seine Finger tasteten nach der Halskette, und er zerrte daran, sodass sein Nacken schmerzte, doch dann hatten seine Finger den Verschluss gefunden. Er öffnete die Kette, zog den Ring ab und legte ihn vor sich auf den Tisch.

Der Verlobungsring. Wenn alles glatt ging, könnte er in seinem Plan eine zentrale Rolle spielen, und dann wäre das richtig genial. Trotzdem war ihm klar, dass er ihn vermissen würde. Er würde ihn schmerzlich vermissen, denn seit der Ring an seiner Brust hing, strahlte er eine angenehme Wärme aus. Zu spüren, wie das Metall die Körperwärme aufnahm und seine Brust streichelte, wenn er an der Kette baumelte, das war, als hätte er etwas von Ísafold in seiner Nähe. Ganz nah am Herzen. Er leerte die Schale Nudeln und stand auf, um den Kessel wieder einzuschalten, der leise zu summen begann, während Grímur ein zweites Päckchen aufriss und den Inhalt in die Schale krümelte.

Vielleicht sollte er noch ein Foto von Ísafold posten. Nachdem er die Polizisten gesehen und das laute Stimmengewirr im Flur gehört hatte, war er erschrocken und sah es bereits vor sich: Wenn die Bullen hier im Haus herumhingen und allzu gründlich bei Björn herumschnüffelten, würde das alles zerstören. Aber er würde nicht zulassen, dass es so weit kam. Das würde er keinesfalls zulassen. Dazu liebte er Ísafold viel zu sehr.

73

Sie ist bei ihrem Nachbarn da in dem Wohnblock, sagt Mama. Das ist gut, sage ich.

Sie hat gesagt, du bist nicht ans Telefon gegangen, sagt Mama. Nein, sage ich. Vier Uhr nachts. Ich beantworte ihre nächtlichen Anrufe nicht mehr.

Ich weiß nicht, wen ich noch bitten könnte, nach ihr zu sehen, sagt Mama. Ich schweige.

Ich kann mir nicht vorstellen, noch einmal nach Island zu fliegen, um mich um Ísafold zu kümmern.

Um ihr zuzuhören, wie sie weint und jammert und sagt, sie werde Björn verlassen. Sich von ihr all das gehässige Zeug anzuhören, das Björn über ihre Familie sagt. Über mich.

Um zu ihr zu halten, um ihr den Rücken zu stärken, um alle Hoffnung zu verlieren, wenn sie auf seine Entschuldigungen und Blumensträuße hereinfällt und wieder zu ihm zurückgeht.

Ich kann das nicht mehr.

74

SAMSTAG

Um sechs Uhr morgens hatte Áróra den Versuch aufgegeben, noch einmal einzuschlafen. Sie zog sich an, um hinunter in den Frühstückssaal zu gehen. Nachdem sie sich hingelegt hatte, war ihr wieder übel geworden, also hatte sie sich aufgesetzt, alle vier Kissen des Bettes hinter ihren Rücken gestopft und versucht fernzusehen, doch sie hatte sich auf nichts konzentrieren können und deshalb stundenlang in halb aufrechter Stellung auf dem Bett gekauert, während sie sich in Gedanken mit dem missglückten gestrigen Abend quälte. Es war so bezeichnend, dass ihr schlechtes Gewissen, die Kamera in Hákons Zimmer installiert zu haben, viel weniger wog als die Möglichkeit, Daníel verletzt zu haben. Er hatte irgendwie traurig gewirkt, als er sie mit Hákon gesehen hatte, und sie hatte sich plötzlich danach gesehnt, alles wiedergutzumachen, wusste aber nicht richtig, wie, also hatte sie wie eine Idiotin Hákon den anderen vorgestellt. *Das ist Hákon*, hatte sie gesagt, lallend und sturzbetrunken.

Sie wusste nicht, wie sie Daníel jemals wieder in die Augen schauen sollte, auch wenn sie ihm natürlich nichts schuldete. Es war nicht so, dass da etwas zwischen ihnen gewesen wäre, und heutzutage hatten Frauen die Freiheit, sich ihre Liebhaber auszusuchen. Und sie war die freieste von allen. Trotzdem hatte sie das Gefühl, als hätte sie etwas entweiht, das zwischen ihnen war, oder etwas, das zwischen ihnen hätte sein sollen. Was für ein Schwachsinn.

Und dann die Sache mit dieser Agla. Hatte sie tatsächlich gesagt, was Áróra glaubte, gehört zu haben? Konnte sie wissen, wer Áróra war, und demzufolge erraten, warum sie mit Hákon unterwegs war?

Áróra blinzelte in die Morgensonne, die aufdringlich durch das Fenster im Frühstückssaal hereinschien und jedes einzelne Staubkorn zum Glänzen brachte. Etwas, worüber sich ihre Mutter nach ihrer Zeit in Island immer beschwert hatte, war, dass sich hier niemand die Mühe machte, anständig Staub zu wischen.

Der Frühstücksraum war mehr oder weniger leer. Die Touristen, die einen morgendlichen Flug nach Hause gebucht hatten, saßen schon im Flughafen-Shuttlebus, und der Rest schien noch zu schlafen. In einer Ecke saß ein alter Mann, las Zeitung und schlürfte seinen Kaffee, und am Frühstücksbuffet stand ein rundliches amerikanisches Paar und diskutierte lautstark die angebotenen Speisen.

»Darf ich fragen, was das da ist?«, fragte die Frau Áróra und zeigte auf den Hering.

»*Herring*«, sagte Áróra. »*Pickled herring*, mit Ei besonders lecker.« Die Frau lachte und rümpfte die Nase. Es war offensichtlich, dass sie vorhatte, sich an die Speisen zu halten, die sie kannte. »Woher kommt ihr?«, fragte Áróra und nahm sich einen Teller. Nicht, weil sie sich direkt für diese Leute interessierte, sondern eher aus Höflichkeit, schließlich hatten die beiden sie angesprochen.

»Austin, Texas«, sagte die Frau, und ihr Mann, der hinter ihr stand, nickte zustimmend.

»Und, ist das eure erste Islandreise?«, fragte Áróra freundlich, während sie sich eine tüchtige Portion Bacon auf ihren Teller häufte.

»Ja, das erste Mal, und wir können es kaum erwarten, alles zu sehen: die Geysire, die Wasserfälle, die Schafe.«

Die Frau lachte wieder, und Áróra grinste.

»*Nice to meet you*«, murmelte sie, steuerte zu einem Tisch hinten an der Fensterwand und setzte sich. Plötzlich zitterten ihre Hände vor Hunger, der Körper wollte ernährt werden nach einer solchen Nacht; sie schaufelte Bacon und Rührei gierig in sich rein, bis ihr schon wieder übel wurde. Also blieb sie bis auf Weiteres auf ihrem Stuhl sitzen und schlürfte Wasser in Mini-Schlückchen aus ihrem Glas, während ihr verkatertes moralisches Gewissen sich wieder zu Wort meldete. In gewisser Hinsicht hatte sie das Gefühl, Ísafold zu hintergehen, indem sie hier verkatert herumsaß, nach einer durchzechten Nacht mit einem Mann, den sie aus finanziellen Gründen ausspionierte, anstatt sich an der Suche nach ihr zu beteiligen. Aber wo sollte sie auch suchen? Áróra spürte, wie eine grundlose Wut auf Ísafold in ihr hochkroch, und sie kannte sich selbst gut genug, um zu wissen, dass sie sich mit Wut gegen ihre Traurigkeit verteidigen konnte. Dennoch spürte sie ein Ziehen in der Herzgegend. Es war ziemlich sinnlos, wütend auf eine vermisste Person zu sein.

Hákon riss sie aus ihren Gedanken, als er um halb sieben im Frühstückssaal erschien. Er sah gepflegt aus und trug andere Kleider als die, in denen er eingeschlafen war. Sie hingegen war nicht ganz so munter. Hákon winkte fröhlich und schickte ihr ein breites Lächeln, blieb aber auf dem Weg zu ihr am Tisch der Touristen stehen, schüttelte beiden die Hand und tauschte ein paar Takte Small Talk mit ihnen aus. Dann klopfte er dem Mann auf die Schulter und wünschte ihnen eine gute Heimreise, was Áróra verwirrte, denn soweit sie die Frau verstanden hatte, waren die beiden erst angereist und hatten ihren Islandurlaub noch vor sich.

»Entschuldigung«, sagte Hákon, als er sich zu ihr an den Tisch setzte. »Ich musste einfach mal mit denen reden. Das sind Stammgäste.«

»Ach ja?«, entfuhr es Áróra, denn sie war sich sicher, dass die Frau gesagt hatte, sie seien zum ersten Mal in Island.

»Ja«, sagte Hákon. »Sie haben hier schon mindestens drei Mal übernachtet.« Er nahm sich das letzte Stück Bacon von Áróras Teller und steckte es in den Mund. Dann winkte er dem Kellner und bestellte Kaffee, lehnte sich über den Tisch und küsste Áróra auf den Mund.

»Ich habe dich beim Aufwachen vermisst, also habe ich an deine Zimmertür geklopft, und als du dort auch nicht warst, war klar, dass du schon hier unten sein musstest.«

»Ich konnte nicht schlafen, so dicht war ich«, sagte Áróra und warf einen Seitenblick zu dem amerikanischen Ehepaar hin, das jetzt vom Tisch aufstand und ihr zum Abschied fröhlich zuwinkte. Warum hatten sie ihr gegenüber behauptet, zum ersten Mal in Island zu sein, wo es doch auf der Hand lag, dass Hákon sie als Stammgäste kannte? Warum sollte ein stinknormales Ehepaar im Urlaub solche völlig aus der Luft gegriffenen Lügen erzählen?

75

Daníel hatte bis spät in der Nacht darüber gegrübelt, was Áróra eigentlich mit diesem Hákon wollte. Ein Typ, von dem alle wussten, dass er ein Krimineller war. Ein Verbrecher von der Sorte, mit der er selbst am wenigsten Mitleid hatte. Ein typischer Blutsauger, der durch Lüge und Betrug überall in der Gesellschaft den Rahm abschöpfte. Gegen zwei war er zu der Erkenntnis gelangt, dass Áróra wahrscheinlich gar nicht wusste, wer Hákon in Wirklichkeit war. Wahrscheinlich konsumierte sie keine isländischen Medien, und so konnte der Typ ihr so ziemlich alles auf die Nase binden. Und vielleicht hatten sie sich auch erst am selben Abend kennengelernt, also gestern Abend. Vielleicht war es bloß eine Zufallsbekanntschaft. Gegen drei hatte er dann beschlossen, dass es wohl keine Rolle spielte, ob Áróra etwas über Hákons kriminelle Karriere wusste oder nicht: Sie hatte Männer durchaus auf dem Schirm, ob One-Night-Stand oder etwas Ernsteres. Nur eben nicht Daníel.

Natürlich war er fünfzehn Jahre älter als sie, und das war gewissermaßen ein Hindernis. Er verstand das gut, obwohl er wünschte, es wäre nicht so. Und dann war dieser Hákon ein ganz anderer Typ von Mann. Schmal und geschmeidig, wie es schien, jemand, der immer glatt und perfekt wirkte. Die Haut makellos und jung, der Anzug gut gebügelt, der modische Haarschnitt nicht älter als von gestern, die Uhr mindestens eine Million wert. Er selbst war wahrscheinlich einen Kopf größer, insgesamt breiter gebaut und wegen des Motorrads meistens in Jeans oder Leder, und die Haare schnitt er sich selbst, indem er ab und an mit dem Bartschneider über den Kopf fuhr.

Jetzt, um sieben Uhr, dämmerte er zwischen Schlaf und Wachsein und grübelte über die Bedeutung von Áróras Namen nach, als würde er die Person, die ihn trug, beschreiben und ihm damit ein besseres Verständnis von ihr ermöglichen. Bedeutete Aurora Morgengrauen oder Nordlicht? War sie der Tag oder die Nacht? War sie das heraufdämmernde Tageslicht des Morgens oder der undeutliche Anklang leuchtender Sonnenwindpartikel am dunklen Winterhimmel?

Konnte man Liebeskummer haben wegen einer Frau, die man kaum kannte und der man eigentlich nie nahe gekommen war, abgesehen von einer Motorradfahrt und einem unbeholfenen Kuss in einem Lupinenfeld? Das war alles vollkommen unlogisch, aber es kam ihm vor, als hätte ihre Nähe ein vages Versprechen gegeben, und nun war dieses Versprechen erloschen, und er hätte gern geweint und zugleich gebrüllt, weil alles so unerträglich war. Er hatte Bauchschmerzen und hatte sich, seit er ein junger Bengel war, nicht mehr so gefühlt. Vielleicht war es das, was man den zweiten Frühling nannte. Er beschloss, in den Garten zu gehen und mit Lady zu reden. Das blies seinen Kopf immer kräftig durch. Seine Aufmerksamkeit für eine Weile auf etwas anderes lenken, um wieder klarer denken zu können – so stellten sich Leute das vor, die an die Wirksamkeit von Meditation glaubten.

Er schrak zusammen, als sich die Tür der Garage im selben Moment öffnete, in dem er anklopfte, und für einen Augenblick glaubte er, einen unbekannten Mann in der Tür zu sehen.

»*Welcome to my humble home*«, sagte Lady und trat zur Seite, um ihn hereinzulassen. Daníel konnnte nichts anderes tun, als sie anzustarren. Anstelle der Nylonstrumpfhosen und des seidenen Morgenrocks bestand ihr Aufzug nun aus einer zerschlissenen Jeans und einem grauen Kurzarmshirt, im Gesicht nicht eine Spur Make-up. Stattdessen zeigte sich an Kinn und Hals der Schatten von dunklem Bartansatz.

»Ich sehe, du bist erstaunt. Aber so wie Weiblichkeit als Wettkampfdisziplin faszinieren kann, so kann es auch beruhigend sein, wenn man sie hin und wieder ablegt.«

»Wow. Ich finde, du bist trotzdem nicht ganz die … derselbe.«

»Oh, ich habe so viele Selbsts, *darling*. Genau wie du. Genau wie alle. Aber die meisten präsentieren nur ein einziges davon in der Öffentlichkeit.«

»Da ist einiges dran«, sagte Daníel und setzte sich auf einen der beiden Stühle an dem kleinen Tisch, auf dem, inmitten eines Berges von Stoffresten, Zwirnrollen und verschieden weit gediehenen Modezeichnungen, die Nähmaschine stand. Lady nahm auf dem anderen Stuhl Platz, streckte den Arm nach dem Kühlschrank aus und griff nach zwei Bierdosen, von denen sie eine Daníel reichte.

»Dir geht es wohl nicht so gut, *my love*. Deine Aura ist ein bisschen ramponiert.«

Daníel murmelte etwas Unverständliches und kippte die Hälfte seines Bieres in einem Zug runter. Er glaubte genauso wenig an eine Aura wie an Elfen. Doch trotzdem hatte es etwas Tröstendes, dass jemand angeblich sah, dass es ihm schlecht ging. Dass jemand ihm so viel Aufmerksamkeit widmete, dass er den Schmerz in seinem Inneren bemerkte.

»Es gibt da eine Frau, die mich durcheinanderbringt.«

»Konnte ja gar nicht anders sein«, sagte Lady. »Es gibt nicht viel, das schädlicher für die Aura ist als die Liebe.«

»Schwer zu sagen, ob das Liebe ist. Ich weiß nicht, was sie will. Sie scheint kein Interesse an mir zu haben, aber wenn wir einander nahe sind, ist die Luft zwischen uns wie elektrisiert. Aber vielleicht bilde ich mir das auch nur ein.«

»Und jetzt willst du wissen und definieren und einordnen, als hättest du es mit einer Polizeiermittlung zu tun.«

»Da bin ich mir nicht so sicher«, sagte Daníel und dachte einen Moment nach. »Hauptsächlich möchte ich eigentlich nur wissen, ob es ihr auch so geht. Ob sie dieses Knistern zwischen uns genauso stark empfindet wie ich.«

»Du wirst dich besser fühlen, wenn du dir klarmachst, dass die Grundlage des Daseins in Wirklichkeit vollkommen unberechenbar ist, chaotisch, kompletter Unsinn«, sagte Lady. »Wenn du die Möglichkeit hast, selbst zu organisieren, kommt schließlich nie etwas Lustiges oder Schönes heraus.«

»Wie immer habe ich nicht die leiseste Ahnung, was du meinst«, sagte Daníel.

»Nein, du bist nicht das schärfste Messer in der Schublade«, sagte Lady und schnaubte verächtlich, doch Daníel fand ihren

Gesichtsausdruck dennoch freundlicher als oft zuvor. »Was ich meine, ist, dass du lockerlassen und dich vom Strom mitreißen lassen musst. Versuch nicht, Druck auszuüben oder die Dinge in eine andere Richtung zu zwingen. Lass es einfach geschehen.«

76

Áróra hatte Herzklopfen, als sie oben vor ihrem Zimmer ankam, aber nicht wegen des Restalkohols im Blut, sondern vor Aufregung. Hákon hatte gesagt, er müsse noch arbeiten, und sie hatten zusammen den Aufzug genommen. Sie stieg im ersten Stock aus und lief den langen Flur bis zu ihrem Zimmer entlang, schlüpfte hinein und fuhr den Computer hoch. Im Programm öffnete sich der Bildausschnitt der Webkamera, und zunächst war sie verwirrt und verstand nicht, was sie sah, denn die Perspektive direkt von oben war ungewöhnlich. Doch allmählich passte das Bild zu ihrer Erinnerung an Hákons Zimmer. Die große schwarze Fläche, die mehr als die Hälfte des Bildschirms einnahm, war der Tisch, und die kleinen Kleckse darauf waren Gläser und anderer Kram. Der große graue Halbkreis in der unteren Hälfte sah auf den ersten Blick aus wie ein Ball, war aber natürlich der Schreibtischstuhl, und das undefinierbare schwarze Zeug direkt daneben waren sicher Kleidungsstücke auf dem Boden oder irgendetwas, das sie mitgerissen hatte, als sie in der Nacht vom Tisch gefallen war. Das Viereck, das parallel zur Tischkante verlief, war der Computer. Der Computer, um den sich alles drehte.

Ihr Herzklopfen beruhigte sich allmählich, je länger sie darauf wartete, dass etwas passierte. Sie starrte auf den Bildschirm und wartete darauf, dass Hákon erschien, wagte nicht einmal, aufzustehen und sich einen Kaffee zu machen – obwohl sie den gut hätte brauchen können –, aus Angst, etwas zu verpassen. Das war natürlich Unsinn, denn das Programm zeichnete die Direktübertragung der Kamera auf, und sie konnte jederzeit einfach zurückspulen. Aber jemanden in einem anderen Zimmer so direkt zu verfolgen, das hatte etwas. Es gab ihr das Gefühl, höher und größer und auf irgendeine Art überlegen zu sein, wie ein Seeadler, der ruhig unter den Wolken schwebt und dennoch jede kleinste Bewegung unten auf der Erde wahrnimmt.

Áróra schrak zusammen, als Hákon schließlich auf dem Bildschirm erschien. Zuerst wirkte er wie irgendein rätselhafter Haufen, aber dann setzte er sich auf den Stuhl, und sie sah auf dem Schwarz-Weiß-Bildschirm deutlich, wie sein Kopf sich von den weiß gekleideten Schultern abhob. Er arbeitete viel schneller, als sie erwartet hatte, und innerhalb kürzester Zeit hatte er den Rechner aufgeklappt, dann ein Mausklick, etwas in die Tastatur eingegeben, noch mal mit der Maus geklickt und dann noch etwas eingetippt. Es war unmöglich, herauszufinden, was er in diesem Tempo auf der Tastatur geschrieben hatte. Aber immerhin hatte sie jetzt eine Aufnahme, konnte das Bild hoch- und runterscrollen und das Video in Slow Motion abspielen.

Sie stand auf, machte sich mit der kleinen Kaffeemaschine einen Espresso, setzte sich wieder vor den Rechner und machte, was ihr der Junge im Computergeschäft beigebracht hatte. Indem sie mehrmals zurückspulte und das Bild bei jeder Bewegung Hákons auf der Tastatur anhielt, gelang es ihr, das Passwort zu notieren. Hákon hatte die Sicherheitsvorkehrungen bei der Auswahl des Passworts offenbar ernst genommen, denn es bestand aus acht Zeichen und enthielt einen Großbuchstaben, ein Sonderzeichen und eine Zahl. Jetzt hatte sie das, was sie brauchte, doch bevor sie Ernst machen würde, musste sie noch einer anderen Sache auf den Grund gehen.

Sie hatte sich, ihr Telefon in der Hand, unten in die Hotellobby gesetzt, ging buchstäblich alle Nachrichten und Posts auf Facebook durch und las dann die isländischen wie die britischen Pressemeldungen, als endlich das amerikanische Ehepaar erschien. Sie waren dick eingepackt und zogen ihre Reisekoffer hinter sich her. Er trug einen grauen Mantel, sie einen Regenmantel in Pink.

»*Checkout, please!*«, rief die Frau und schlug auf eine Glocke, die auf der Empfangstheke stand, und ein junger Hotelangestellter sprang eilig aus einem Hinterzimmer. Áróra tat so, als wäre sie in ihr Handy vertieft, doch aus dem Augenwinkel beobachtete sie, was an der Theke vorging. Der Angestellte druckte eine Rechnung aus, und in der Hoffnung, einen Blick auf den Betrag werfen zu können, stand Áróra auf, doch ausgerechnet in diesem Moment schob der Angestellte die Rechnung über die Theke in Richtung Ehepaar. Sie griff nach einem Flyer in dem Ständer neben der Theke, aber selbst aus dieser Entfernung war es unmöglich, die Rechnung zu entziffern. Was sie allerdings sah, reichte aus, um zu kombinieren, dass der Betrag hoch war. Sehr hoch. Verrückt hoch, wenn man von den Stapeln der 200-Euro-Scheine ausging, die die Frau nun auf die Theke blätterte.

Áróra setzte sich wieder auf den Stuhl vorn am Fenster und lächelte den Amerikanern hinterher, die ihre Koffer gerade durch den Hoteleingang rollten, dann tippte sie Michaels Nummer ein. Er war der Steuerberater, der ihr half, irgendwelchen Transaktionen auf den Grund zu gehen oder komplizierte Geldwäscheaktionen aufzuklären.

»Was kann ich für dich tun?«, schnauzte Michael gespielt schlecht gelaunt ins Telefon. Áróra kannte diesen speziellen Humor, aber ihre Schuldgefühle meldeten sich trotzdem, und sie spürte einen leichten Stich in der Magengegend, denn Michael war mehr als nur ein Kollege. Sie waren gute Freunde.

»Ich brauche deine Hilfe, Michael«, sagte sie.

»Ich weiß«, antwortete er. »Du rufst mich nur an, wenn du irgendwas brauchst, und ich komme immer wieder ins Grübeln, ob du mich vielleicht nur ausnutzt.«

»Natürlich nutze ich dich aus«, sagte sie lachend. Das war von Anfang an ihr Beziehungsmuster gewesen, von Anfang an, seit Áróra zum ersten Mal Michaels Hilfe in Anspruch genommen hatte, als sie einem komplizierten Business-Netzwerk auf den Grund gegangen war. Im Gegensatz zu dem, was er behauptete, war er nämlich gar kein Steuerberater.

»Das hier ist komplett *off the record*, Michael«, sagte sie. »Allerstrengstens vertraulich. Ich schicke dir gleich eine Mail mit den Daten und Erläuterungen, und dann sagst du mir bitte, welche Schlussfolgerungen du aus dem ziehst, was du siehst.«

77

Die größte Ungerechtigkeit des isländischen Rechtssystems war, dass die Freiheitsstrafe für Mord normalerweise nicht mehr betrug als sechzehn Jahre. Sechzehn Jahre und nicht eines mehr, von denen die meisten nur zehn absaßen. Und zehn Jahre vergehen wie im Flug. Deswegen würde er das tun, was er vorhatte zu tun.

Er überlegte hin und her, ob es Unverschämtheit oder arrogante Gleichgültigkeit gewesen war, von Björn das Ketamin zu kaufen. Er hatte einfach nicht widerstehen können. Aber das hier würde auf Björn zurückfallen. Und das geschah ihm nur recht. Er verkaufte das Zeug jedem x-Beliebigen über eine Facebook-Seite, die er »Leckerschmecker« nannte. Kaum hatte Grímur die Mail geschrieben, kam schon die Antwort: *No prob, hab noch jede Menge Special K. Wo willst du es abholen?*

Grímur hatte einen Parkplatz am Kiosk beim Einkaufszentrum *Mjódd* genannt, dort saß er in seinem Auto und wartete, beobachtete alle, die kamen und gingen, und fragte sich, warum so viele, die dort einkauften, eigentlich blaue Haare hatten. Nicht nur die älteren Damen mit ihren blassblauen Helmfrisuren, die am Stock gingen oder einen Rollator vor sich herschoben, sondern es gab auch junge Leute, die mit grellblauem Haar herumliefen. Vielleicht war das hier im Stadtteil eine Art Trend?

Er beobachtete weiter die Leute, bis er einen jungen Mann aus einem Auto steigen sah, der umherblickte, als ob er nach etwas suchte. Da stieg er ebenfalls aus und ging auf den Jungen zu, der jetzt vor dem Kiosk stand, nach vorn gebeugt und die Kapuze tief ins Gesicht gezogen. Grímur streckte die Hand mit dem Geld aus, und der Junge schnappte blitzschnell nach den zusammengerollten Scheinen und reichte ihm mit der anderen Hand das Päckchen, woraufhin er sich umdrehte und zu seinem Auto zurückging, und Grímur tat dasselbe. Sie hatten kein Wort gewechselt, und der Junge hatte Grímur kaum angeschaut, sodass er bezweifelte, ob er ihn wiedererkennen würde, sollte er ihm zu Hause im Treppenhaus begegnen. Denn Björns Boten kamen immer noch hin und wieder zu ihm nach Hause, obwohl die Betriebsamkeit nach seiner Verurteilung abgenommen hatte. Seitdem bewahrte er den Stoff offenbar nicht mehr bei sich auf, sondern hatte ein anderes Drehkreuz für seine Jungs eingerichtet, während er selbst vor seinem Rechner saß und über die Facebook-Seite den Verkauf steuerte.

»Die Wohnung ist wie ein Busbahnhof«, hatte Ísafold gesagt und an Grímurs Küchentisch in ihre Kaffeetasse geseufzt. Grímur hatte sie ermutigt, das mit Björn zu besprechen – das war, als er Björn noch zutraute, sich bessern zu können –, und Ísafold hatte das offenbar gleich am Abend in die Tat umgesetzt, wofür sie prompt Schläge kassiert hatte. Ihre Schreie und ihr Weinen waren ihm durch Mark und Bein gegangen, und die Wut, die unbändige Wut auf Björn, begann in seinem Herzen zu schwelen. Also hatte Grímur die Polizei verständigt, um häusliche Gewalt und Drogenhandel im Haus zu melden, und kurz darauf wurde Björn verurteilt. Das war ein Versuch gewesen, Ísafold zu retten. Einer von vielen. Aber in den vergangenen Monaten hatte Grímur die bittere Lektion gelernt, dass man niemanden retten konnte, der sich nicht retten lassen wollte.

Grímur zwang sich, mit dem Auspacken zu warten, bis er nach Hause gekommen war und am Küchentisch saß. Das Glasfläschchen, das mit einer klaren Flüssigkeit gefüllt war, schien so klein und unbedeutend, dass er kaum glauben konnte, dass es den Schlüssel dazu enthielt, einen Menschen außer Gefecht zu setzen. Er schüttelte das Fläschchen und ließ es in seiner Handfläche verschwinden. Es war eine Leichtigkeit, das Gläschen zu verstecken, im Ärmel oder in der Hosentasche, bis die Zeit gekommen war, es jemandem in den Drink zu kippen.

78

Als Olga unzählige Möglichkeiten im Kopf hin und her gewälzt hatte, wie sie Ómar zu dem bringen könnte, was der Anwalt des Ausländerbundes ihr geraten hatte, kam sie zum selben Ergebnis wie schon so oft zuvor: Ehrlich währt am längsten.

»Ómar, Lieber«, sagte sie sanft, während sie ihm das Rührei auf seinen Teller häufte. »Wir müssen reden.«

Er lächelte sie an, und seine Augenbrauen rutschten hoch bis fast unter den Haaransatz. »Geht es um die Hühner?«

Sie musste beinahe lachen über seine kindliche Vorfreude, die mit dem, was sie mit ihm besprechen wollte, so überhaupt nichts zu tun hatte. Sie dachte an den ermordeten Mann in Istanbul, während er von Geflügelhaltung auf dem Balkon träumte. Sie nahm den Teller und schüttelte den Kopf.

»Das kann warten bis nach dem Essen«, sagte sie und schaltete das Radio ein. Die Zwölf-Uhr-Nachrichten würden gleich beginnen, und als der Jingle zu Ende war, ploppte der Toaster, und Ómar reichte ihr eine Brotscheibe. Sie wunderte sich schon von Anfang an, wie er eine glutheiße Scheibe Toast anfassen konnte, ohne sich zu verbrennen und ohne dass ihm auch nur die geringste Eile dabei anzumerken war. Er hatte ihr erzählt, dass er es gewohnt sei, am offenen Feuer zu kochen, und vielleicht war das die Erklärung. Vielleicht hatte er sich dabei so oft die Finger verbrannt, dass sie mittlerweile taub geworden waren. Plötzlich erfasste sie das Verlangen, seine Finger zu berühren, und sie griff nach seiner Hand und zog sie zu sich heran. Strich mit dem Daumen über seine Fingerkuppen und legte seine Hand an ihre Wange.

»Mama«, flüsterte er leise und lächelte sie an. Seine Augen so tief und dunkel und sanft, dass sie zu Tränen gerührt war. Sie ließ seine Hand los, lächelte zurück und aß eine Gabel Rührei, um die Tränen zurückzuhalten. Sie wünschte sich, einmal einen solchen Moment mit ihrem eigenen Jungen gehabt zu haben. Dass Jonni ihr mit einem solchen Blick in die Augen geschaut hätte, mit dieser Zuneigung, dieser Wärme.

Sie aßen stumm, während die Nachrichten liefen, doch als Olga ihr letztes Stück Brot verputzt hatte, räusperte sie sich und rückte heraus mit der Sprache.

»Deine Aufenthaltserlaubnis ist wieder abgelehnt worden, mein lieber Ómar«, sagte sie und sah, wie sich eine Art Abgrund in seinem sanften Blick auftat, den sie kaum beschreiben konnte. »Der Anwalt hat gesagt, du seiest mit den Papieren eines Mannes ins Land gekommen, der in Istanbul ermordet worden ist.«

Sie war auf Tränen, Zittern und eine Flut von Fragen gefasst gewesen, doch Ómar reagierte völlig anders. Er nahm seinen Teller, an dem noch ein paar Reste Rührei klebten, und schleuderte ihn mit voller Wucht gegen die Wand, sodass die Scherben auf sie niederregneten. Sie kauerte sich unwillkürlich zusammen und verbarg ihr Gesicht in den Händen. Als sie wieder aufschaute, war er weg.

79

Ebbi wirkte sehr viel sympathischer als sein Bruder Björn. Er begrüßte Violet herzlich und bat die beiden herein. Violet hatte Daníel erzählt, dass er Automechaniker war, woran seine ölverschmierten Hände keinen Zweifel ließen, als er den Deckel der Kaffeekanne öffnete und ihnen Kaffee einschenkte. Ebbi wohnte in einem kleinen Reihenhaus oberhalb des Bústaðarvegur, und aus dem Küchenfenster hatte man den schmalen Streifen einer Aussicht hinunter ins Fossvogsdalur, wenn man zwischen den Wohnblocks auf der anderen Straßenseite und einer riesengroß gewachsenen Fichte hindurchspähte, die man dort vor einigen Jahrzehnten gepflanzt hatte und von der niemand erwartet hatte, dass sie diese Größe erreichen würde.

»Ich mache mir ehrlich gesagt inzwischen richtig Sorgen«, sagte Ebbi, seufzte tief und setzte sich auf einen Küchenstuhl am Ende des Tisches. »Ich habe ein paarmal mit Björn gesprochen, aber der gibt nur schnippische Bemerkungen von sich. Ich habe noch nicht mal aus ihm rausgekriegt, wann genau Ísafold verschwunden ist. Aber mittlerweile gilt für ihn dasselbe wie für sie, es hat überhaupt keinen Sinn, mit Leuten zu reden, die dermaßen wirr im Kopf sind.«

»Was meinst du damit, ›wirr im Kopf‹?« Violet klang scharf, fast vorwurfsvoll.

»*Du meinst also, die vernaschen ihr eigenes Dope?*«, sagte Ebbi in fragendem Ton, als wollte er die Bedeutung seiner Worte so entschärfen. Doch die Bemerkung zeigte nicht die erhoffte Wirkung, Violet presste die Lippen aufeinander und verschränkte ihre Arme vor der Brust.

»Willst du damit sagen, dass Ísafold sich an Björns Drogenhandel beteiligt hat?«, fragte Daníel vorsichtig und warf Violet einen Seitenblick zu, auf den sie sofort reagierte.

»Drogenhandel?«, zischte sie. »Ich habe Björns Verurteilung so verstanden, dass er sich die Pillen zum eigenen Gebrauch beschafft hat, anstatt in Drogenhandel verwickelt zu sein.«

Daníel sog die Luft bis tief in den Magen und atmete dann durch den geöffneten Mund wieder aus, sodass die Atemzüge nicht zu hören waren. Violet war, wie so oft bei Angehörigen, nur widerwillig bereit, ihren Verwandten etwas Böses zuzutrauen, sie verteidigte nach wie vor die Ehre ihrer Tochter und die ihres Schwiegersohnes, obwohl die Umstände inzwischen keinen Anlass mehr dafür boten.

»Es ist wichtig, zu hören, was Ebbi zu sagen hat«, sagte er ruhig und legte seine Hand auf Violets Arm, dann sah er zu Ebbi und nickte ihm zu, als Zeichen, dass er antworten solle.

»Ich glaube nicht, dass sie ein Tablettenjunkie war, und ich glaube ebenso wenig, dass sie in dem Drogenhandel mit drinhing. Björn hat jede Menge Kids, die für ihn mit dem Dope durch die ganze Stadt kurven, als würden sie Pizza ausfahren«, sagte Ebbi und schüttelte den Kopf. »Und währenddessen hängt Björn entspannt und ungefährdet zu Hause im Internet ab und hält die Fäden in der Hand. Aber ich weiß sicher, dass er Ísafold dazu benutzt hat, für ihn an die Pillen zu kommen.«

»Und du weißt auch, wie?«, fragte Daníel, und Ebbi zögerte, bevor er antwortete.

»Ich habe mit Ísafold geredet, als ich sie vor ein paar Wochen bei meiner Mutter zum Sonntagsessen getroffen habe. Sie hat irgendwie bedrückt gewirkt, und als ich sie gefragt habe, was los ist, hat sie gesagt, dass man ihr wegen Diebstahl von Medikamenten gekündigt hat und …«

Ebbi verstummte, als Violet einen lauten Schluchzer von sich gab, während sie ihre Fingernägel in ihre Handflächen bohrte.

»Und?«, fragte Daníel ungeduldig. Er hatte das Gefühl, dass Ebbi noch etwas Wichtiges zu sagen hatte.

»Und dann meinte sie, dass Björn deshalb wütend auf sie war. Weil sie bei der Arbeit rausgeflogen war. Es wundert mich nicht, dass Ísafolds Zugang zu den Medikamenten der alten Leute für Björn die reinste Goldmine war.« Ebbi stand auf und nahm eine Rolle Küchenpapier von der Arbeitsfläche, riss ein Blatt ab und reichte es Violet, die sich damit gründlich schnäuzte.

Als Daníel mit Violet wieder zum Auto ging, hielt er kurz inne und sagte: »Ich muss noch mal kurz rein zu Ebbi, ich habe was vergessen.« Dann schlug er die Autotür zu, noch bevor sie ihn fragen konnte, um was es ging. Er sprang in zwei Schritten die Stufen hoch und klopfte nochmals an die Haustür, woraufhin Ebbi, der die Tür gerade erst geschlossen hatte, sie sofort wieder öffnete. Daníel schob ihn in den Flur, er zog die Haustür hinter sich ins Schloss, während er ihm die Faust auf die Brust presste, sodass Ebbi an der Wand entlang zurückwich.

»Was ist es, das du mir nicht sagen willst?«, fragte Daníel und starrte Ebbi konzentriert in die Augen, während der seinen Mund öffnete und schloss wie ein Fisch auf dem Trockenen. »Spuck's aus, Mann!«, zischte er und presste seine Faust immer fester auf Ebbis Brust, bis er schließlich eine Antwort bekam.

»Ich dachte, es wäre vielleicht hart für ihre Mutter, davon zu erfahren, aber als ich Ísafold das letzte Mal getroffen habe, wie gesagt bei diesem Sonntagsessen bei meiner Mutter, da hatte sie zwei blaue Augen. Sie hatte versucht, die Stellen zu überschminken, aber es war trotzdem ziemlich auffällig.« Daníel nahm seine Hand von Ebbis Brust und trat einen Schritt zurück.

»Und?«, fragte er, und sein Tonfall wurde wieder etwas freundlicher. »Hatte ihre Familie denn nichts dazu zu sagen, als sie Ísafold in diesem Zustand gesehen hat?«

Ebbi schüttelte den Kopf, und seine Lippen verzogen sich zu einem bitteren Lächeln.

»Die gute Mama vergöttert den Boden, auf dem Björn wandelt, und ist ein Genie darin, was auch immer er falsch macht, großzügig zu übersehen. Sie ist geradezu wütend auf Ísafold, weil sie Björn verlassen hat. Ich dagegen bin erleichtert, dass sie es endlich geschafft hat. Ich habe ihr das bei diesem Essen auch gesagt, und schon Monate zuvor habe ich ihr ins Gewissen geredet, dass sie sich von ihm trennen soll. Das Ganze war nur noch der pure Irrsinn. Erst hat er sie angestiftet, Medikamente für ihn zu klauen, und dann hat er sie dafür auch noch geschlagen. Plötzlich überschlug sich Ebbis Stimme, und zum Schluss sprach er in einem heiseren Flüstern. »Ich hatte ihr angeboten, sie ins Frauenhaus zu fahren oder mit zu mir zu kommen. Ich hätte meinen Bruder von ihr fernhalten können, aber sie schien felsenfest davon überzeugt zu sein, dass sich das Ganze bald in Wohlgefallen auflösen würde.«

Eine einzelne Träne rollte aus Ebbis Augenwinkel und die Wange hinunter, und er wischte sie mit einer schnellen Bewegung weg.

80

Jetzt, als es so weit war, den Plan in die Tat umzusetzen, hatte Grímur das Gefühl, Ísafold nahe zu sein, mit ihr reden zu müssen. Natürlich war das der größte Schwachsinn und setzte sie unnötiger Gefahr aus, doch er glaubte, er könne sich ihr nähern, indem er ihrem Körper nahe war. Er blickte ringsum über die Lavawüste, bevor er in die Vertiefung kletterte. Er hielt immer einen gewissen Abstand zu dem Koffer, weil er fürchtete, die Leiche könnte zu riechen beginnen. Es war, als würde der Koffer in der Mitte durchhängen, und er wirkte auch viel labberiger als zuvor. Zudem hatte er eine viel dunklere Farbe angenommen, sodass er in der Nachtdämmerung fast schwarz erschien.

Für Mord kriegst du sechzehn Jahre Haft, hallte es in ihm wider, absitzen musst du zwei Drittel davon. Und laut sagte er: »Ich verspreche, dich nicht zu verraten. Ich verspreche, dich nicht zu verraten. Verzeih mir.«

Und dann übernahmen diese Worte, *verzeih mir*, auch in seinen Gedanken die Oberhand, und es war, als ob sie seinen ganzen Körper ausfüllten, alles überfluteten wie aus einer vollen Schale der Reue und aus Mund und Nase strömten, zusammen mit den Tränen, über die er jetzt die Kontrolle verlor und die seinen Augen die Sicht nahmen, sodass der Koffer und die Lava zu einem undefinierbaren Grau ineinanderflossen, als würde die ganze Welt in diesem salzigen Tränenfluss fortgespült.

»Verzeih mir, verzeih mir, verzeih mir.«

Und obwohl es zu spät war, fühlte er sich erleichtert, das rauslassen zu können. Er wusste genau, dass sie ihn nicht hören konnte, aber die Entschuldigungen waren ohnehin an ihn selbst gerichtet. Er musste sich selbst verzeihen dafür, dass er nicht öfter die Polizei benachrichtigt hatte. Dass er nicht öfter an die Wohnungstür geklopft und Björn angeschrien hatte, der verdammte Lärm müsse aufhören. Dass er Ísafold nicht eindringlicher damit in den Ohren gelegen hatte, sie solle Björn verlassen. Dass er die Sache so lange vor sich hergeschoben hatte, dass ihm nur noch diese letzte Verzweiflungstat geblieben war. Er musste sich selbst verzeihen, dass die Frau, die er liebte, allein und in einem Reisekoffer zusammmengekrümmt in einer Lavaspalte lag, weit entfernt von aller Schönheit, mit dem Möwengeschrei als Totenmesse und dem Knattern der Hubschrauber, die sich im Landeanflug auf Keflavík befanden.

»Bald wirst du hier nicht mehr allein sein«, flüsterte er und trocknete sich das Gesicht. »Ich hoffe, dass du mir verzeihst.«

Er hangelte sich aus der Lavaspalte, rannte das kurze Stück zu seinem Auto und stieg ein. Es dauerte einige Zeit, bis er seinen Atem und die Tränenflut, die immer wieder aus ihm hervorströmte, wieder im Griff hatte. Als er sich beruhigt hatte, öffnete er das Handschuhfach, griff nach dem kleinen Kästchen mit dem Ring und nahm den Deckel ab. Er hatte das Kästchen bei einem Juwelier gekauft, aber jetzt bekam er Zweifel. Vielleicht wirkte es zu düster, so tiefschwarz mit vergoldetem Rand.

Vielleicht könnte man es mit einer rosa Schleife verzieren, damit es etwas fröhlicher aussah. Femininer. Aber natürlich ging es weniger um die Verpackung. Der Ring selbst spielte die größte Rolle. Und der Ring war wunderschön, das musste man Björn lassen. Er hatte einen Ring mit einem feuerroten Rubin anstelle von Diamanten gewählt, der sich dadurch von den meisten anderen Verlobungsringen heutzutage abhob, obwohl Björn es nicht verdient gehabt hätte, ihn Ísafold an den Finger zu stecken. Björn war ein Dreckskerl, der Ísafold nicht verdient hatte. Und seine neue, fröhliche und bildhübsche Freundin hatte er genauso wenig verdient.

81

»Du bist da doch in irgendwas verwickelt«, sagte Michael am Telefon, als er sie um kurz vor Mitternacht anrief. Áróra saß in ihrem Hotelbett und sah fern. Hákon hatte für den Abend Fast Food und Kino vorgeschlagen, doch sie hatte vorgegeben, zu müde und verkatert zu sein. In Wahrheit hatte sie ihm gegenüber ein schlechtes Gewissen und konnte ihm kaum in die Augen sehen. Außerdem hatte sie nach gestern Abend Schuldgefühle ihrer Mutter gegenüber und drückte sich davor, sie anzurufen. Und dann waren da Daníel und sein Blick, als er sie mit Hákon zusammen gesehen hatte. Jetzt, nachdem sie ein paar Stunden im Bett verbracht hatte, abgestumpft vom schlechten Fernsehprogramm, schien ihr diese Islandreise ein einziges großes Durcheinander zu sein, eine Dummheit, der sie am liebsten sofort und endgültig entkommen wäre. Einfach in den nächsten Flieger nach Schottland steigen, dort für ein paar Tage im Bett liegen und Hákon mit seiner ganzen Geschichte und Ísafold mit ihrer ganzen Geschichte hinter sich lassen und nie mehr darüber nachdenken. Doch als Michael anrief und diesen Ton in der Stimme hatte, war die Anspannung sofort wieder da.

»Ich bin in überhaupt nichts verwickelt«, sagte Áróra und zog diese Behauptung gleich wieder zurück. »Oder sagen wir, ich weiß nicht ganz genau, in was ich verwickelt bin.« Sie setzte sich auf die Bettkante und langte nach dem Lichtschalter. Sie hatte ihr Bestes versucht, das Zimmer zu verdunkeln, um den Fernsehbildschirm besser zu sehen, aber jetzt brauchte sie Licht, um wieder aufzuwachen. Um zu verstehen, was Michael ihr zu sagen hatte.

»Dieser Typ, über den du mir diese Infos geschickt hast, Hákon, er löst in jedem System Alarm aus.«

»Was bedeutet das?«, wollte Áróra wissen.

»Das bedeutet, dass niemand mehr Geschäfte mit ihm machen will. Er bekommt bei gewöhnlichen Geldinstituten keinen Kredit mehr und keine finanziellen Vergünstigungen. Und ich nehme an, das kommt daher, dass er irgendwo extrem hohe Schulden hat, die er nicht zurückzahlen kann. Ich sehe hier, er ist im Schuldnerverzeichnis einer deutschen Bank eingetragen, außerdem bei einer isländischen und einer US-amerikanischen.«

»Aber wie ist er dann an die ganzen Hotels gekommen?«

»Hier kommen jetzt diese Schweizer Bankkonten ins Spiel«, sagte Michael. »Er hat offensichtlich genug Geld, aber keinen unbegrenzten Zugriff darauf, weil er formal gesehen bankrott ist. Und wenn das stimmt, was du mir über die Touristen gesagt hast, die himmelhohe Rechnungen bezahlen, dann ist das wohl ein klassischer Fall von Geldwäsche. Das springt einem doch sofort ins Auge.«

»Du meinst also, er benutzt Touristen, um sein Geld wieder zurück nach Island zu holen?«

»Ja, Profi-Touristen. Bekannte Methode. Es gibt jede Menge Leute auf der Welt, die davon leben, für Gangs und Einzelpersonen Geld von A nach B zu befördern. Ein wahres Fünf-Sterne-Leben. Ich denke, so geht auch er vor. Sonst würde er nicht überwacht. Wahrscheinlich ist er bei den isländischen Behörden und den Banken verschuldet, und die haben auch seine Geschäfte im Blick.«

»Und durch die Touristen kann er sein Geld, von dem niemand etwas weiß, nach Island schaffen und es in seinen Hotelbetrieb fließen lassen?«

»Genau«, sagte Michael. »Und auf diese Weise werfen die Hotels schließlich Gewinn ab, und zwar ziemlich viel, und schon kann er in sein nächstes Projekt investieren und sich so im isländischen Geschäftsleben wieder einen Namen machen.«

»Ich weiß, dass er auch seinen Angestellten einen Teil des Lohns schwarz ausbezahlt. Das hat er mir selbst erzählt.«

»Das passt. Das heißt, er verwendet gewisse Gelder, deren Herkunft er nicht nachweisen kann, um die Betriebskosten der Hotels zu senken und damit den offiziellen Gewinn zu steigern. Mir tun die Leute leid, die auf Basis dieser angeblichen Betriebskosten seine Hotels kaufen.«

Darüber hatte Áróra noch nie nachgedacht. Wahrscheinlich war das Teil von Hákons Strategie, um die Finanzen der Hotels gut aussehen zu lassen. Dann könnte er sie zu einem ansehnlichen Preis verkaufen, und hinterher, wenn die tatsächlichen Betriebsausgaben ans Licht kamen, machten die Käufer lange Gesichter. Das alles war eine Riesenschweinerei, aber Áróra hatte, was Hákon anging, sofort ein besseres Gewissen.

»Michael, könntest du bitte die isländische Steuerbehörde und die deutsche Bank kontaktieren, also die, denen Hákon am meisten schuldet, und anfragen, ob eine der beiden – oder beide – mir Informationen über Hákons geheime Bankkonten abkaufen will. Anonym natürlich.«

Michael verstummte für einen Augenblick und räusperte sich, und Áróra kannte ihn nach ihrer langen Zusammenarbeit gut genug, um zu wissen, dass er dieses Räuspern nur dann hören ließ, wenn er nervös war.

»Ich tue mein Bestes«, sagte er.

Áróra ging zum Fenster und zog die Gardinen zurück. Ihr Kater hatte sich beruhigt, und nach dem Telefonat war sie hellwach. Sie überlegte, ob sie draußen in der Sommernacht ein wenig herumspazieren oder ein paar Runden laufen sollte. Jetzt blieb nur zu hoffen, dass entweder die deutsche Bank oder die isländische Steuerbehörde nach dem Köder schnappte, und zwar, bevor diese Agla ihr auf die Spur kam.

82

Ich spüre, wie die Spannung in meinem Inneren bebt, und ich bin gespannt, zu erfahren, ob Michael in meinem Namen mit der deutschen Bank eine Vereinbarung treffen konnte.

Ich bin gespannt, auf wie viel Provision sich die Bank einlassen wird.

Ich bin gespannt, ob ich Bargeld bekomme. Ob ich mich in einem größeren Haufen Geldscheine wälzen kann als je zuvor.

Und dann denke ich an Ísafold.

Ich sollte auf nichts gespannt sein, solange ich nicht weiß, wo sie ist und wie es ihr geht. Zuallerletzt sollte ich mich darauf freuen, Geld einzustreichen. Das ist nicht nur egoistisch, sondern auch anrüchig, so wie nur Habgier anrüchig sein kann.

Ich bin keine gute Schwester. Ich bin Ísafold keine würdige Schwester.

83

SONNTAG

»Dieser Teller ist sogar schöner als der andere«, sagte Ómar und hielt ihr noch einmal den angeschlagenen Porzellanteller entgegen, den er gleich gestern im Trödelladen erstanden hatte, nachdem er den anderen an die Wand geworfen hatte. Olga seufzte und gab es schließlich auf, ihm zu erklären, dass es nicht der zerbrochene Teller selbst war, der sie so irritiert hatte, sondern seine Reaktion. Die Heftigkeit. Die Gewalttätigkeit, die sich darin ausdrückte, einen Gegenstand in ihre Richtung zu schleudern, und die Angst, die das in ihr hervorrief.

Sie legte ihr Strickzeug in den Schoß, nahm den Teller in die Hand und lächelte müde.

»Danke, Ómar. Das ist ein ganz besonders schöner Teller.«

»Ich finde verziertes Geschirr, so wie das hier mit dem Blumenmuster, viel schöner als dieses einfarbige Zeug von IKEA. Und außerdem hat er einen Goldrand, schau mal.«

Der Goldrand war allerdings größtenteils abgeblättert, wie früher bei den Sonntagstellern ihrer Mutter, die Olga, zusammen mit vielem anderen aus deren Nachlass, in eben diesen Trödelladen gebracht hatte.

»Danke, lieber Ómar«, wiederholte sie, und endlich setzte er sich. Rückte ein paarmal im Sessel hin und her und sah sie konzentriert an. Sie nahm das Strickzeug von ihrem Schoß und legte es beiseite.

»Verzeih mir, Mama«, sagte er. »Ich bin traurig, dass ich deinen Teller zerbrochen habe. Ich verstehe einfach nicht, warum ich nicht in Island bleiben darf. Ich will arbeiten. Ich will mich um dich kümmern, als ob du meine leibliche Mutter wärst. Weil dein Junge gestorben ist, könnte ich doch jetzt dein Junge sein. Es ist nicht gut, wenn man als alte Frau niemanden hat.«

Olga stiegen wieder die Tränen in die Augen, so wie gestern. »Ich wünschte, es wäre so, lieber Ómar«, sagte sie. »Aber wir können jetzt nichts weiter tun, weil du mit falschen Papieren eingereist bist. Die Papiere eines Mannes, der ermordet wurde ...?« Den letzten Teil des Satzes ließ sie wie eine Frage klingen, damit ihm keine andere Möglichkeit blieb, als ihr zu antworten, und sie ihn nicht direkt zu beschuldigen brauchte.

»Ich wusste, dass der Mann, dem der Pass gehört hatte, tot war«, sagte er. »Der Junge, dem ich ihn abgekauft habe, hat mir das gesagt. Aber ich wusste nicht, dass er ermordet wurde. Davon habe ich nichts gewusst.« Er schüttelte den Kopf, und Olga sah in seine dunklen Augen. In diesem aufrichtigen Blick war kein Platz für Unehrlichkeit. An seinen dunklen, langen Wimpern glänzten Tränen, die, wenn er blinzelte, in kleinen Perlen über seine Wangen rollten. »Ich schwöre, liebe Mama, dass ich nicht wusste, dass der Mann, dessen Pass ich gekauft habe, umgebracht worden ist.« Er legte seine Hand auf sein Herz, wie um seine Aufrichtigkeit zu unterstreichen.

»Ich glaube dir, Ómar«, sagte Olga, »Ich glaube dir.«

Sie spürte es deutlich in ihrem Herzen, dass er die Wahrheit sagte. Sie glaubte ihm. Er erinnerte an einen Engel, wie er ihr gegenüber dort im Sessel saß, mit der Morgensonne in seinem Rücken, sodass er wie von Licht umflossen wirkte. Sie lächelte und wies alles Zögern und alle Zweifel von sich, die während des Telefonats mit dem Anwalt über ihre Seele gestreut worden waren. Über Ómar konnte sie nichts Schlechtes denken. Ihr liebes Pflegekind. Ihr Geschenk vom Allmächtigen.

84

Schon als Björns Mutter die Tür öffnete, wusste Daniel, dass es ein Fehler war, mit Violet hierherzukommen. Er hatte eine ruhige Plauderei bei Kaffee und Gebäck erwartet, doch schon bald wurde klar, dass die alte Dame nicht vorhatte, sie auch nur hereinzubitten. Sie warf einen hasserfüllten Blick auf Violet, die dadurch ein paar Zentimeter zu wachsen schien, und über ihr Gesicht legte sich ein Ausdruck tiefster Verachtung, den er schlimmer nie gesehen hatte.

»Was zum Teufel hast du hier zu suchen?«, fauchte Björns Mutter feindselig, und Daniel brauchte einige Zeit, bis er begriff, dass er wohl würde dolmetschen müssen. Er war nicht sicher, wie gut sich die beiden kannten. Jedenfalls bestand kein Zweifel, dass sie sich schon einmal gesehen hatten, und ebenso offenkundig war es, dass zwischen ihnen keine Freundschaft herrschte.

»Sie fragt, was wir von ihr wollen«, sagte er leise auf Englisch, und die alte Dame nickte. Zu seiner Erleichterung war es nicht schwer, zu erkennen, dass sie kein Englisch verstand, also musste er in beide Richtungen dolmetschen. Vielleicht besser so, denn es konnte sicher nicht schaden, den Ton hier und da etwas zu entschärfen.

»Frag sie, wo meine Tochter ist«, sagte Violet. »Ob sie eine Ahnung hat, wohin sie vor ihrem Sohn, diesem Schlägertyp, geflüchtet ist.«

»Wir sind auf der Suche nach Ísafold«, sagte Daníel, und die alte Dame grunzte verächtlich.

»Dann sucht ihr im falschen Land«, erwiderte sie und verzog das Gesicht. »Sie ist zurück nach Hause und hat meinen Björn in Tränen aufgelöst zurückgelassen. Und das, wo sie doch frisch verlobt waren. Aber an diesem Eheversprechen war ihrerseits offenbar nicht viel dran!« Sie spuckte ihre Worte geradezu durch den Türspalt.

»Sie sagt, Ísafold ist zurück in England«, übersetzte er für Violet.

»Sie ist aber nie dort angekommen, und es spricht auch nichts dafür, dass sie wieder zu Hause auftaucht«, sagte Violet, doch bevor Daníel mit dem Übersetzen hinterherkam, fügte sie hinzu: »Vielleicht versteckt sie sich irgendwo, wo Björn sie nicht findet, damit er sie nicht noch mal schlagen kann.«

»Was hat sie über Björn gesagt? Ich habe doch gehört, dass sie etwas über Björn gesagt hat«, zischte die alte Dame und richtete ihren knochigen Zeigefinger anklagend auf Violet.

»Wusstest du, dass Björn Ísafold Gewalt angetan hat?«, fragte Daníel sie nun direkt, und die Frau zuckte leicht zusammen. Sie trat einen Schritt zurück und räusperte sich verlegen.

»Ísafold hat auch ihren Teil dazu beigetragen«, sagte sie. »Sie konnte Björn provozieren, bis er nicht mehr weiterwusste. Und wie sie manchmal mit ihm geredet hat, das war auch nicht immer vom Feinsten.«

Daníel kannte diese Haltung. Er hatte das schon öfters gehört von Familien, in denen häusliche Gewalt an der Tagesordnung war.

»Dann hat es in dieser Beziehung also Spannungen gegeben«, sagte er, und die alte Dame nickte. »Das rechtfertigt noch nicht, seiner Partnerin oder seinem Partner Gewalt anzutun«, fügte er hinzu, doch die alte Frau schnaubte nur leise und schüttelte den Kopf.

»Ich kann auch nichts dafür, dass deine Tochter den Kontakt zu dir abgebrochen hat«, sagte sie und musterte Violet mit scharfem Blick.

»Sie hat keinen blassen Schimmer, wo Ísafold ist«, übersetzte Daníel ins Englische. Die Frauen blickten sich einige Zeit lang in die Augen, und die Feindseligkeit zwischen ihnen war fast mit Händen zu greifen. Erst als Björns Mutter die Tür geschlossen hatte und er mit Violet die Stufen hinunterging, seufzte er erleichtert. Mehr war wohl hier nicht zu holen. Die Polizeibeamten, die gerade im Dienst waren, würden in der kommenden Woche sowieso sämtliche Verwandten von Björn ausfindig machen und Befragungen durchführen.

85

Die graue Wolkendecke schien in der Nacht vom Regen fortgespült worden zu sein, nun kam die Sonne wieder durch und erwärmte die Glaskuppel über den Rolltreppen, sodass das Klima in der Flughafenhalle an ein Gewächshaus erinnerte. Áróra saß auf der Bank gegenüber der Rolltreppe. Sie überlegte, ob sie ihre Mutter anrufen sollte oder nicht. Sie hatte erwartet, dass ihre Mutter sie anrufen würde, und war erstaunt, dass sie das nicht getan hatte. Sie hatte schon gestern einen Anruf von ihr erwartet, dem Tag, an dem sie sich in der Stadt über den Weg gelaufen waren und Mama ihr diese Standpauke gehalten hatte. Sie hätte ihre Antworten parat. Sie wollte sagen, dass sie in diesem Restaurant Hákon wiedergetroffen habe, und der habe ihr angeboten, sie zurück ins Hotel zu begleiten, da sie schon einiges intus gehabt habe. Sie wusste genau, dass ihre Mutter sofort gewusst hätte, dass das schlichtweg gelogen war, aber sie kannte ihre Mutter gut genug, um ebenfalls zu wissen, dass sie die Lügen manchmal mit Handkuss annahm, wenn die Wahrheit zu unangenehm war. Und obwohl Áróra diese Erklärungen bereits fertig formuliert hatte, gelang es ihr nicht, sich zusammenzureißen und anzurufen.

Sie beobachtete, wie die Rolltreppe einen stetigen Strom Menschen hinauf in die Abflughalle transportierte. Hauptsächlich waren das ausländische Touristen auf dem Weg nach Hause, viele nach einem Zwischenstopp in Island, aber dazwischen waren immer mal wieder Isländer. Áróra konnte sich nicht erklären, wie es kam, dass sie ihre Landsleute immer sofort erkannte. Vielleicht war es etwas im Aussehen oder eine gewisse Spannung, die sich in der Körpersprache ausdrückte, oder die Vorfreude auf den Gesichtern, wenn sie dabei waren, das Land zu verlassen. Áróra verstand es nur zu gut, warum Isländer immer diese gespannte Erwartung hatten, wenn sie ins Ausland unterwegs waren. Es spielte eigentlich gar keine Rolle, wohin es gehen sollte, es war ziemlich sicher, dass das Wetter besser sein würde als zu Hause, und das Preisniveau ebenfalls.

Sie hatte noch nicht lange gewartet, als Michael ihr eine SMS schickte, dass er gelandet sei, also stand sie auf und ging hinüber in den Ankunftsbereich des Flughafens. Dort zu warten war weniger angenehm, denn das Gewühl aus aufgekratzten Touristen, Taxifahrern und rufenden Reiseleitern mit Pappschildern bewirkte, dass sie das Gefühl hatte, überall im Weg zu sein. Ständig musste sich jemand an ihr vorbeidrängeln, sodass sie sich schließlich neben die Säule am Eingang stellte, aus dem die Menschenmenge heraussprudelte wie ein Wasserfall bei Schneeschmelze. Die Sommersaison hatte mit aller Kraft Einzug gehalten. In ein paar Tagen war der längste Tag des Jahres, und die Sonne würde um Mitternacht für einen Moment die Meeresoberfläche berühren, um sich dann gleich wieder zu erheben, und Fotografen wie Touristen aus allen Ländern der Welt würden Küsten und Bootsstege bevölkern und fotografieren.

Michael schaute sich nervös um, als er in den Ankunftsbereich kam, und Áróra musste ihm zuwinken und seinen Namen rufen, bis er sie in der Menschenmenge entdeckte.

»Wir müssen das hier schnell durchziehen«, sagte er. »Ich nehme dieselbe Maschine zurück und treffe mich heute Abend, wenn ich in Heathrow umsteige, mit dem Chef der Inkassoabteilung dieser deutschen Bank, und dann setzen wir den Vertrag auf. Die wollen keine Zeit verlieren.«

Áróra packte Michaels Ärmel und zog ihn durch die Menschenmenge und hinaus auf den Vorplatz des Flughafengebäudes.

»Wow, ganz schön kalt bei euch!«, sagte er und zog seine Jacke über, die er zusammengefaltet über seinen Unterarm gelegt hatte.

»Das ist der isländische Sommer«, sagte Áurora, und ihn fröstelte.

»Ich gelobe hiermit in Anwesenheit von Zeugen, mich nie mehr über das schottische Wetter zu beschweren.«

Áróra lachte und zeigte auf ihr Auto. Sie hatte durch irgendein unverdientes Glück einen Parkplatz in der Nähe des Eingangs bekommen. Sie stiegen ins Auto, und Michael legte seinen Aktenkoffer auf seinen Schoß und klappte ihn auf. Am Boden des Koffers lagen, mit einer Klammer zusammengehalten, Papiere, die mit kleiner Schrift bedruckt waren.

»Das sind die Dokumente, die ich dir per E-Mail geschickt habe«, sagte er. »Hier musst du unterschreiben, dass du mir die Vollmacht erteilst, diesen Vertrag in deinem Namen abzuschließen. Und hier stimmst du dem Ablauf der Zahlungen zu. Und hier stimmst du meinem Honorar für meine Bemühungen zu. Wie du siehst, kann ich mich nicht beklagen.

Áróra unterzeichnete alle Papiere, und Michael packte den Stapel zurück in seinen Aktenkoffer. Dann stiegen sie wieder aus, und sie lotste ihn zurück in Richtung Rolltreppen. Sie küsste Michael flüchtig auf die Wange, dann bestieg er die Rolltreppe, die ihn ins obere Stockwerk beförderte.

»Michael!«, rief sie ihm hinterher. »Ich melde mich, sobald ich kann. Und lade dich zum Essen ein.«

Er drehte sich um, sodass er verkehrt herum auf der Rolltreppe stand, und schaute zu ihr herunter.

»Ich weiß, dass du nicht anrufst«, sagte er so laut, dass die ganze Glaskuppel widerhallte. Dann fügte er traurig hinzu: »Ich weiß, dass du mich nur ausnutzt.«

Áróra lachte, fühlte sich aber dennoch leicht unbehaglich angesichts der neugierigen und vorwurfsvollen Blicke der Fluggäste, die den Wortwechsel mit angehört hatten.

86

Grímur überzeugte sich davon, dass Björn und seine neue Freundin Kristín sich an einem Tisch niedergelassen hatten und die Speisekarte in den Händen hielten, bevor er sich umdrehte und in Richtung Wurstbude ging. Dort bestellte er einen »Hotdog mit allem« und setzte sich an das Ende einer der Holzbänke neben zwei japanische Touristen und spülte den Hotdog mit Kakao hinunter. Die Milch milderte den Zwiebelgeschmack, den Grímur bei Hotdogs für unverzichtbar hielt, Mundgeruch hin oder her. Die Würstchenmahlzeit, die bei ihm normalerweise freitags stattgefunden hatte, inzwischen aber auf den Sonntagabend gelegt worden war, rief wehmütige Jugenderinnerungen wach, und in seinem Inneren machte sich die Stimme seiner Mutter breit, ihr heiseres Lachen und dazu das Funkeln in ihren Augen, wenn sie ihn kitzelte. Sie waren immer glücklich, wenn sie sich Würstchen bestellten, an eben dieser Wurstbude, an ihrem persönlichen Feiertag, einmal im Monat und vor dem Kino. Sie gingen gewöhnlich ins *Gamla bíó* oder ins *Nýja bíó*, denn dann mussten sie nicht den Bus nehmen, sondern konnten von der Wurstbude aus direkt dorthin laufen. Grímur war überzeugt, dass dieser Feiertag für sie beide der beste Tag im Monat war.

Doch dann fiel ein Schatten auf die lieb gewonnenen Erinnerungen, als er plötzlich anfing, darüber nachzudenken, was seine Mutter wohl zu dem gesagt hätte, was er jetzt vorhatte, und er sprang unvermittelt auf. So unvermittelt, dass die beiden Japaner, die mit ihren halb gegessenen Hotdogs in den Händen neben ihm saßen, einen vorwurfsvollen Laut ausstießen, woraufhin er sie um Verzeihung bat, sie so erschreckt zu haben, und sich beeilte, zu verschwinden. Ihm wurde klar, wie ungeschickt er sich manchmal anstellte, wenn er in seinen Gedanken und seinem Befinden versunken war, und er konnte tatsächlich nachvollziehen, dass er Leuten Angst machen konnte, wenn seine Aufgeregtheit ihren Höhepunkt erreichte. Andererseits war es genauso schmerzlich, wenn er sich danach sehnte, dazuzugehören. Und heute Abend musste er sogar dazugehören. Deshalb hatte er seine Perücke auf. Es war eine Nylonperücke, damit er beim Anfassen keine Gänsehaut bekam, dafür wirkte sie vielleicht ein bisschen künstlich, weil sie so stark glänzte. Er zog die Perücke tief in die Stirn, damit sie auch die fehlenden Augenbrauen ein wenig kaschierte, ein Merkmal, das den meisten Leuten zuerst auffiel. Obwohl das Aussehen heute Abend wohl keine große Rolle spielen würde, musste er darauf achten, sich nicht wieder in Gedanken zu verlieren, sondern sich darauf zu konzentrieren, was er gerade tat. Das war wichtig, denn es ging um Leben und Tod.

Die Innenstadt war ruhiger als freitagabends, denn in der Luft fehlte die gespannte Erwartung, die den Beginn des Wochenendes kennzeichnete. Er griff in die Tasche und tastete nach dem Kästchen. Da war es mit seiner hübschen Schleife aus tiefrosa Seidenband. Dem Kellner, der ihn am Eingang des Restaurants empfing, sagte er, er brauche keinen Tisch, er wolle nur an der Bar einen Drink nehmen. Dann platzierte er sich so, dass er den Tisch im Blick hatte, an dem Björn saß und sich schwer ins Zeug legte, seine neue Freundin zu beeindrucken. Die Tische im Restaurant waren nur teilweise besetzt, aber trotzdem herrschte viel Betrieb, sodass die Kellner in Windeseile durch den Saal hasteten und lautes Stimmengewirr in der Luft lag. Er drehte sich etwas zur Seite, doch nur so weit, dass er sie noch aus dem Augenwinkel beobachten konnte, und zugleich weit genug, damit sie ihn mit dieser Perücke nicht erkannten.

Grímur bestellte sich eine dreifache Cola Rum und trank langsam. Der Drink war süß und höllisch stark, und er hätte nichts dagegen gehabt, ihn auf ex hinunterzukippen und gleich noch einen zweiten. Er brauchte all seinen Mut heute Abend, aber er wusste auch, dass nach mehr als einem Glas dieses starken Gesöffs alles in einer einzigen Katastrophe enden würde. Er musste fahrtauglich und im vollen Besitz seiner Kräfte sein, wenn das hier glattgehen sollte. Nicht zuletzt wegen Ísafold, die verlassen und zusammengestaucht in der Lavaspalte lag.

Grímurs Herz schlug schneller, als Björn aufstand und zu den Toiletten ging. Er wartete, bis sich die Tür hinter ihm geschlossen hatte, dann stand er auf und ging geradewegs zu dem Tisch, an dem Kristín saß, schöner als je zuvor, wenn das überhaupt möglich war. Sie hatte sich die Haare aus dem Gesicht gestrichen, sodass ihre hohe Stirn besser zur Geltung kam, und ihre Augen waren effektvoll mit silbrigem Lidschatten umrandet.

»Eine Sendung für dich«, sagte Grímur und reichte ihr das Kästchen mit dem Ring.

»Was ist das?«, fragte sie, und ihr Lächeln wich der Verwunderung. Für einen kurzen Moment tat sie ihm leid. Sie hatte es wahrhaftig verdient, eine solche Szene in Wirklichkeit zu erleben. Im echten Leben einen Ring zu bekommen, von einem Mann, den sie liebte. Bevor sein Herz zu weich wurde, ermahnte sich Grímur, dass er hier war, um sie vor Björn zu retten. Am Anfang würde es wehtun, aber auf lange Sicht war es besser.

»Ich weiß nicht«, sagte er kurz angebunden. »Ich bin nur der Überbringer.« Er drehte sich auf dem Absatz um und ging, fädelte sich so flink wie möglich zwischen den Tischen hindurch zum Ausgang und von da hinaus auf die Straße. Er ging ein paar Schritte bis kurz vor der nächsten Ecke, dann kehrte er um und schlenderte zurück. Er setzte seine Schirmmütze auf die Perücke, ließ das Ganze unter seiner Kapuze verschwinden und spazierte im Schneckentempo an dem großen Restaurantfenster vorbei, während er unter seiner Schirmmütze hervorspähte und hineinsah. Die beiden saßen in der Mitte des Raumes. Die Tische vorn am Fenster warfen Spiegelungen auf die Glasscheibe und verdeckten damit die Sicht, doch durch Hinunterbeugen und Augenblinzeln erhaschte Grímur einen Blick auf Björns Gesicht und sah, wie seine Verwunderung in Verwirrung umschlug und schließlich in das Gefühl überging, in das bei ihm so ziemlich alles mündete: Wut. Grímur blieb am Rand des Fensters stehen und versuchte sich vorzustellen, welche Worte aus Björns verzerrtem Gesicht strömten, während er wild in der Luft herumfuchtelte und, so wie es aussah, abwechselnd die Kellner und Kristín anschrie, die mit dem leeren Kästchen in den Händen neben ihm saß. Der Ring selbst befand sich zwischen Björns Fingern, er hielt ihn gerade einem Kellner unter die Nase und ebenso Kristín, die in Tränen ausbrach. Grímur hätte ihr diese Achterbahnfahrt der Gefühle gern erspart: Sie hatte sich gewundert, dann gefreut, war geschmeichelt, dann verwirrt, und zum Schluss endete alles in blankem Entsetzen. Jetzt sah er all diese Gefühle in ihren überfließenden Augen, als Björn ihr das Kästchen aus der Hand riss und aus dem Restaurant stürzte, die Adern an seinem Hals geschwollen und sein Gesicht feuerrot, sodass sein Kopf aussah, als wäre er kurz vor dem Zerspringen.

»Das ist noch gar nichts«, flüsterte Grímur gegen die Scheibe, die ihn von ihrem tränennassen Gesicht trennte, »im Vergleich dazu, wovor ich dich bewahren werde.«

Das hier lief genau wie geplant. Er hatte Mitleid mit der Frau, doch er musste nun einmal zu einem drastischen Mittel greifen, um die beiden auseinanderzubringen. Und heute Abend war es so weit.

87

Die Polizei im Großraum Reykjavík sucht nach der 34-jährigen Ísafold Jónsdóttir. Seit Ende Mai fehlt von ihr jede Spur. Sie wurde am vergangenen Donnerstag bei der Polizei Reykjavík als vermisst gemeldet. Ísafold ist 163 cm groß, schlank, hat dunkelbraunes Haar und braune Augen. Wer Hinweise über ihren Aufenthalt geben kann, wird dringend gebeten, sich bei der Polizei Reykjavík unter der Telefonnummer 444 1000 oder über die Facebook-Seite der Polizei zu melden.

Während der Nachrichtensprecher die Anzeige verlas, erschien auf dem Fernsehschirm ein Bild von Ísafold. Es war eine Nahaufnahme, ziemlich grobkörnig, so als hätte man ein kleines Foto stark vergrößert, doch Ísafold war trotzdem unverkennbar. Ganz unten war die Telefonnummer der Polizei in großen roten Zahlen eingeblendet. Áróra spulte zurück und ließ das Video noch einmal laufen. Und dann noch einmal. Ísafolds Verschwinden war plötzlich so real, jetzt, wo die Polizei nach ihr fahndete. Áróra lief es kalt den Rücken hinunter, und sie wünschte, weinen zu können, aber die Tränen fanden nicht den Weg in ihre Augen. Sie starrte einfach stumpf auf den Bildschirm und grübelte, warum um alles in der Welt sie nicht nach Island geflogen war, beim letzten Mal, als Ísafold sich gemeldet und um

Hilfe gebeten hatte. Warum war sie nicht hingeflogen, als ihre Mutter sie aufgefordert hatte, sich um ihre Schwester zu kümmern? Jetzt, wo die Vermisstenanzeige über den Fernsehschirm flimmerte, waren ihre eigene Müdigkeit und ihre Resignation so nebensächlich, verglichen mit dem, was Ísafold möglicherweise zugestoßen war, und ihre eigene Verärgerung darüber, dass ihre Schwester doch immer wieder zu Björn zurückging, so egoistisch.

Wenn sie sich einfach zusammengerissen hätte und nach Island geflogen wäre, getan hätte, was sie konnte, um ihre Schwester zu unterstützen, hätte Ísafold sie gewiss nicht auf Facebook blockiert. Hätte nicht aufgehört, sie anzurufen. Nicht aufgehört, ihr Youtube-Videos mit Kätzchen und Hundewelpen zu schicken. Das alles wurde ihr jetzt erst bewusst – dass sie, indem sie nicht reagiert hatte, als Ísafold sie brauchte, dem Bild entsprochen hatte, das Björn Ísafold gegenüber von ihr gezeichnet hatte: dass sie keine gute Schwester war. Dass Ísafold ihr nicht am Herzen lag. Dass Ísafold ihr im Grunde völlig egal war. Und dadurch war alles, was sie in der Vergangenheit für Ísafold getan hatte, nichts mehr wert. Es spielte keine Rolle, wie oft sie schon zwischen England und Island hin- und hergeflogen war, um zu unterstützen und zu trösten und wieder hinzubiegen. Es spielte keine Rolle, dass sie unterstützt und getröstet und wieder hingebogen hatte, seit Ísafold ein Teenager war, denn tief im Inneren hatte Ísafold noch immer das Bild aus alten Kinderstreitigkeiten von ihr: Sie war bloß ein *widerliches Balg*. Insofern waren all die kleinen Samenkörner, die Björn gesät hatte, um sie von innen heraus zu vergiften, auf fruchtbaren Boden gefallen.

88

Der Sonntagabend war günstig; in der Stadt war nur wenig Betrieb, und die Nacht, die sich anschloss, war ruhig und verschlafen, sodass man glaubte, die Häuser in der Stille schnarchen zu hören. Er hatte bis drei Uhr damit gewartet, den Koffer hinaus zum Auto zu schleifen. Da hatten sich die letzten Nachteulen schon vor einiger Zeit aus den Bars und Kinos nach Hause begeben, und das Vogelgezwitscher hatte noch nicht eingesetzt, um die ersten Frühaufsteher zu wecken. Außerdem war es in diesen ersten Stunden nach Mitternacht im Vergleich noch am dunkelsten, und obwohl es nicht dunkel genug war, um sich zu verstecken, war das Blau der Schatten, die die tief stehende Nachtsonne warf, so dicht, dass es nicht einfach wäre, zwischen Trugbild und Wirklichkeit zu unterscheiden, wenn jemand ihn sehen würde, wie er sich abmühte, den Koffer in den Kofferraum zu hieven.

Er war viel schwerer, als er gedacht hatte, und er selbst viel erschöpfter als erwartet. Es war nicht nur die Kraftanstrengung, sondern auch der emotionale Stress, der alle Energie aus ihm heraussog. Die Angst kroch in ihm hoch, als ihm klar wurde, dass er den Koffer nicht in den Kofferraum kriegen würde, doch er hatte sich schnell wieder im Griff und beschloss zu versuchen, ihn stattdessen auf dem Rücksitz zu verstauen. Das war leichter, denn so konnte er selbst auf den Sitz klettern und den Koffer hineinziehen, indem er sich mit den Füßen gegen die Innenseiten des Autos stemmte. Er war schweißgebadet, als er sich endlich ans Steuer setzte, mittlerweile ging es auf fünf Uhr zu. Er befreite sich von der ganzen Gefühlsduselei und redete, während er die Reykjanesbraut entlangfuhr, pausenlos mit sich selbst. Die Angst in seinem Inneren bekam eine Stimme, so wie beim letzten Mal, als er krank geworden war, und schrie ihn an, dass irgendjemand ihn todsicher gesehen habe und dass man ihn festnehmen und in eine enge, dunkle Zelle sperren werde, in der er sich nicht rasieren könne, wenn es ihn dazu dränge. Darauf antwortete er mit seiner eigenen Stimme, die kurz davor war, sich zu überschlagen, dass Leute, die mit Gepäck herumhantierten, in Island mittlerweile ein so alltäglicher Anblick waren, dass niemand ihn auch nur wahrnehmen würde. Die Angst schrie zurück, der Koffer sei ganz offensichtlich zu schwer, und wenn jemand seinen missglückten Versuch beobachtet habe, ihn in den Kofferraum zu wuchten, sei dem Betreffenden sofort klar, dass er eine Leiche enthalte. Nun bekam er seine Stimme wieder besser in den Griff und antwortete etwas in der Art, dass man einen schweren Riesenkoffer nicht unbedingt mit toten Körpern in Verbindung brachte. Allmählich beruhigte er sich, und seine Antworten und Argumentationslinien wurden zu einem eintönigen Gemurmel, das das schrille Geheul der Angst übertönte, die jetzt in seinem Inneren langsam in sich zusammenfiel wie ein schlaffer Luftballon.

Er hatte beinahe die Abzweigung nach Grindavík erreicht, als blaue Lichter im Rückspiegel seine Aufmerksamkeit erregten. Er verlangsamte seine Fahrt und fuhr fast auf den Randstreifen, um dem Wagen genug Platz zum Überholen zu lassen, doch als die Lichter hinter ihm weiterhin blinkten, dämmerte es ihm, dass hier kein Notarztwagen mit Vollgas unterwegs war, sondern die Polizei, die ihn anhalten würde.

»Ich hab's gewusst!«, kreischte die Angst, und er begann zu hyperventilieren, spürte, wie der Sauerstoff durch seinen Körper strömte und ihm den Kopf vergiftete. Er bremste und hielt an. Er würde bewusstlos werden, sollte sich sein Atem nicht wieder beruhigen. Doch das bereitete ihm im Moment am wenigsten Sorgen. Schlimmer war, dass er immer noch dieselbe Hose trug und nicht nachgeschaut hatte, ob auch keine Blutspritzer darauf waren, und dass auf seinem Rücksitz ein riesengroßer Reisekoffer thronte, so ausgebeult, dass er kurz davor schien, zu platzen. Sein schneller Atem steigerte sich noch, als er im Rückspiegel sah, wie ein Polizist aus dem Streifenwagen stieg und auf ihn zukam. »Jetzt kommen die Bullen und nehmen dich mit, du Mörder!«, schrie seine innere Angst, und diesmal hatte er keine Antwort parat.

89

Seine Gedanken kreisten in wilder Ratlosigkeit, während er auf dem Rücksitz des Streifenwagens saß und der Polizist bekanntgab, der Atemtest habe ergeben, dass er alkoholisiert sei.

»Aber ich bin auf dem Weg zum Flughafen«, versuchte er zu protestieren, wohl wissend, dass das sinnlos war. »Ich muss zum Flughafen. Jetzt.«

»Und wohin will der Herr verreisen?«, fragte die Polizistin am Steuer in gefälligem Ton, so als wollte sie entspannt oder sogar freundlich wirken. Vielleicht sahen sie, dass Grímur Angst hatte.

»London«, sagte er, ohne zu überlegen. Er hatte sich keine Geschichte zurechtgelegt, um diese sonderbare Fahrt mit dem Reisekoffer zu erklären, also sagte er das Erstbeste, das ihm in den Sinn kam.

»Da sind die Londoner aber mittlerweile verdammt früh unterwegs«, sagte der Polizist, doch Grímur beeilte sich zu versichern, dass er immer gerne zeitig zur Stelle sei. Dass er es nicht leiden könne, zu spät zu kommen. Dass er Angst habe, einen Flug zu verpassen.

»Du kommst mit mir runter auf die Wache zur Blutentnahme, und er hier fährt dein Auto zum Flughafen«, sagte die Polizistin und zeigte auf ihren Kollegen.

»Zur Sicherheit. Du bist knapp über der Grenze, sodass wir dich nicht mehr ans Steuer lassen dürfen.«

Grímur wurde schwarz vor Augen. »Nein, nein!«, rief er. »Wir können das Auto doch einfach hier stehen lassen. Ich hole es dann auf dem Rückweg von London wieder ab.« Der Polizist auf dem Beifahrersitz öffnete die Autotür und war mit einem Bein bereits ausgestiegen.

»Das ist kein Problem. Aber das Auto kann nicht die ganze Zeit hier auf dem Randstreifen stehen bleiben, während du in London bist«, sagte er und streckte seine Hand nach hinten zu Grímur aus. »Gib mir die Schlüssel, ich verspreche auch, deine Karre nicht zu Schrott zu fahren.«

»Er hat die Fahrerlaubnis zur Personenbeförderung!«, sagte die Polizistin augenzwinkernd. Er parkt den Wagen auf dem Langzeitparkplatz, und du kriegst deinen Flug. Und siehst zu, dass du stocknüchtern bist, wenn du das Auto wieder abholst. Nicht ein einziger Drink.«

Die Verzweiflung in seinem Inneren schrie, nun sei alles im Arsch. Er sei auf direktem Weg in eine dunkle, verriegelte Gefängniszelle. Er reichte dem Polizisten die Schlüssel und verfluchte die Cola Rum, während die Verzweiflung allmählich alle anderen Geräusche übertönte, unter anderem die Stimme der Polizistin, die nun den Blinker setzte und in die Reykjanesbraut einbog, wo sie neben Grímurs Auto bremste. Dort öffnete ihr Kollege gerade die Autotür und nahm auf dem Fahrersitz Platz.

»Jetzt sieht er den Koffer auf dem Rücksitz, ungewöhnlich groß und unförmig, und dann war's das!«, kreischte die Verzweiflung. »Dann war's das! Du bist auf dem Weg ins Gefängnis, du Mörder! Handschellen, Zwangsjacke und eine düstere, verriegelte Zelle, in der du in deinen eigenen Haaren erstickst!«

90

Jetzt bereue ich alles.

Ich bereue, dass ich Ísafolds Lieblingsbarbie kaputt gemacht habe, indem ich mit ihr »Spagat« gespielt habe.

Ich bereue, dass ich heimlich an ihr Kosmetiktäschchen gegangen bin und ihren neuen Eyeliner durch sogenannte Experimente unbrauchbar gemacht habe.

Ich bereue die Zeit, als ich sie »Däumelinchen« nannte, nachdem ich sie an Zentimetern überholt hatte.

Ich bereue, dass ich ihr Halstuch verloren habe, das sie von ihrem ersten Freund geschenkt bekommen hatte.

Ich bereue, dass ich sie bei irgendeinem Teenagerstreit Hure genannt habe.

Ich bereue, dass ich sie nicht öfter angerufen habe.

Ich bereue, dass ich nicht nach Island geflogen bin, als sie Hilfe brauchte.

91

MONTAG

Es war kurz nach sieben Uhr morgens, als Grímur in der Haltebucht an der Schotterstraße anhielt, die der Lavaspalte am nächsten lag. Die tief stehende Sonne, die ihn so geblendet hatte, dass er gezwungen gewesen war, auf der schmalen Fahrbahn im Schneckentempo zu fahren, war jetzt in einem dichten Nebel verschwunden, sodass das grüne Moos auf dem Lavafeld fast farblos erschien. Er hatte keine Ahnung, wie er dieses nächtliche Abenteuer überstanden hatte. Er war noch immer wie betäubt vor Angst, aber zugleich auch stolz auf sich, dass er einigermaßen ruhig geblieben war, um mit den Polizisten und der Krankenschwester, die ihm Blut abgenommen hatte, den nötigen Small Talk zu halten, und dass es ihm gelungen war, mehr oder weniger normal zu wirken. Zumindest normal genug, dass sie ihn laufen ließen, nachdem sie sein Auto auf dem Langzeitparkplatz am Flughafen abgestellt und ihm die Schlüssel ausgehändigt hatten, nicht ohne die wohlmeinende Ermahnung, sich nie mehr, auch nicht nach einem Glas, alkoholisiert ans Steuer zu setzen. Und der Polizeibeamte, der seinen Wagen gefahren hatte, zuerst hinunter zur Polizeiwache und dann hinaus zum Flughafen, schien den Koffer auf dem Rücksitz nicht genau genug in Augenschein genommen zu haben, um zu bemerken, dass er auffallend groß und sperrig war.

Die Angst in seinem Inneren, die ihm mit schriller Feierlichkeit in den Ohren gelegen hatte, und die lauten Verzweiflungsschreie, die die Oberhand gewonnen hatten, als er von der Polizei angehalten worden war, waren jetzt verstummt, und stattdessen hatte eine tiefe, düstere Traurigkeit das Ruder übernommen. Und diese Traurigkeit hatte dieselbe Stimme wie er selbst.

Er stieg aus dem Auto und schaute sich um. Die Aussicht war weit und leer, so weit das Auge reichte. Die Lava wirkte wie eine gewaltige, glatte Fläche, doch der Anblick täuschte, denn er zeigte nicht die Spalten und Krater, die sich wie zerklüftete Wunden in die harte Bodenkruste schnitten und von denen manche so tief waren, dass sie bis hinunter zum Meerwasser reichten. Die Oberfläche war also nicht alles. Man musste nah herangehen, wenn man sehen wollte, was sich darunter verbarg.

Er ging über die leicht gewölbte Lavaschicht und erreichte kurz darauf die Stelle, an der sie sich zu der Spalte hin öffnete, in der der rote Reisekoffer weit unten zwischen zwei Felsvorsprüngen eingeklemmt war. Er hatte nicht vor, in die Spalte zu klettern. Das hätte eine unnötige Verzögerung bedeutet, und er hatte dafür weder Zeit noch Energie. Mittlerweile war er deprimiert, und die letzte Etappe lag noch immer vor ihm.

»Jaja, dann wären wir so weit«, flüsterte er in die Spalte, ging wieder zum Auto zurück und öffnete die hinteren Türen. Den Koffer herauszuziehen war leichter als erwartet, doch dann sah er zu seinem Entsetzen einen Blutfleck auf dem Rücksitz. Er erstarrte für einen Augenblick, und die Angst in seinem Inneren gab ein leises Stöhnen von sich, doch er verdrängte den unbehaglichen Gedanken. Das war eine Nebensache, um die er sich später kümmern würde. Jetzt war anderes dringlicher. Er fing an, den Koffer Stück für Stück vorwärts zu zerren und fluchte jedes Mal, wenn er ihn mit größter Anstrengung gerade einmal ein paar Zentimeter vom Fleck bewegt hatte. Der Schotter war grob, und durch das Material blieb der Koffer an jedem Stein hängen. Doch als er es bis auf die Lavafläche geschafft hatte, wurde es einfacher, dort glitt der Koffer leichter über den Untergrund. Er hatte ihn etwa einen guten Meter mitgeschleift, als er bemerkte, dass der Koffer hinter sich eine breite Blutspur zurückließ, die sich auf der Lavafläche gut sichtbar abzeichnete. Also nahm er seine letzten Kräfte zusammen und drehte den Koffer einfach um. Dann saß er eine Weile daneben auf der kalten Lava, um sich auszuruhen, die Traurigkeit hallte wie ein anhaltender Ton in seinem Kopf, und der dunkle Blutfleck auf dem Koffer war ein unauslöschliches Zeichen dafür, dass sein Leben nie wieder dasselbe sein würde.

Schließlich stand er auf und zog den Koffer weiter, mehr aus eisernem Willen als aus Kraft, und schaffte es schließlich mit größter Mühe, ihn von der Kante aus in die Lavaspalte zu stoßen, wo er unter dumpfem Poltern immer wieder gegen die zerklüfteten Steinwände schlug, während er in die Tiefe stürzte. Grímur war zu erschöpft, um aufrecht zu stehen, also legte er sich auf den Bauch an die Kante der Vertiefung und spähte nach unten. Der graue Koffer war nicht neben dem roten, der Ísafolds Leiche enthielt, zum Liegen gekommen, sondern direkt obendrauf gelandet, sodass man jetzt von hier aus nur noch den grauen ausmachen konnte. Grímur erwog für einen Moment, in die Spalte zu klettern und den grauen Koffer zur Seite zu zerren, damit er noch weiter nach unten stürzte, doch dann besann er sich und ließ es bleiben. Am besten blieb er dort, wo er war. Grau sah man aus der Ferne schlechter als Dunkelrot, also war es jetzt weniger wahrscheinlich als vorher, dass jemand das Ganze entdeckte, falls derjenige überhaupt hier vorbeikam und in die Spalte schaute. Und außerdem war Ísafolds Seele nicht mehr hier, also war es ihr sowieso gleichgültig. Ihre Seele mit den Gefühlen, der Freude und der Schönheit, die sie ausstrahlte, hatte diese tiefe, dunkle Spalte längst verlassen.

»Verzeih mir«, flüsterte er trotzdem nach unten, bevor er aufstand und zurück zum Auto ging. Ísafolds Seele schwebte ganz sicher irgendwo, frei und schön, vielleicht hier über dem Lavafeld, vielleicht auch viel höher über den Wolken, wo immer die Sonne schien. Und wo immer sie auch war – er fand es dennoch angemessen, sie um Verzeihung zu bitten dafür, die letzte Ruhestätte ihres Körpers so entweiht zu haben.

Er setzte sich ins Auto und zog den Verlobungsring aus der Hosentasche, nahm die Kette von seinem Hals und fädelte den Ring darauf. Er hatte nicht widerstehen können und den Ring aus Björns Hosentasche geklaut, bevor er ihm die Kniescheiben gebrochen hatte, um ihn besser in den Koffer zwängen zu können. Björn hatte mit diesem Ring auf seinem Weg in die Ewigkeit nichts zu schaffen. Grímur dagegen würde es genießen, dieses Kleinod, das Ísafold gehört hatte, wieder ganz nahe an seinem Herzen zu tragen.

92

Áróra rollte den Wagen, den der Kellner gebracht hatte, ins Zimmer und stellte ihn wie einen Kaffeetisch zwischen die beiden Stühle. Der Wagen war mit einer Kaffeekanne, einem Milchkännchen, einer Zuckerdose, zwei Tassen und einer Schale mit *kleinur* beladen, hinzu kam eine einzelne Tulpe in einer kleinen Blumenvase. Alles hübsch angeordnet auf einem weißen Tischtuch. Sie hatte sich am Morgen in aller Herrgottsfrühe angezogen und war dann unruhig im Zimmer herumgetigert, während sie im Stillen geübt hatte, was sie zu dem Vertreter der deutschen Bank sagen würde, der auf dem Weg hierher war, um ihr die Provision auszuzahlen.

Mittlerweile zitterte sie vor Stress und spürte, wie sich der Schweiß in ihren Achseln sammelte, dann klopfte es endlich an der Zimmertür. Auf den letzten Metern vor dem Ziel ging es ihr immer so. Als hätte der Stress die Macht übernommen, weshalb sie nicht daran glaubte, dass das Projekt aufging, bevor sie die Geldscheine auf ihrem Bett ausbreiten und sich darin wälzen konnte. Dann erst wusste sie, dass alles gut gegangen war und das Geld tatsächlich ihr gehörte.

Aus irgendeinem Grund hatte Áróra erwartet, dass die Bank einen Mann schicken würde, deshalb war sie völlig überrascht, als sie die Tür öffnete und eine Frau mit Aktenkoffer und einem riesengroßen Blumenstrauß vor ihr stand. Eine Frau, die sie kannte.

»Meinen herzlichen Glückwunsch!«, sagte Agla, als sie ins Zimmer kam. »Und vielen Dank für die gute Zusammenarbeit.« Sie reichte Áróra den Strauß, die vor Verblüffung noch immer kein Wort herausbrachte. Sie hatte keine Ahnung, weshalb Agla hier auftauchte oder was sie mit ihren Glückwünschen meinte, und außerdem wusste sie nicht, wohin mit den Blumen. Der Strauß steckte in einer Vase, war aber so üppig, dass die Nachttische zu klein waren, und der an der Wand befestigte Klapptisch, den sie als Schreibtisch benutzte, quoll über von irgendwelchem Kram, weshalb sie den Strauß schließlich mit einer fahrigen Bewegung auf dem Boden vor dem Fenster platzierte. Agla schien sich an dem Hin und Her nicht weiter zu stören, sondern setzte sich auf einen der beiden Stühle, griff nach der Kaffeekanne und schenkte sich ein.

»Ja, bitte sehr. Nimm dir Kaffee!«

»Nur ein Schlückchen«, sagte Agla und goss die Tasse randvoll, nahm eine *kleina* und tunkte sie in den Kaffee, sodass dieser überlief und auf das weiße Tischtuch tropfte. Áróra nahm auf dem anderen Stuhl Platz und musterte sie.

»Bist du die Vertreterin der deutschen Bank?«, fragte sie, als ihre Gedanken wieder in einigermaßen festen Bahnen verliefen.

»Natürlich«, antwortete Agla und lachte. »Warum, dachtest du, hätte ich dich sonst beglückwünscht? Gut gemacht, kann ich da nur sagen! Und danke für die Zusammenarbeit. Ich arbeite für die, denen Hákon am meisten schuldet. Es war ein langer Weg, mehrere Jahre, um ehrlich zu sein, und es war unter anderem erforderlich, dass ich in eines seiner Hotels investiere, um zu versuchen, Einblick in seine Buchhaltung zu bekommen, und mich schlauzumachen, wo er möglicherweise sein Geld versteckt hat, das er nach und nach in den Hotelbetrieb tröpfeln lässt. Doch er war mir und meinen Leuten gegenüber misstrauisch, also war klar, dass wir andere Wege finden mussten, um der Geldquelle auf die Spur zu kommen.«

Áróra seufzte. So hing das also alles zusammen. Sie hatte sich alles Mögliche über Aglas Rolle in Hákons Machenschaften vorgestellt, nur nicht das.

»Deshalb warst du ein wahres Himmelsgeschenk«, sagte Agla. »Die richtige Frau am richtigen Ort zur richtigen Zeit. Jetzt werden alle ihren Anteil bekommen. Die Bank kriegt einen Teil der Schulden und das Finanzamt geht auch nicht leer aus. Hákons Konten werden in diesen Minuten gesperrt.«

»Mich nicht zu vergessen«, sagte Áróra und warf einen Blick auf den Aktenkoffer, woraufhin Agla ihr den Koffer reichte.

»Wohlverdient«, sagte sie. »Darf ich nach deinem Hintergrund fragen?«

»Hast du nicht gesagt, du weißt, wer ich bin?«

»Ich habe Informationen über dich zusammengetragen, als du in unserer Branche aufgetaucht bist, und da ist mir klar geworden, dass du eine begabte Finanzschnüfflerin bist, aber ich weiß nicht, wie du in unseren Bereich hereingekommen bist, darum bin ich neugierig auf deinen Hintergrund.«

»Das ist einfach«, antwortete Áróra. »Ich habe eigentlich gar keine Ausbildung. Ich habe viele Jahre als Sekretärin in einem

Steuerbüro gearbeitet und dort die Buchhaltung erledigt. Dann hatte ich die Idee, Steuerberaterin könnte zu mir passen, aber die Ausbildung war so unerträglich langweilig, dass ich sie wieder abgebrochen habe. Danach wollte ich ans Theater, kam aber schnell dahinter, dass ich für eine Schauspielerin einfach zu groß bin. Etwas später habe ich aus purem Zufall einer Freundin geholfen, die nach ihrer Scheidung in Schwierigkeiten steckte. Ihr Mann hatte sich ihr ganzes gemeinsames Erspartes unter den Nagel gerissen, und mir ist es gelungen, das Geld ausfindig zu machen. Und so fing alles an.«

»Toll. Für dich gibt es hier in Island genug Arbeit. Weil niemand weiß, wer du bist, weil du hier keine Geschichte hast, deshalb ist es leichter, Leuten auf die Spur zu kommen.«

»Ich habe nicht vor, hier noch lange zu bleiben«, sagte Áróra. Ich habe hier noch eine persönliche Angelegenheit zu erledigen, dann fliege ich wieder nach Hause.«

Sie spürte, wie sich bei diesem Satz ihre Kehle zuzog. Es schien nicht besonders wahrscheinlich, dass Ísafold bald wieder auftauchte, also wusste sie genau genommen nicht, wie lange sie noch hierbleiben würde.

»Gib mir Bescheid«, sagte Agla und stand auf. Sie zog eine Visitenkarte aus ihrer Jackentasche und ließ sie auf den Kaffeetisch fallen. »Melde dich, wenn du neue Arbeit brauchst.«

Sie öffnete die Tür und verließ das Zimmer, und für einen Moment saß Áróra allein in der Stille und starrte wie betäubt ins Leere. Dann sprang sie zur Tür und auf den Flur hinaus, gerade als sich die Aufzugtür mit einem leisen Piepton öffnete.

»Und was war bei dem Ganzen für dich drin?«, rief sie Agla hinterher. »Wie viel hast du selbst abgesahnt? Ich gehe davon aus, dass ich deine Provision kassiert habe, weil ich das Geld ausfindig gemacht habe.«

»Ich besitze den Hauptanteil am Hotel in Akureyri, und den kann ich verkaufen«, sagte Agla. »Mit einem satten Gewinn, nehme ich an. Hákon hat dafür gesorgt, dass die Betriebsausgaben extrem niedrig ausfallen, also wird die Immobilie sicher einen hohen Preis erzielen.«

93

»Nimm das hier. Schneide dir die Haare mit der kürzesten Einstellung«, sagte Grímur zu dem Araberjungen und reichte ihm seinen Bartschneider. Dann rasierst du dich so glatt, wie du kannst, und ziehst diese Klamotten an. Pack nur das Nötigste, damit alles in eine kleine Reisetasche passt, dann kommst du, so schnell du kannst, wieder runter zu mir. Er reichte Ómar ein Bündel Kleider von Björn, das er aufs Geratewohl aus seinem Kleiderschrank gefischt hatte, dazu einen Blazer und einen currygelben Schal. Es war schicke Kleidung, Markenartikel der teureren Sorte und erheblich eleganter als das, was Ómar gewöhnlich trug. Der Junge ging, leicht verwirrt und mit einem Gesichtsausdruck, der zu gleichen Anteilen Fröhlichkeit und Angst ausdrückte. Grímur wartete, bis sich die Tür hinter ihm schloss, dann griff er nach dem Schlüssel und eilte die Treppe hoch, streifte ein Paar Küchenhandschuhe über und schlich in Björns Wohnung. Er ging auf Zehenspitzen ins Wohnzimmer, nahm den Computer vom Couchtisch und eilte damit in Richtung Tür, aber dann bekam er Zweifel und huschte wieder zurück in die Wohnung und ins Bad, wo er eine Dose Make- up und ein paar Utensilien aus dem Toilettentäschchen im halb leeren Badezimmerschrank an sich nahm. Dann ging er nach vorn in den Flur, schloss leise die Tür hinter sich und rannte die Treppe hinunter, denn er fand es zu riskant, länger in dieser Wohnung zu bleiben als nötig, für den Fall, dass jemand vorbeikam.

Grímur klappte den Laptop auf und stellte zu seiner unermesslichen Freude fest, dass er nicht passwortgeschützt war. Das war unglaublich angesichts der Tatsache, dass Björn diesen Rechner für seine Drogengeschäfte benutzte. Das zeigte wieder einmal, wie arrogant er war. Für wie unfehlbar und unberührbar er sich hielt. Grímur öffnete Björns Brieftasche und zog seine Kreditkarte heraus. Dann vergewisserte er sich, dass der Computer noch mit Björns WLAN verbunden war, das problemlos über die Stockwerke hinweg funktionierte, bevor er begann, die Verbindung herzustellen. Er kaufte ein Flugticket nach Kanada und zurück auf Björns Namen, checkte Björn ein für diesen Flug und ergänzte die erforderlichen Informationen.

Das hier war zwar nicht geplant, aber Olgas Araberjunge Ómar fügte sich perfekt in sein Vorhaben ein. Er wohnte in Island, aber ohne Aufenthaltserlaubnis, und Olga schien sich endlos Sorgen zu machen, dass man ihn nach Syrien abschieben könnte. Niemand wusste von seinem Aufenthalt hier außer Olga und ihm selbst, also würden ihn auch nicht viele vermissen. Und Olga würde nicht zur Polizei gehen.

Er hatte die Vorbereitungen mehr oder weniger abgeschlossen, als der Junge zurückkam, kurz geschoren, glatt rasiert und in den Kleidern von Björn. Grímur bat ihn, sich zu setzen, und öffnete die Dose mit dem Make-up. Er überlegte, was man wohl benutzen könnte, um die Farbe auf Ómars Gesicht aufzutragen, sicher hatte es im Schminktäschchen auch dafür einmal ein Utensil gegeben, aber um Zeit zu sparen, beschloss er, einfach die Finger zu nehmen. Er nahm die Farbe mit dem Zeigefinger auf und tupfte einen großen Klecks auf jede Wange und einen auf die Stirn. Dann begann er, alles zu verteilen, und begutachtete das Ergebnis. Aus einiger Entfernung war die Sache überzeugend, der Junge hatte plötzlich einen deutlich helleren Teint, und er musste zugeben, dass er, so kurz geschoren und aufgehellt, tatsächlich besser aussah.

94

Als sie schon seit Längerem nach der Arbeit zu Hause war und von Ómar immer noch jede Spur fehlte, machte sie sich ernsthafte Sorgen. Er war gestern Morgen, nachdem sie miteinander geredet hatten, aus dem Haus gegangen, hatte gesagt, er wolle ins Sportstudio, und war dann den ganzen Tag nicht mehr aufgetaucht. Sie hatte das Gefühl, in der Nacht im Halbschlaf das Geräusch der Wohnungstür gehört zu haben, wie sie auf- und wieder zuging, doch sie hatte Schlaftabletten genommen, von denen sie dumpf im Kopf und träge im Denken wurde, sodass sie nicht mit Sicherheit sagen konnte, ob es sich um eine Erinnerung oder einen Traum handelte. Heute Morgen, als sie zur Arbeit gegangen war, war seine Zimmertür geschlossen gewesen, und sie hatte einfach angenommen, er schlafe noch, und sich hinausgeschlichen, um ihn nicht zu wecken. Aber wenn sie jetzt darüber nachdachte, hätte er vor ihr wach sein und den Kaffee aufbrühen müssen. Wenn alles so verlaufen wäre wie immer.

Doch es lief nicht alles so wie immer. Ihr Gespräch von gestern hatte etwas verändert. Sie hatte den Eindruck gehabt, der Wortwechsel sei gut verlaufen, und in seine aufrichtigen Augen geblickt und ihm geglaubt. Und er hatte ruhig und zufrieden gewirkt und sie umarmt, bevor er das Haus verließ. Doch im

Nachhinein hatte das alles vielleicht das Gleichgewicht gestört, das zwischen ihnen geherrscht hatte, solange sie nicht gewusst hatte, wer er war. Nicht, dass sie mittlerweile auch nur die geringste Ahnung davon hatte. Aber jetzt wusste sie wenigstens, wer er nicht war. Sie wusste, dass er nicht Ómar hieß. Vielleicht war sie ihm zu nahe getreten, als sie ihn über das Mordopfer in Istanbul ausgefragt hatte. Vielleicht verbarg sich irgendeine unangenehme Geschichte dahinter, die Olga nicht erfahren sollte. Vielleicht, zu guter Letzt und entgegen ihrer Intuition, hatte er etwas zu verbergen.

Sie nahm den Toaster, setzte sich damit an den Tisch und steckte ihn in die Steckdose, die normalerweise für das kleine Küchenradio reserviert war. Sie steckte zwei Scheiben Brot in den Toaster, reckte sich hinüber zum Kühlschrank und holte Butter, Käse und Marmelade heraus. Als die Brotscheiben aus dem Toaster ploppten, griff sie danach und ließ gleich noch zwei weitere in die Schlitze fallen. Es war lange her, dass sie das gemacht hatte. Als sie jünger gewesen war und ihr Jonni ihre Geduld gern auf die Probe gestellt hatte, hatte sie die Angewohnheit gehabt, sich mit Toastbrot zu trösten, das sie in erstaunlichen Mengen in sich reingestopft hatte. Manchmal hatte sie aufgehört zu zählen, und plötzlich hatte sie einen halben Laib Weißbrot vertilgt. Sie schmierte eine dicke Schicht Butter auf die Scheiben und legte den Käse sofort darauf, damit er weich wurde und auf dem heißen Brot zu schmelzen begann, und dann lehnte sie sich nach vorn und biss hinein, damit die geschmolzene Butter auf den Teller tropfte und nicht auf ihren Pullover.

Während sie kaute, ging sie im Kopf die Möglichkeiten durch, die ihr blieben. Sie konnte nicht die Polizei anrufen, um etwas über Ómar zu erfahren – um zu fragen, ob sie ihn festgenommen hätten –, denn wenn das nicht der Fall war, hätten sie dadurch erfahren, dass er noch im Land war. Und auch beim Ausländerbund konnte sie sich nicht melden, denn dann wäre herausgekommen, dass sie gegen die Regeln verstoßen hatte und Ómar schon viel zu lange bei ihr wohnte, und außerdem würde diese Tatsache, dass er mit den Papieren eines Ermordeten ins Land gekommen war, ihn zweifellos von jeder weiteren Unterstützung durch den Bund ausschließen. Das einzige Prinzip dieses Vereins schien zu sein, dass sie mit spitzen Fingern auswählten, wem sie halfen und wem nicht. Davon abgesehen kümmerte sich die Leitung keinen Deut darum, wie die Leute von Unterkunft zu Unterkunft kamen. Auch Ómar hatte man lediglich eine Liste ausgehändigt, auf der Leute standen, die Wohnraum für Geflüchtete anboten, aber jenseits dessen waren diese auf sich selbst gestellt, damit niemand vom Ausländerbund die Polizei anlügen musste. Auf dem Blatt stand auch die Empfehlung, nicht länger als zwei bis drei Wochen in derselben Unterkunft zu bleiben und den Gastgebern beim Verlassen des Hauses aus Sicherheitsgründen nicht anzugeben, wohin sie als Nächstes weiterzogen. Olga hatte sich schon lange davor gefürchtet, dass Ómar eines Tages beschloss, seine Sachen zu packen und sie zu verlassen, und dass sie nicht wüsste, was aus ihm werden würde. Aber jetzt war das offenkundig nicht der Fall, denn sie hatte ja in sein Zimmer geschaut, und seine Sachen schienen alle an ihrem Platz zu sein. Er wäre wohl kaum verschwunden, ohne irgendetwas mitzunehmen außer den Kleidern, die er am Leib trug.

Sie nahm die nächsten beiden Brotscheiben aus dem Toaster und legte sie auf ihren Teller. Sie aß erst eine davon, und die andere lag geschmiert bereit, aber sie wusste, diese beiden frisch getoasteten zusätzlichen Scheiben würden nicht ausreichen, sie über ihren Kummer wegen Ómar hinwegzutrösten, deshalb nahm sie noch zwei aus der Brottüte und steckte sie in den Toaster. Sie würde essen, bis sie sich beruhigte.

95

Im Flur strich Grímur noch eine dünne Schicht Make-up auf Ómars Handrücken und die unteren Halspartien, wobei er ihn ermahnte, sich nicht im Gesicht zu kratzen, um diese neue helle Haut, die ihm die Grenze ins gelobte Land öffnen sollte, nicht zu beschädigen.

Er reichte ihm Björns Pass, seine Brieftasche und einen Umschlag mit Reiseunterlagen, genauer gesagt die Fahrkarte für den Flughafen-Shuttle, die Flugtickets nach Kanada und zurück sowie die ausgefüllte eTA-Einreisegenehmigung. Alles auf Björns Namen. Er musterte Ómar noch einmal, dann stellte er sich auf die Zehenspitzen, griff ins oberste Fach des Flurschranks und kramte eine Schirmmütze hervor, die er Ómar auf den Kopf setzte. Es konnte nicht schaden, das Gesicht ein wenig zu verdecken. Er war von seinen maskenbildnerischen Fähigkeiten nicht besonders überzeugt.

»Ich fahre dich zum Flughafen-Shuttle«, sagte er, doch als er das Zögern im Gesicht des Jungen bemerkte, wiederholte er noch einmal das, was er Ómar am Morgen vorgebetet hatte. »Olga ist sicher noch auf der Arbeit. Du schickst ihr einfach eine Nachricht, wenn du in Kanada angekommen bist. Es ist besser für sie, wenn sie das hier nicht mitbekommt, denn solltest du festgenommen werden, macht sie sich mitschuldig. Und du willst doch nicht, dass sie mitschuldig wird, oder? Nach allem, was sie für dich getan hat?« Ómar schüttelte den Kopf und wirkte bedrückt wie ein Kind, das man ausgeschimpft hat.

Schüchtern ging er hinter Grímur zum Auto, während der ihn anwies, seine Tasche in den Kofferraum zu stellen. Auf dem Rücksitz lag ein Handtuch, denn der Sitz war triefnass von der Fahrt durch die Waschanlage, wo er den Sitz mit Hochdruckreiniger bearbeitet hatte, nicht ohne ihn vorher mit Spülmittel einzuseifen. Der Blutfleck war nicht mehr zu sehen, doch bis der Sitz trocken war, würde es noch lange dauern. Auf dem Weg hinunter zum Busbahnhof schärfte er dem Jungen nochmals ein, wie er sich zu verhalten hatte.

»Benutze seine Kreditkarte und seine Girocard nur, wenn du für kleine Beträge einkaufst, unter fünftausend isländische Kronen, damit du keine PIN-Nummer eingeben musst. Man hält die Karte bloß ganz kurz auf das Kartenlesegerät, wie ich es dir gezeigt habe. Kaufe dir in den ersten beiden Tagen so viel Lebensmittel und Dinge des täglichen Bedarfs, wie du kannst, und dann lässt du die Karten und den Pass verschwinden. Die Karten kannst du irgendeinem kanadischen Obdachlosen schenken. Das wird die Polizei etwas in die Irre führen, wenn sie nach dir suchen. Und die SIM-Karte nimmst du jetzt schon aus deinem Handy. Wirf sie weg und besorg dir in Kanada eine neue.

»Okay«, sagte Ómar und versuchte, sein Handy zu öffnen, indem er an der Unterseite herumhantierte, während sein Knie nervös auf und ab hüpfte, als ob er verzweifelt versuchte, Kontrolle über seinen Körper zu erlangen, und zu diesem Zweck

Spannung ablassen musste, indem er sein Bein so hektisch zappeln ließ.

»Und vergiss nicht, wenn du durch die Zollabfertigung gehst, stell dich lieber in die Schlange, wo du von lebenden Menschen abgefertigt wirst, denn die automatischen Gates machen Fotos, und ich weiß nicht, ob die mit den Passbildern verglichen werden. Jedenfalls ist es leichter, Menschen zu täuschen als Computer. Und denk dran, ruhig atmen, aufrecht gehen und ein gesundes Selbstbewusstsein. Du hast einen isländischen Pass, deshalb wird dir niemand besondere Aufmerksamkeit schenken.«

»Das mache ich«, sagte Ómar, und das Bein zitterte noch immer.

»Tief durchatmen«, sagte Grímur.

Sie waren am Eingang des Busbahnhofs angekommen, als Grímur ihm Björns Handy reichte. »Steck das ein und wirf es weg, sobald du in Kanada gelandet bist. Ich habe die PIN-Nummer nicht, deswegen kannst du es nicht benutzen. Aber das Praktische ist, dass man das Telefon auch im Ausland orten kann.« Ómar nahm es an sich und steckte es in die Hosentasche.

»Björn wird sich furchtbar aufregen, wenn er kapiert, dass ich so tue, als wäre ich er, und mit seinem ganzen Zeug auf dem Weg nach Kanada bin«, stöhnte Ómar und lachte ein nervöses Lachen. Grímur lächelte ihm aufmunternd zu und klopfte ihm fest auf die Schulter.

»Das geschieht ihm recht, diesem Mistkerl«, sagte er, und Ómar lachte lauter.

»Genau«, sagte er. »Er hat es nicht anders verdient. Er war böse zu Ísafold. Ísafold ist meine Freundin.«

»Meine auch«, sagte Grímur. Und für einen Moment sahen sie sich in die Augen und verstanden einander.

»Hat sie sich von dir verabschiedet, bevor sie gegangen ist?«, fragte Ómar, und Grímur sah, dass seine Augen sich mit Tränen füllten.

»Nein«, antwortete er. »Sie ist gegangen, ohne sich zu verabschieden.« Ómar schniefte, und ein paar Tränen rollten ihm über die Wangen. »Achtung, nicht die Schminke verwischen!«, sagte Grímur, kramte im Handschuhfach nach einem Papiertaschentuch und tupfte damit vorsichtig über Ómars Gesicht. »Tief durchatmen, nicht vergessen.«

»Du bist so gut zu mir, und du hilfst mir so viel. Ich danke dir.« Ómar reichte ihm die Hand, Grímur ergriff sie und schüttelte sie vorsichtig, wobei er darauf achtete, die Farbschicht auf dem Handrücken nicht zu beschädigen.

»Alles Gute«, sagte Grímur, und als er dem Jungen hinterherschaute, während der im Busbahnhofsgebäude verschwand, hoffte er inständig, dass sich die Umstände für ihn zum Guten wenden würden. Das hatte nicht zu seinem Plan gehört. Die Idee war ihm erst heute Morgen gekommen, als er in Björns Schreibtischschublade auf dessen Pass gestoßen war. Wenn die Sache aufging, wäre alles perfekt. Und er hoffte sehr, dass sie aufging. Dass Ómar sich ins Ausland retten und wohlbehalten nach Kanada gelangen würde. Denn wenn sie nicht aufgehen und er festgenommen würde, dann steckten sie beide gehörig in der Klemme.

96

Das Geld liegt in akkurat gestapelten Bündeln im Aktenkoffer, und ich nehme einen Stoß aus Zehntausend-Kronen-Scheinen und lasse ihn durch meine Finger gleiten. Es sind wunderschöne Scheine, blau und mit einem Goldregenpfeifer samt Jungvogel auf der Rückseite. Als ob die Frühlingsboten den Zweck erfüllen sollten, auch dem Wirtschaftssystem ewigen Frühling zu verheißen. Aber sie entfachen keine Sehnsucht.

Normalerweise hätte ich die Bündel aus ihren Manschetten gelöst, sie auf dem schneeweißen Hotelbett ausgebreitet und mich dann nackt daraufgelegt.

Normalerweise hätte ich mich nach Herzenslust darin gewälzt, hätte die Scheine in die Luft geworfen und sie auf mich herabregnen lassen, hätte laut gelacht und eine Flasche Champagner aufgemacht. Und gespürt, wie die Kraft aus den Geldscheinen in meinen Körper strömt und die zitternde Erwartung sich in meinem Herzen niederlässt.

Aber jetzt fühle ich nichts dergleichen, auch nicht, als ich ein Bad in den Scheinen nehme. Das einzige Gefühl ist die nagende Angst davor, was meiner Schwester passiert sein könnte.

Ich lege den Stapel wieder zurück in den Aktenkoffer und klappe ihn zu.

97

DIENSTAG

Das Büro der Polizeidirektorin war immer noch erstaunlich leer, obwohl es fünf Jahre her war, dass sie das Amt übernommen hatte. Der Fußboden war blank, keine Teppiche oder Matten, und die Wände waren ebenfalls nackt. Es sah aus, als ob man die Möbel hineingetragen und dann irgendwo im Zimmer abgestellt hätte, eher zufällig als geplant. Die Polizeidirektorin hatte ihr Büro offenbar um ein paar Stockwerke im Präsidium nach unten verlegt, seit sie dort angefangen hatte, und Daníel fand das in vielerlei Hinsicht bezeichnend für ihre Arbeitsweise, dass sie sich immer näher an die einfachen Polizisten heranhangelte und das Büro aussah, als hätte sie es erst gestern in Beschlag genommen. Ein paar kleine rote Sessel standen kreuz und quer herum, einige waren in einem Kreis um einen kleinen Sofatisch angeordnet, wenn ein Meeting anstand, so wie jetzt, und der Schreibtisch der Direktorin mit ihrem Computer stand hinten in der Ecke am Fenster, als wäre er eine unwichtige Randerscheinung, ein notwendiges Utensil, um zu arbeiten, aber kein Machtsymbol.

»Das klingt wie der begründete Verdacht einer strafbaren Handlung«, sagte die Direktorin, als sie sich gesetzt und Ísafolds Kriminalakte aufgeschlagen hatte. »Wir wissen alle, was häusliche Gewalt bedeuten kann.« Die beiden Jóns, Jón, Kriminalhauptkommissar der mittleren Abteilung, und Jón, Kriminalkommissar, nickten beide. Sie warteten schweigend, während sie noch einmal den Ordner durchging, den Daníel ihr zusammengestellt hatte, um sich möglichst schnell mit dem Sachverhalt vertraut zu machen.

»Hauptkommissar Daníel beurteilt, wie viele Leute er braucht, und wird das mit dir, Jón, absprechen«, sagte sie und reichte dem Hauptkommissar den Ordner. »Und wie gewöhnlich übernimmt der Wachtmeister den Kontakt mit der Presse, das heißt, das geht alles über seinen Schreibtisch«, fügte sie hinzu. »Falls es irgendwelche Probleme gibt, werde ich dafür geradestehen.« Das sagte sie jedes Mal und hielt sich auch daran. In den seltenen Fällen, in denen Kritik an der Arbeit der Polizei laut geworden war, hatte sie Nägel mit Köpfen gemacht und den Medien Rede und Antwort gestanden. Sich für den Fehler entschuldigt, die Sache erklärt, diejenigen in Schutz genommen, die aktiv dabei gewesen waren. Und so hatte sie sich innerhalb des Hauses mehr und mehr Vertrauen erarbeitet. Selbst die, deren Misstrauen anfangs am lautesten getönt hatte, als man eine junge Blondine vom Land den erfahreneren Kandidaten vorzog, mussten zugeben – wie selbst der scheidende Polizeichef einräumte –, dass sie ihrer Aufgabe gewachsen war.

Sie standen alle auf, und für einen Moment, nur wenige Sekunden, sahen sie einander an, bedeutungsvolle Blicke und Spannung in der Luft. Dann nickte die Polizeidirektorin und eilte schon vor allen anderen aus ihrem eigenen Büro, und Daníel atmete tief durch. Die allererste seiner Aufgaben war, mit den Angehörigen zu reden. Violet und Áróra.

98

Olga machte sich nicht einmal die Mühe, sich anzuziehen, bevor sie beschloss, bei den zwei Nachbarn zu klopfen, von denen sie mit Sicherheit wusste, dass ihnen Ómars Anwesenheit bewusst war. Vielleicht hatten sie etwas gesehen? Vielleicht hatten sie gesehen, wie die Polizei gekommen war und ihn festgenommen hatte, um ihn in seine Heimat abzuschieben? Oder ihn gesehen, wie er das Haus verlassen hatte, und ihn gefragt, wohin die Reise gehen solle, und vielleicht ein kurzes Schwätzchen mit ihm im Treppenhaus gehalten? Sie wusste, dass all das nur der letzte Strohhalm war, an den sie sich klammerte, aber sie konnte nicht länger einfach nur warten, bis sie ein Lebenszeichen von Ómar bekam.

Sie strich sich mit der Haarbürste kräftig durchs Haar. Immerhin sah es jetzt ein bisschen besser aus, nachdem sie sich einen großen Teil der Nacht schlaflos hin und her gewälzt hatte, sodass ihre Mähne an den Seiten ganz verfilzt ausgesehen hatte. Sie gönnte ihrem Gesicht reichlich Tagescreme, trug Deodorant unter den Achseln auf und tupfte einen Tropfen Duftöl – ein Geschenk von Ómar – hinter jedes Ohrläppchen. Nun duftete sie ein bisschen nach Weihrauch, der sie wiederum an den Geruch erinnerte, der immer in Jonnis Zimmer gehangen hatte, als er jung gewesen war und versucht hatte, den Rauch seiner

Joints zu überdecken. Der Geruch, den sie für harmlos gehalten und den sie deshalb verdrängt hatte. Sie schob diese Gedanken auch jetzt von sich weg und ging ins Schlafzimmer, stieg in ein Paar bequeme Jogginghosen und streifte ein weites T-Shirt über. Kaum hatte sie das Oberteil glatt gestrichen, stand sie schon draußen im Flur, um in Windeseile die Treppe hinunterzulaufen und mit diesem komischen Glatzkopf Grímur zu reden.

Grímur kam nach zweimaligem Klopfen an die Tür. Sie wusste, dass er zu Hause sein würde, denn er war immer zu Hause. Er hatte ihr einmal erzählt, er beziehe Erwerbsunfähigkeitsrente, was sie nicht besonders erstaunte. Seine Erscheinung war für gewöhnlich so sonderbar, dass man sich fragte, ob er noch richtig tickte. Aber sie war ihm dankbar, dass er Ómars Aufenthalt bei ihr nie angezeigt hatte, obwohl es auf der Hand lag, dass er alles über ihn wusste. Sie hatte sogar einmal im Treppenhaus mitgehört, wie er Ómar zurechtgewiesen hatte, nicht so oft draußen herumzulaufen, weil ihn sonst jemand verpetzen könne. Er war also sicher ein ganz lieber Kerl.

»Einen schönen guten Tag«, sagte sie, und er erwiderte ihren Gruß mit einer Art Gemurmel. »Ich wollte fragen, ob du Ómar vielleicht gesehen hast. Er ist seit vorgestern nicht nach Hause gekommen, und ich mache mir große Sorgen.« Grímur schüttelte den Kopf, noch bevor Olga den Satz beendet hatte.

»Nein, ich habe ihn nicht gesehen«, sagte er und wollte die Tür schließen, doch Olga legte ihre Hand in den Türspalt.

»Und du hast auch keine Polizei hier irgendwo gesehen?«, flüsterte sie. »Ich habe eine Heidenangst, dass sie ihn festgenommen haben, um ihn zurückzuschicken.«

»Nein, ich habe keine Polizei gesehen«, sagte Grímur.

»Weißt du noch, wann du ihn zuletzt gesehen hast?«, fragte sie, doch er schüttelte wieder den Kopf, sodass sie hinzufügte: »Versuch mal, dich zu erinnern!« Sie bemerkte, wie anmaßend das klang, und wählte einen höflicheren Ton: »Wenn du so liebenswürdig wärst.« Grímur schaute auf den Boden und runzelte die Stirn. Seine Erscheinung wirkte so abartig mit dieser spiegelglatten Glatze, doch wahrscheinlich hatte er irgendeine Hautkrankheit. Oder Krebs.

»Nein«, sagte Grímur schließlich. »Ich kann mich nicht erinnern, wann ich ihn zum letzten Mal gesehen habe.«

Olga seufzte. Das war nicht gerade hilfreich. Grímur schloss die Wohnungstür, und sie stieg die Treppe wieder hoch und klopfte bei Björn und Ísafold. Als eine junge Frau die Tür öffnete, erschrak sie, denn im ersten Moment glaubte sie, Ísafold stünde vor ihr, doch dann merkte sie schnell, dass das nicht der Fall war. Dennoch war diese Frau ihr vom Typ her nicht unähnlich.

»Ja?«, sagte die Frau, doch als sie die Verwirrung in Olgas Gesicht bemerkte, fügte sie hinzu: »Ich bin Kristín, Björns Freundin – oder besser gesagt, wir haben Dates.«

Olga konnte ihre Verblüffung nicht verbergen. »Dann sind Björn und Ísafold nicht mehr zusammen?«, fragte sie.

»Nein, schon seit Ewigkeiten nicht mehr. Soweit ich weiß, hat sie eines Tages einfach ihre Sachen gepackt und ist gegangen. Zurück nach Großbritannien.«

»Na ja«, sagte Olga, »du weißt, dass ihre Familie derzeit nach ihr sucht? Mithilfe der Polizei. In Großbritannien ist sie nämlich nie angekommen.« Jetzt war die Reihe an der jungen Frau, sich zu wundern.

»Was?!«, fragte sie. »Davon hat Björn mir gar nichts erzählt.«

Olga nickte, sagte aber nichts. Es war nicht ihre Aufgabe, der neuen Freundin zu erklären, dass das, was Björn *schon seit Ewigkeiten nicht mehr* nannte, kaum einen Monat zurücklag. Es war kaum einen Monat her, seit sie Ísafold zum letzten Mal gesehen hatte, wie sie mit einer Einkaufstüte in der Hand auf das Haus zuging.

»Ich müsste kurz mit Björn sprechen, falls er zu Hause ist«, sagte Olga. »Ich wollte ihn fragen, ob er meinen Ómar irgendwo gesehen hat, ein junger Mann ausländischer Herkunft, der in den vergangenen Monaten bei mir gewohnt hat. Ich habe ihn seit vorgestern nicht mehr gesehen und bin mittlerweile etwas …«

Ein Ausruf der Überraschung der jungen Frau machte ihrem Satz ein vorzeitiges Ende.

»Machst du Witze oder was?«, rief sie. »Björn ist auch verschwunden! Ich kann ihn nirgends finden, er geht nicht ans Telefon und so weiter. Deshalb habe ich beschlossen, auf dem Weg zur Arbeit herzukommen, um ihn zu suchen, aber hier ist er auch nicht.«

»Ja, so was aber auch«, sagte Olga, denn etwas anderes fiel ihr nicht ein. »Was ist in diesem Haus eigentlich los?«

99

Grímur war gerade aufgestanden, als Olga aus dem oberen Stockwerk bei ihm klopfte. Er war erschöpft, ohne dass er länger hätte schlafen können, und er fühlte sich, als hätte er Schmerzen in jeder Zelle seines Körpers. Der gestrige Abend war dafür draufgegangen, sein ganzes Auto ein zweites Mal zu waschen, dann hatte er Fotos gemacht, diese auf einem Kleinanzeigenportal im Netz hochgeladen, um das Auto zum Verkauf anzubieten. Er brauchte es nicht länger. Das Auto hatte sein Soll erfüllt. Er hatte vor, einen guten Preis zu veranschlagen, damit es schnell verkauft wurde; er würde die Verkaufsunterlagen selbst ausfüllen und es einem geeigneten Käufer überlassen. Je weniger Interessenten kamen, desto besser.

Das Badezimmer war komplizierter. Zuerst müsste er das ganze Bad besonders gründlich reinigen, und dann würde er den Erlös des Autos dazu verwenden, um es von Grund auf zu renovieren. Die Fliesen herausbrechen und die Badarmaturen abmontieren, Wände und Decke streichen und zum Schluss Estrich auf den Boden verteilen, neue Armaturen anbringen und neue Fliesen verlegen. Es war nämlich viel mehr Blut geflossen, als er erwartet hatte. Was er vor sich gesehen hatte, war ein blutloser Mord. Gepflegt, wenn man das so sagen konnte. Aber natürlich war ein Mord niemals gepflegt. Und natürlich war so etwas viel schwieriger, als er es sich vorgestellt hatte. Björn war unruhig gewesen und hatte das Bier abgelehnt, das Björn ihm anbot, als sie sich im Treppenhaus trafen. Doch als er versprach, ihm dies und das über seine neue Freundin zu erzählen, ließ Björn sich ködern, folgte Grímur in die Wohnung und nahm doch ein Bier. Er war rot im Gesicht, sein Blick flackerte nervös durch das Zimmer, aber er wollte sich auf keinen Fall hinsetzen. Es war offensichtlich, dass die Szene mit dem Ring im Restaurant ihn gründlich aus dem Tritt gebracht hatte.

»Und was wolltest du mir jetzt sagen?«, fragte er forsch und stellte das Bier ab, und Grímur stammelte in Windeseile irgendetwas davon, dass er das ein oder andere über Kristíns Vergangenheit wisse, doch dann fiel ihm nichts mehr ein, also musste er Björn jetzt dazu bringen, sich aufs Sofa zu setzen und das Bier zu trinken. Das Bier mit dem Ketamin. Dem Ketamin, das er bei Björn selbst gekauft hatte.

Aber Björn drehte sich abrupt um und ging auf die Wohnungstür zu, wobei er abfällig vor sich hin schnaubte, als wären ihm Grímur und das, was er möglicherweise zu erzählen hatte, scheißegal. Deshalb musste Grímur ihm einen Abguss der Venus von Milo auf den Kopf schlagen, um ihn zu betäuben. Es war eine spontane Entscheidung, denn die Statue war gerade in Reichweite und schwer genug, um jemanden mit einem gehörigen Schlag niederzustrecken.

Doch als er die Plastiktüte über Björns Kopf zog, fing er an, sich zu wehren, und er war stark. So stark, wie er aussah. Er robbte unter Grímur hervor, riss sich die Plastiktüte vom Kopf und stützte sich auf alle viere, und da schlug Grímur noch einmal mit der Statue zu. Diesmal hatte er schlecht gezielt und Björns Kopf nur gestreift. Es war genug, um ihn zu Boden gehen zu lassen, aber nicht genug, um ihn noch einmal bewusstlos zu schlagen. Grímur hastete ins Bad und griff nach seinem alten Rasiermesser, doch Björn stürzte hinterher, bebend vor Zorn und in fester Gewissheit seiner Überlegenheit. Arroganter Idiot.

Im Bad schnitt Grímur ihm tief in den Hals, mit einer Bewegung, die so sanft und schnell war, dass es schien, als hätte er sie jahrelang trainiert. Seine Hand, mit dem Rasiermesser bewaffnet, zerschnitt die Luft mit einem leisen Sirren, und Grímur erschrak vor seiner eigenen Schärfe. Es war, als ob seine Gedanken in den Hintergrund träten und eine bisher unbekannte, archaische Kraft das Ruder übernähme und seine Hand mit einer Geschicklichkeit lenkte, von der er nicht gewusst hatte, dass er sie besaß. Dann stand er keuchend neben Björn und sah zu, wie das Leben aus ihm heraussickerte, und er spürte, wie sein Herz vor Mitleid schwer wurde.

Anfangs hatte Björn versucht, die Hände auf die klaffende Wunde am Hals zu pressen, die Wunde, aus der das Blut unaufhaltsam hervorquoll und zwischen seinen Fingern herabtropfte, aus einer, wie es schien, unversiegbaren Quelle in seinem Körper, und dieser Versuch, die Wunde mit den Händen verschließen zu wollen, war unsagbar zwecklos und dumm und zugleich so menschlich. Es war jedem unbenommen, um sein Leben zu kämpfen. Das waren unwillkürliche Reaktionen. Und das Mitgefühl in Grímurs Brust sollte nicht bedeuten, dass Björn irgendetwas Gutes verdient gehabt hätte – schließlich hatte er auch Ísafold gegenüber keinerlei Gnade gezeigt –, sondern es war eher das allgemeine Mitgefühl mit einem lebenden Wesen, einem Tier der eigenen Art, und die Natur, der es zuwiderläuft, dem Artgenossen zu schaden. Doch er musste es tun. Für Mord bekam man nur sechzehn Jahre Gefängnis. Wenn nicht nur zehn. Doch Björn verdiente für alles, was er Ísafold angetan hatte, eine unglaublich viel härtere Strafe. Dafür, dass er sie zu Tode geprügelt und sie in einen Koffer gezwängt hatte, sie dann hinaus nach Reykjanes gefahren und dort in eine Lavaspalte geworfen hatte wie ein altes Sofa oder irgendwelchen anderen Unrat. Dafür hatte er zumindest das gleiche Schicksal verdient.

100

Daníel war ärgerlich auf sich selbst, dass er Violet versprochen hatte, mit ihr am Freitag zu Björn zu fahren, um mit ihm zu reden. Der Besuch hatte ihn offenbar so verstört, dass er sich daraufhin außer Landes begeben hatte. Daníel stand mit einer Tasse Kaffee in der Hand am Fenster der Cafeteria in der Polizeiwache an der Hverfisgata und schaute hinaus, während er auf Mutter und Tochter wartete. Er hatte Violet empfohlen, auf die Wache zu kommen, denn er fand es unbehaglich, ihnen diese Nachricht bei sich zu Hause überbringen zu müssen. Das sah irgendwie danach aus, als stünde er auf beiden Seiten in diesem Fall, deshalb musste er sich immer wieder daran erinnern, dass er zu den Fachleuten auf diesem Gebiet gehörte. Besonders wegen des Eindrucks, den Áróra auf ihn machte. Als ob ihm in ihrer Nähe jegliche Vernunft verloren ginge. Er schämte sich noch immer dafür, wie er am Freitagabend reagiert hatte. Er hätte lächeln und grüßen sollen wie ein kultivierter Mensch. Doch jetzt war es zu spät, noch damit zu hadern. Er hoffte nur, dass Áróra nicht wütend auf ihn war. Das wäre eine unnötige zusätzliche Verwicklung für jemanden, dem man schlechte Nachrichten überbringen muss.

»Sie sind da«, sagte seine Kollegin Helena, und er leerte seine Tasse, brachte sie zum Spülbecken, hielt sie unters Wasser und stellte sie in das Abtropfgestell. Helena und er gingen nebeneinander den Flur entlang bis zum Besprechungsraum im vierten Stock, doch bevor sie eintraten, blieben sie vor der Tür stehen und sahen sich in die Augen, als ob sie einander Mut machen wollten. Solche Gespräche mit Angehörigen waren kein Kinderspiel.

Mutter und Tochter saßen Seite an Seite am Tisch, und jetzt bereute er, dass er für das Gespräch nicht doch die Cafeteria vorgeschlagen hatte. Die Cafeteria war freundlicher, in gedämpften Farben gehalten und mit einem Teppich ausgelegt, der sich an den Wänden entlang nach oben zog, was er anfangs für einen ziemlich abwegigen Einfall gehalten hatte, aber mittlerweile zu schätzen wusste. Der Besprechungsraum dagegen war karg möbliert, unpersönlich und nicht gerade der Ort, um Leuten schlechte Nachrichten zu überbringen.

»Wir sind dabei, Stück für Stück ein Bild vom Verlauf des Geschehens zu rekonstruieren«, sagte Helena, nachdem sich alle begrüßt und sie am Tisch gegenüber Violet und Áróra Platz genommen hatten. Sie hatte einen Ordner in der Hand, den sie vor sich auf den Tisch legte. Den Ordner, der die ausgedruckten Unterlagen über Ísafold enthielt. Daníel schielte kurz zur Seite und fand es auf einmal furchtbar traurig, wie dünn der Stapel war. Wie wenig an Material es zu diesem Fall überhaupt gab.

»Wie es scheint«, begann er und räusperte sich, »hat sich Björn nach Kanada abgesetzt.« Er übergab an Helena, die den Ordner aufschlug und die Informationen auf dem ersten Blatt vortrug.

»Er hatte für gestern Nachmittag ein Flugticket ins Ausland gebucht, wurde am selben Abend bei der Einreise nach

Kanada registriert und ist kurze Zeit später auf einer Überwachungskamera zu sehen, die zeigt, wie er das Flughafengebäude in Toronto verlässt und aus dem Radius der Kamera verschwindet. Er geht nicht ans Telefon und ist auf den sozialen Medien bisher nicht aktiv. Er hat ein Rückflugticket zwei Tage später, aber wir halten es für wahrscheinlich, dass er diesen Flug nicht wahrnimmt.« Daníel beobachtete die Reaktionen von Mutter und Tochter, während Helena die Sachlage weiter ausführte, und in Áróras Gesicht war zu lesen, dass sie verstand, was das bedeutete. Sie blinzelte ein paarmal kurz hintereinander und nickte dabei. In Violets Blick dagegen erwachte so etwas wie Hoffnung.

»Könnte es sein, dass Ísafold auf ähnliche Art das Land verlassen hat?«, überlegte sie. »Könnte es sein, dass die beiden beschlossen haben, gemeinsam abzuhauen? Um ihren Schulden zu entkommen oder irgendwelchem Pack, mit dem Björn wegen dieser Drogensache aneinandergeraten war ...?« Ihr Blick schoss zwischen Daníel und Helena hin und her, als wartete sie verzweifelt auf ein positives Echo bezüglich dieser Theorie. Daníel wünschte, er hätte ihr guten Gewissens Anlass geben können, das Bild ihrer Tochter, gesund und wohlbehalten in Kanada, aufrechtzuerhalten, doch dieser Wunsch währte nicht lange, denn Helena fiel die Aufgabe zu, diesem kleinen Hoffnungsschimmer, der in den Augen der Mutter aufgeleuchtet war, den Garaus zu machen.

»Wir haben keinerlei Anhaltspunkte dafür, dass Ísafold das Land verlassen hat. Sie scheint weder ein Flugticket noch eine Überfahrt mit der Fähre an der Ostküste gebucht zu haben.

Wir haben einen dauerhaften Überwachungsantrag laufen, der meldet, ob sie in ein anderes Land eingereist ist, aber wir haben keine große Hoffnung, dass dabei etwas herauskommt.« Helena ließ diese Information für eine Weile einsickern, bevor sie fortfuhr. »Aber die Vermisstenanzeige ist natürlich weiterhin in Kraft und auch unsere Nachforschunngen in diesem Fall ...« Sie verstummte, um das Wort an Daníel zurückzugeben, der einen Schlussstrich unter die Unterredung ziehen sollte. Mit Worten, die Violets Hoffnungen endgültig zerstören würden.

»Jetzt basiert die Arbeit der Polizei auf der Theorie, dass Björn sich seiner Strafverfolgung entzogen hat«, sagte er und versuchte, seine Stimme so sanft wie möglich klingen zu lassen, in der schwachen Hoffnung, dass er damit die grauenvolle Bedeutung seiner Worte abmildern könne. »Weil er Ísafold etwas angetan hat.«

101

Áróra hatte erwartet, dass Daníel schlechte Nachrichten mitzuteilen hatte, dennoch war sie nach dem Gespräch auf der Polizeiwache außergewöhnlich niedergeschlagen. Ihre Mutter und sie hatten gefragt und gefragt, so als ob jede Minute, die dieses Treffen dauerte, Ísafolds Leben verlängern könnte. Denn sobald sie diesen Raum verließen und draußen in den Flur einbogen, mussten sie der Tatsache ins Auge sehen, dass Ísafold wahrscheinlich für immer und ewig verschwunden war.

Daníel und die Polizistin, mit der er zusammenarbeitete, beantworteten ihre Fragen geduldig und erklärten das weitere Vorgehen der Polizei. Sie würden Björn von Interpol suchen lassen. Einen Durchsuchungsbeschluss für seine Wohnung beantragen. Einen Gerichtsbeschluss erwirken, um Einblick in die Bankkonten von Björn und Ísafold zu bekommen und die Kreditkartennutzung zu prüfen. Informationen zu den Mobiltelefonen der beiden zu beschaffen, um zu ermitteln, wo Björn sich ungefähr aufgehalten hatte, als Ísafold verschwunden war, und so weiter und so weiter. Je mehr sie erklärten, auch wenn sie vieles nicht direkt aussprachen, desto offenkundiger war es für Áróra, dass es im Grunde genommen darum ging, dass der Fall von Ísafolds Verschwinden ab jetzt als Mord behandelt wurde.

Daníel hatte ihr zum Abschluss lang und fest die Hand geschüttelt, während er ihr mit der anderen Hand über die Schulter gestrichen hatte. Jetzt wünschte sie sich, dass er sie richtig umarmt hätte, so wie er ihre Mutter in den Arm genommen hatte. Bestimmt und herzlich, und sie hätte dann den Duft seines Rasierwassers einatmen und sich für einen Moment wegträumen können.

Nun, nachdem sie ihre Mutter zu Daníel nach Hause gebracht hatte, ihr etwas zur Beruhigung verabreicht und sie in das Bett im Gästezimmer gepackt hatte, damit sie weinen konnte und dann hoffentlich einschlief, sehnte sie sich selbst danach, umsorgt zu werden. Sie wollte sich einfach ins Bett legen, sich in die Decke rollen und die Tränen fließen lassen.

Doch als sie die Schlüsselkarte vor das Schloss hielt und sich die Zimmertür mit einem Klacken öffnete, wurde ihr klar, dass aus dem Ausruhen wohl nichts werden würde. Denn in ihrem Hotelzimmer wartete Hákon.

»Es ist etwas Furchtbares passiert«, sagte er. »Ich habe alles verloren!« Sein Gesicht war nicht nur blutleer, sondern buchstäblich grau, sodass Áróra befürchtete, er könnte jeden Moment in Ohnmacht fallen.

»Was ist geschehen?« fragte sie pro forma, obwohl sie genau wusste, dass man gestern seine Konten gesperrt hatte.

»Als wüsstest du das nicht«, sagte er. »Jemand hat in meinem Zimmer eine Kamera installiert. Und du bist die Einzige, die dafür infrage kommt!« Áróra hatte Lust, ihn zu korrigieren. Ihn darauf hinzuweisen, dass die Reinigungskräfte zum Beispiel dort ebenfalls ein und aus gingen, aber das war nicht ihr

Stil – sich selbst reinzuwaschen, indem man auf andere zeigte, obwohl man wusste, dass man selbst schuldig war. Also schwieg sie einfach.

»Man könnte sagen, meine ganze Welt ist zusammengestürzt«, sagte Hákon. »Ich habe jetzt zum ersten Mal wirklich alles verloren, was ich hatte.« Seine Stimme ging am Satzende nach oben, als drohte sie ihm zu entgleiten wie einem Jugendlichen im Stimmbruch. Áróra hatte ebenfalls Lust, ihn darauf hinzuweisen, dass ihm das Geld, das er verloren hatte, in Wahrheit gar nicht gehörte. Dass er es nur geliehen hatte, um es später zu hinterziehen. Aber auch hierzu sagte sie nichts.

Hákon strich ständig mit der Hand über sein Gesicht, als ob er den Schleier des Unglücks wegzuwischen versuchte, der sich über ihn gelegt hatte und seine Lippen zittern ließ. »Ich werde die Hotels verkaufen müssen, um die Steuern zu bezahlen, und im schlimmsten Fall wandere ich wieder ins Gefängnis.«

Áróra schwieg weiter, denn wenn sie einmal angefangen hätte zu reden, hätte sie alles Mögliche gesagt. Sie hätte gesagt, seine Verzweiflung über verlorenes Geld sei keine wirkliche Trauer. Wirkliche Trauer sei ein Gefühl, das dich ergreife, wenn Polizisten dir eröffneten, dass sie deine Schwester für tot erklärten. Das sei Trauer. Geld lasse sich wieder verdienen.

»Das ist der einzige Lichtblick bei dem Ganzen«, sagte er und trocknete die Tränen, die ihm jetzt aus beiden Augen über das Gesicht liefen. »Meine Ex-Frau und ich haben gestern Abend geredet, nachdem das alles über mich hereingebrochen war. Und wir wollen einen Neuanfang wagen. Sie scheint mich nach wie vor zu lieben, auch jetzt, wo ich alles verloren habe.«

»Warum, verflucht, jammerst du dann überhaupt?«, fragte Áróra. Das war ihr einfach so herausgerutscht, und für einen Augenblick war sie verunsichert: Hatte sie das laut gesagt oder nur im Stillen vor sich hingezischt? Hákons Faust, die mit einem dumpfen Schlag in ihrem Gesicht landete, zerstreute jeden Zweifel. Sie hatte es laut gesagt, und er hatte auf seine Art geantwortet. Geantwortet auf die Kamera und die Herumschnüffelei und den Verrat.

Áróra sank zu Boden, während die Zimmertür hinter Hákon ins Schloss fiel. Einer der größten Vorteile ihres Jobs war, dass sie ihre Gerechtigkeit selbst verteilen konnte – doch die Gerechtigkeit schmeckte nicht immer. Das Auge, das den Schlag abbekommen hatte, sah nichts als Schwarz, und dahinter, in ihrem Kopf, spürte sie jetzt ein heftiges Pochen. Sie würde das kühlen müssen. Sofort einen kalten Waschlappen aufs Auge und dann zur Eiswürfelmaschine auf dem Flur, um es noch mehr kühlen zu können. Doch bevor sie aufstand, um sich das alles zu besorgen, würde sie noch ein paar Minuten hier sitzen bleiben und über Ísafold nachdenken, die genau das so oft erlebt hatte. Dieses merkwürdige Gefühl, dass die Hand, die so zärtlich sein kann, im nächsten Moment zum Schlag ausholt.

102

Olga war froh, dass sie es doch zur Arbeit geschafft hatte, obwohl der Fabrikeigentümer ihr angeboten hatte, zu Hause zu bleiben, falls sie sich schlapp fühlte oder schlecht geschlafen hätte. Der Chef war in ihrem Alter und konnte nachvollziehen, wie Rheumaschmerzen und Angstzustände den Schlaf beeinträchtigen konnten. Und da die Fabrik ihr sowieso noch etwas schuldete, nachdem sie in ihrem langen Arbeitsleben so gut wie nie gefehlt hatte, durfte sie jetzt morgens etwas später zur Arbeit erscheinen, wenn sie sich, so wie heute Morgen, nicht gut fühlte.

In der Kaffeepause waren ihre Kolleginnen feinfühlig und taktvoll gewesen. Sie hatten ihr tröstend über den Arm gestrichen und sie gefragt, ob das vielleicht die Trauer um Jonni sei, die jetzt endlich herauswolle. Sie hatte daraufhin genickt, denn ganz abwegig war das nicht. Sie hatte sich erhobenen Hauptes durch den Tod ihres Jungen gekämpft und allen anderen gegenüber ihre Pflicht erfüllt. War regelmäßig zur Arbeit erschienen, hatte für die Beerdigung alles selbst gebacken und hatte niemanden ihre Tränen sehen lassen. Aber jetzt war es, als hätte das plötzliche und unerwartete Verschwinden Ómars sie völlig aus der Bahn geworfen. Vielleicht war sie dem Jungen zu nahe gekommen, auch in emotionaler Hinsicht. Vielleicht hatte sie ihn einfach viel zu gern.

Sie stand gerade an der Ampel gegenüber dem Einkaufsgebiet *Skeifan*, als ihr Handy einen Piepton von sich gab. Sie bückte sich und griff nach ihrer Handtasche, die auf dem Boden vor dem Beifahrersitz stand, als das Auto hinter ihr ungeduldig hupte, weil die Ampel auf Grün gesprungen war. Also fuhr sie weiter, in den Kreisverkehr hinein, am *Skeifan* entlang, über die Brücke und in die Kurve hinunter auf die Miklabraut, doch dann konnte sie sich nicht länger zurückhalten und schaute auf das Display. Vielleicht war die Nachricht ja von Ómar! Sie fuhr auf den Randstreifen und hielt an einer Bushaltestelle, und obgleich sie wusste, dass das verboten war, beschloss sie, so zu tun, als hätte sie eine Panne, und schaltete das Warnblinklicht ein, während sie nach ihrer Tasche griff.

Mit zitternden Händen kramte sie nach dem Telefon. Warum in aller Welt sammelte sich dieser ganze Krempel ausgerechnet in ihrer Handtasche an? Bonbonpapierchen, Stifte, Kassenzettel, Sonnenbrille, ihre Brieftasche, Kreuzworträtselheft, Hausschlüssel, Haarspray. Wo war dieses vermaledeite Telefon? Etwa in dem Moment, als das Handy in der Unordnung zum Vorschein kam, ließ es einen weiteren Signalton hören, und das Vibrieren in ihrer Hand schickte eine Welle aus mit Angst vermischter Vorfreude durch ihren ganzen Körper.

Die Nachricht kam von einer unbekannten, langen Nummer, offensichtlich aus dem Ausland. Sie öffnete sie, und es war ihr, als ob ihr Herz in einen undefinierten Hohlraum stürzte, so groß war die Erleichterung.

Ich bin in Kanada!, besagte die Nachricht. *Übernachte bei einem Freund, er hilft mir, Arbeit zu finden. Und dann kommst du mich besuchen, Mama. Ja?*

Olga lachte laut auf und wischte sich die Tränen aus den Augen. Sie ließ den Wagen an, fuhr zurück auf die Miklabraut und setzte den Blinker, um die nächste Abzweigung in Richtung Kópavogur zu nehmen. Sie würde nach Hause fahren und sich mit einem Kaffee und zwei Butterkeksschnitten an den Küchentisch setzen, bevor sie auf die Nachricht antwortete.

Früher oder später wäre das ohnehin so gekommen. Er hatte schon immer mit Kanada geliebäugelt, falls das mit Island schiefgehen sollte. Und natürlich wusste sie, dass der Tag kommen würde, an dem er von ihr fortginge. Aber sie hatte erwartet, dass sie von Trauer und Leid überwältigt wäre. Sodass das Glücksgefühl, von dem sie jetzt erfüllt war, ziemlich überraschend kam. Sie hätte am liebsten gesungen. Ómar schien in einem sicheren Hafen gelandet zu sein. An einem Ort, an dem er sich hoffentlich eine Zukunft aufbauen konnte.

Das Einzige, das sie jetzt bereute, war, ihn nicht gefragt zu haben, wie er wirklich hieß. Sie hätte gern gewusst, welchen Namen er als kleiner Junge gehabt hatte. Aber vielleicht war es so, dass der Mensch sich, nicht weniger als durch andere Dinge, durch sein Umfeld definierte. Vielleicht war er einfach niemand und hatte gar keinen Namen, seitdem er sein Heimatland, seine Familie, sein früheres Leben verlassen hatte. Vielleicht war er genau der, den sie sah und kannte? Und für sie war er Ómar. Vielleicht sollte sie ihr Erspartes in ein Flugticket nach Kanada stecken und ihm von Angesicht zu Angesicht diese Frage stellen? Sie könnte ihm die Hand reichen und sagen: »Ich heiße Olga. Und wie heißt du?« Er würde ihr seinen Namen sagen, und dann würden sie einkaufen gehen und kanadische Lebensmittel erstehen, und er würde für sie kochen. Sie wusste nicht, wie kanadisches Essen schmeckte, ob es sich von europäischem Essen unterschied oder nicht. Aber es würde Spaß machen, das herauszufinden. Sie hatte sich immer gewünscht, mehr zu reisen.

103

Daníel war der Erste, der vor dem Wohnblock im Engihjalli eintraf und darauf wartete, dass die Kollegen von der Polizei und die Spurensicherung vor Ort erschienen. Er stöhnte leise bei dem Gedanken an alles, was getan werden musste, bevor er auch nur einen Fuß in die Wohnung setzen konnte. Im Stillen ging er die To-do-Liste durch und war dankbar dafür, dass es sich nur um eine Wohnung handelte und nicht um ein ganzes Haus mit Garten, das sie durchkämmen müssten. Jede Örtlichkeit war einzigartig, sodass der größte Teil der Liste darauf hinauslief, abzuwägen und zu beurteilen, was an welchem Ort zu tun war. In diesem Fall war das Ziel, nach Hinweisen auf Björns Aufenthaltsort zu suchen und nach irgendwelchen Spuren, die Aufschluss über Ísafold und ihr Schicksal geben konnten.

Er schaute sich um und entdeckte zu seiner Zufriedenheit, dass entlang der Hausmauer kein Unkraut zu sehen war, obwohl zwischen dem Gehsteig und der Hauswand ein langer Riss verlief. Es gab offenbar noch mehr Leute, die die Unkrautvernichtung im Frühsommer ernst nahmen. Lady Gúgúlú und die Verborgenen, die, wie die Lady anscheinend glaubte, im Felsen hausten, wären sicher nicht begeistert, dachte er und grinste, doch dann schüttelte er diese unsinnigen Gedanken von sich ab, als drei Polizeistreifen auf den sauber gekehrten Parkplatz einbogen. Aus dem ersten Wagen stieg Helena, zu allem bereit und mit einem Aktenordner in der Hand, der alle Unterlagen enthielt, die sie brauchen würden.

»Jaja«, sagte sie und reichte ihm ein Blatt aus dem Ordner. »Wird ein langer Tag.«

»Ja«, sagte er und unterdrückte ein Gähnen. Fast immer wurde er, wenn er am Schauplatz einer mutmaßlichen Straftat war, von einer bleiernen Müdigkeit erfasst. Er blickte auf das Blatt, das Helena ihm gegeben hatte. Die Eintragung von Björns Auto im isländischen Fahrzeugregister. Blauer Subaru Outback. Er schaute sich um und entdeckte das Auto sofort, das auf seinem angestammten Parkplatz stand, der mit der Nummer von Björns Wohnung gekennzeichnet war. Er verglich die Fahrgestellnummer auf dem Papier mit der auf dem Kraftfahrzeug, und als beide übereinstimmten, reichte er einem der Uniformierten das Formular. »Wir müssen das Auto auch mitnehmen.«

»Ich rufe an und bestelle den Abschleppdienst«, sagte Helena und hielt sich das Handy ans Ohr. Mit Helena zu arbeiten war angenehm. Sie war flink und tat immer alles sofort, was getan werden musste, anstatt die einzelnen Punkte zu endlosen To-do-Listen zusammenzutragen und sie dann irgendwann abzuarbeiten, so wie manche das taten. »Warum ist er wohl nicht in seinem Auto raus zum Flughafen gefahren?«, fragte sie, während sie darauf wartete, dass jemand ans Telefon ging. Als die Verbindung hergestellt war, trat sie ein paar Schritte beiseite, ohne Daníels Antwort abzuwarten. Auch Daníel grübelte über diesen Punkt nach. Die wahrscheinlichste Erklärung war, dass

Björn versucht hatte, zu vertuschen, dass er sich ins Ausland abgesetzt hatte. Aus gutem Grund hatte er die automatische Grenzkontrolle am Flughafen vermieden, um kein scharfes Foto zu hinterlassen. Auf den Fotos der Zollabfertigung blickte er immer zu Boden, zweifellos, um sein Gesicht zu verbergen.

Das Team der Spurensicherung war am Tatort eingetroffen, und die Beamten waren kaum aus dem Auto gestiegen, als sie begannen, in ihre weißen Schutzanzüge zu steigen. Daníel ging auf sie zu und deutete auf das Auto, das sie fotografieren sollten, bevor es ins kriminaltechnische Labor gebracht und in seine einzelnen Atome zerlegt werden würde, und sagte ihnen, dass Helena und er als Erste die Wohnung betreten wollten, sobald der Schlüsseldienst das Schloss geknackt hätte. Er nahm an, sie würden nicht lange brauchen, um sich ein Bild zu machen. Zuerst die Standardpunkte: Was in der Wohnung gehörte Ísafold? Schien sie ihre Sachen gepackt zu haben, als wollte sie ausziehen? Oder hatte sie eher eine kürzere Reise vor? Hatte Björn seine eigenen Sachen gepackt, für eine kurze Reise oder eine lange? Er ging nicht davon aus, dass er in der Wohnung sichtbare Spuren einer Auseinandersetzung vorfinden würde. Also würde die Spurensicherung ihre Arbeit tun, um herauszufinden, ob irgendwelche unsichtbaren Spuren vorlagen.

Kurze Zeit später stand er neben Helena, und beide sahen zu, wie der Mann vom Schlüsseldienst Björns Wohnung aufbrach. Er öffnete das Schloss wie der Blitz, dann drehte er leicht am Knauf und öffnete die Tür einen Spaltbreit; er nickte kurz und trat zur Seite, um Daníel hineinzulassen. Der zog seine Handschuhe über und stemmte die Tür vorsichtig ein Stück weiter auf, damit er durchpasste. Dann betrat er die Wohnung, und im selben Moment spürte er es.

Das Flackern in seinem Kopf wurde immer stärker, sodass es ihm fast die Sicht nahm. Er holte tief Luft, atmete es ein, und in seinen Ohren pfiff es wie ein Wind, der ein bedrohliches Flüstern mit sich trug, sodass sich jedes Haar an seinem Körper aufstellte und jede einzelne Zelle seiner Haut es wahrnahm. Hier drinnen war jemand zu Tode gekommen.

104

Grímur hatte die Wohnungstür halb geöffnet, saß im Türspalt auf dem Fußboden und hörte zu, was im Treppenhaus und im Stockwerk über ihm vor sich ging. In der Wohnung der beiden. Ein Polizeibeamter war kurz vorbeigekommen, hatte sich für die Störung entschuldigt und erklärt, in einer dieser Wohnungen im Haus sei eine Durchsuchung im Gange, aber leider könne er den Grund nicht nennen. Grímur wusste das alles natürlich, spielte aber den Unbedarften. Der nächste Polizist war jung und nervös und wollte ihm ein paar Fragen über die Nachbarn stellen, die Grímur alle wahrheitsgemäß beantwortete. Dass Björn Ísafold geschlagen hatte. Dass er sie einige Male verletzt hatte. Dass er ein brutaler Schlägertyp war.

Als der Polizist fragte, wann er Björn zuletzt gesehen habe, log Grímur. Sagte, dass das gestern gewesen sei. Am Nachmittag. Im Treppenhaus. Er habe Björn gefragt, ob er ins Ausland verreisen wolle, weil er seinen Reisepass in der Hand gehabt habe und eine Reisetasche über der Schulter. Allerdings habe er nicht verstanden, was Björn geantwortet habe. Der Polizist notierte alles gewissenhaft und dankte Grímur wortreich für seine Hilfe. Grímur bot ihm an, auf einen Kaffee hereinzukommen, ein Angebot, durch das er hoffte, interessiert zu wirken. Um den neugierigen Nachbarn zu spielen, der überall seine

Nase hineinsteckte. Er wusste genau, dass ein Polizist niemals allein in seine Wohnung kommen würde, und außerdem war dieser hier sicherlich noch viel zu jung, um Kaffee zu trinken. Jugendliche bezogen ihr Koffein aus Energydrinks. Und das traf offenbar auch hier zu. Der Polizist schüttelte den Kopf, wurde rot und sagte, er trinke noch keinen Kaffee.

Und nun saß Grímur wieder an der geöffneten Tür und hörte zu, wie das Team der Spurensicherung sich ins Zeug legte. Die Leute schienen hauptsächlich Kisten und Taschen die Treppe rauf und runter zu tragen. Offensichtlich hatten sie für ihren Einsatz massenweise Utensilien dabei.

»Das Luminol erleuchtet die halbe Küche«, sagte eine tiefe Stimme auf dem Flur. »Hier hat jemand aber gehörig geblutet.«

»Es sei denn, jemand hat mit einer Flasche Chlor in der Küche herumgespritzt«, sagte eine andere, deutlich schrillere Stimme, und Grímur konnte nicht heraushören, ob sie einer Frau oder einem Mann gehörte. »Chlor ruft dieselbe Reaktion hervor wie Blut.«

»Und Meerrettichsauce auch«, sagte die dritte Stimme. »Die ist vielleicht in einer Küche noch etwas üblicher. Wenn so eine Glasflasche runterfällt, hast du Sauce überall.

»Ist das nicht ein Mythos?« sagte die erste, tiefe Stimme.

»Was?«, fragte jemand.

»Das mit dem Luminol und der Meerrettichsauce. Ist das nicht bloß ein Mythos?«

»Nein, das glaube ich nicht. Es gibt doch unzählige Stoffe, die durch Luminol zum Leuchten gebracht werden. Nicht nur Blut.«

»Wie wär's mit ner Kaffeepause?«

»Ja.« Grímur hörte, wie die schrille Stimme *Kaffee!* in die Wohnung rief, dann hörte man Schritte im Treppenhaus.

»Sie will keinen Kaffee. Sie kniet auf dem Toilettenboden mit der Nase fast auf den Fliesen und kratzt mit Pinzette und Ohrstäbchen irgendetwas weg«, sagte die tiefe Stimme.

»Die Wissenschaft edelt jede Tat«, sagte die dritte Stimme, worauf ein vielstimmiges Lachen folgte.

Grímur stand auf, als die Gruppe gerade an seiner Wohnung vorbeiging, und öffnete die Tür bis zum Anschlag. Es waren zwei uniformierte Polizeibeamte und einer in Zivil, der einen laminierten Dienstausweis an einem Band um den Hals trug.

»Gibt's Neuigkeiten?«, fragte Grímur und riss die Augen auf, um seine Neugier besonders deutlich zu machen. Er wollte sichergehen, als der neugierige Nachbar abgestempelt zu werden. Der neugierige, aufdringliche, unerträgliche Nachbar.

»Nein, nichts Neues«, sagte der eine der Uniformierten, offenkundig der mit der tiefen Stimme. »Wir sind auch bald fertig hier.« Grímur sah ihnen hinterher und konnte beinahe vor sich sehen, wie sie über diesen nervtötenden Nachbarn die Augen verdrehten, der ständig auf den Flur hinausschoss und irgendwelche Fragen stellte.

Ein unerträglicher Nachbar, der seine Nase in die Arbeit der Polizei steckte, war nämlich nicht verdächtig. Ganz im Gegenteil, er war die Unschuld in Person.

105

Áróra brauchte eine Weile, um sich zu orientieren, als sie sich beim Aufwachen auf Daníels Sofa wiederfand. Es überraschte sie, dass sie offenbar nur einen Moment, nachdem er ihr das Sofa zum Schlafen angeboten und eine dicke Wolldecke über sie gebreitet hatte, tief und fest eingeschlafen war. Er hatte wissen wollen, wie sie zu dem blauen Auge gekommen war, und sie hatte nur mit dem Kopf geschüttelt und gesagt: »*You should see the other guy.*«

Das Letzte, woran sie sich erinnerte, war, dass sie müde und ausgelaugt auf dem Sofa gelegen hatte, schweißgebadet und zugleich vor Kälte zitternd. Ihr Auge pochte vor Schmerz, die Wolldecke kratzte und das Herzklopfen, das die ganze Zeit in ihrer Brust gedröhnt hatte, während sie und ihre Mutter vor dem Wohnblock im Engihjalli im Auto gesessen und die Polizeibeamten samt ihren weiß gekleideten Kollegen beobachtet hatten, war immer noch nicht abgeklungen.

Die Leute gingen rein und raus, setzten sich ins Auto und fuhren weg, kamen zurück, stiegen wieder aus und verschwanden in der Wohnung, dazwischen standen sie immer wieder für längere Zeit herum und unterhielten sich, schlürften Kaffee oder aßen irgendwelche Snacks aus Papiertüten. Ihre Mutter hatte ihr Strickzeug dabei, machte aber immer wieder Pausen, um mitzuverfolgen, was sich draußen vor dem Wohnblock abspielte.

»Was sie jetzt wohl gerade machen?«, sagte sie ein paarmal, wahrscheinlich mehr zu sich selbst als zu Áróra und offenbar auch, ohne eine Antwort zu erwarten.

Áróra spürte, wie die Anspannung in ihrem Inneren überhandnahm, und als die weiß gekleideten Jungs zum dritten Mal mit ihren Kaffeebechern herumstanden, hatte sie gute Lust, aus dem Auto zu springen, auf sie zuzulaufen und sie anzuschreien, sie sollten endlich loslegen und ermitteln, ob sich in der Wohnung irgendetwas befand, das über Ísafolds Schicksal Aufschluss gab.

Als sie kurz davor war, zu explodieren, schien es, als ob Daníel das gespürt hätte, denn jetzt überquerte er die Straße und setzte sich zu Mutter und Tochter ins Auto.

»Wir sollten nach Hause fahren und Kaffee trinken«, hatte er gesagt. Mit seinem ruhigen Tonfall. »Das hier wird noch eine Weile so weitergehen, und Ergebnisse wird es vorerst sowieso noch keine geben.«

Als sie in Daníels Wohnung ankamen, ging ihre Mutter gleich hinüber ins Gästezimmer, um sich hinzulegen, und Áróra fragte sich, wie oft sie diese Ruhepausen am Tag eigentlich brauchte. Daníel bot ihr an, sich auf dem Sofa auszustrecken, und während das Kaffeewasser siedete, schlief sie fast augenblicklich ein, so fest, dass sie, als sie die Augen wieder öffnete, lange brauchte, bis sie zu sich kam.

Mittlerweile hatte sich das goldgelbe Tageslicht in Blau verwandelt, es schien Abend geworden zu sein. Sie setzte sich auf und rieb sich die Augen. Ihre Mutter schlief anscheinend immer noch, ihr dumpfes Schnarchen drang aus dem Gästezimmer, doch Daníel war nirgends zu sehen. Vielleicht war er noch mal in den Engihjalli gefahren. Áróra nahm ihr Handy vom Couchtisch und wollte gerade seine Nummer eingeben, da sah sie ihn durch das Wohnzimmerfenster draußen im Garten. Er war barfuß, hatte die Hosenbeine bis zur halben Wade hochgekrempelt und schien mit sich selbst zu reden. Er stützte sich mit einer Hand auf den Lavafelsen am Ende des Gartens und gestikulierte mit der anderen Hand, während er sprach, so als murmelte er nicht nur vor sich hin, sondern führte ein tatsächliches Gespräch.

Áróra öffnete die Terrassentür und trat hinaus, und in diesem Moment drehte Daníel sich um.

»Hast du mit dir selbst geredet?«, fragte sie, und er lächelte entschuldigend.

»Ja«, sagte er. »Das mache ich hin und wieder. Ich habe schon mal in Worte gefasst, wie ich das ausdrücken könnte, was ich dir sagen muss. Dir und deiner Mutter.« Áróra spürte, wie etwas in ihren Oberschenkelmuskeln nachgab, sodass sie kraftlos wurden und sich aufzulösen schienen. Es war, als schwebte sie einen halben Meter über dem Boden in unruhiger Luft, ganz ohne Kontakt zur Erde.

»Was?«, fragte sie, und noch bevor er etwas sagen konnte, wusste sie es. Sie sah es in seinem Gesichtsausdruck. Ísafold war tot.

»Die Spurensicherung hat vorhin angerufen. Die ersten Ergebnisse – und ich betone, das sind nur die ersten Ergebnisse –

weisen darauf hin, dass jemand in dieser Wohnung getötet oder sehr schwer verletzt wurde. An der Badezimmertür scheint viel Blut gewesen zu sein, das man versucht hat zu entfernen, und an den Küchenschränken ebenfalls. Áróra nickte heftig, um Daníel zu signalisieren, dass sie alles gehört und verstanden hatte, denn sie bekam fast kein Wort heraus. Ihr Hals war so zugeschnürt, dass sie kaum Luft bekam.

»Aber er hat sie immer wieder geschlagen und verletzt, dann könnte das doch auch altes Blut sein?«, keuchte sie schließlich hervor, und dann sah sie, wie die Trauer sich über Daníels Gesicht legte, als er die letzte Hoffnung in ihrer Brust auslöschen musste.

»Wir verwenden einen Stoff namens Luminol«, sagte er leise, »um vorläufige Ergebnisse zu erhalten. In Björns Auto war das Resultat recht ergiebig, eine ganze Pfütze, die wir erst für Blut gehalten haben, die sich aber nach weiteren Untersuchungen als Urin herausgestellt hat. Mitten im Kofferraum.«

106

Grímur hatte es sofort gewusst, als er in der Nacht von einem Lärm hochgeschreckt war und aus dem Fenster gesehen hatte. Er wusste, dass Ísafold in dem Koffer war, den Björn auf dem Weg zum Auto hinter sich herzog. Er erkannte es daran, wie Björn sich abmühte, den Koffer in sein Auto zu hieven, und daran, dass er viel schwerer war, als Koffer normalerweise sind.

Und die ganze Zeit über, während er ihm hinterherfuhr, in angemessenem Abstand die Reykjanesbraut entlang und dann mit noch mehr Abstand und ausgeschalteten Scheinwerfern auf den Geröllpisten direkt in die Lavawüste hinein, wusste er, dass Ísafold sich in dem Koffer befand und dass sie tot war. Und sein Herz schrie vor Schmerz.

Denn er hatte Ísafold geliebt. Er hatte sie so sehr geliebt, dass er weinend im Moos gelegen hatte, nachdem er sein Auto hinter einem Schotterhügel abgestellt hatte und lautlos in das holperige Lavafeld gelaufen war, auf Björns Fersen, der im Schritttempo und im ersten Gang vor sich hin schaukelte und immer wieder aus dem Auto stieg und nach einem passenden Ort suchte, um den Koffer loszuwerden. Und nachdem Björn das Lavafeld verlassen hatte und das Motorengeräusch seines Wagens in der Stille verhallt war, war Grímur in die Lavaspalte geklettert und hatte den Reißverschluss ein kleines Stück aufgezogen, sodass eine bleiche Hand durch den Spalt herausfiel. Er erkannte diese Hand sofort, obwohl sie durchscheinend wirkte in dem blauen Mitternachtslicht, und er hatte die Hand geküsst und *ich liebe dich* in die stille Frühlingsnacht geflüstert in der Hoffnung, dass ihre Seele sich noch nicht vom Körper gelöst hatte und hier irgendwo über dem Lavafeld schwebte und ihn sagen hörte, was er ihr im richtigen Leben nie zu sagen gewagt hätte.

Die Fahrt durch die Lava hatte einen Wendepunkt markiert. Die Trauer war ein stechender Schmerz, aber zugleich hatte er in seiner Brust eine metallische Entschlossenheit gespürt, wie messerscharfer Stahl. Entweder entdeckte er dort ein neues Ich, von dem er nichts gewusst hatte, oder die Zeit auf den scharfen Lavasteinen hatte ihn einfach verändert. Denn als er aufstand, wusste er, dass er jemanden töten könnte. Er könnte Björn töten. Björn, der Ísafold gequält hatte. Björn, der ihre Liebe und ihre Geduld nicht zu schätzen gewusst hatte. Björn, der nicht zu verstehen schien, wie kostbar es war, dass eine Frau wie Ísafold ihn liebte.

In diesem Moment hatte Grímur beschlossen, dass sechzehn Jahre Haft nicht ausreichten. Sechzehn Jahre Haft, abgesessen davon zehn, waren keine ausreichend hohe Strafe für die vielen blau geschlagenen Augen. Für die Schreie, das Weinen und die Verzweiflung, die bis ins untere Stockwerk hinunterdrangen. Dafür, dass er sie totgeprügelt hatte, den malträtierten Körper zusammengestaucht, in einen Koffer gestopft und in eine Lavaspalte geworfen hatte wie irgendwelchen Unrat. Und deshalb rief Grímur nicht die Polizei, um Björn zu verraten, sondern beschloss, Ísafold selbst zu rächen.

107
JETZT

Ich schwebe immer noch einen halben Meter über der Erde, und das fühlt sich komisch an. Ich habe Mühe, mich aufrecht zu halten, und mir ist schwindlig.

Ísafold ist wahrscheinlich tot, sagt Daníel. Alles deutet darauf hin.

Nichts deutet darauf hin, dass sie in der Sonne an einem italienischen Strand liegt, Cocktails trinkt und in einem bunten Kleidchen zum Tanzen geht.

Nichts deutet darauf hin, dass sie nach Kanada gegangen ist, um dort mit Björn ein neues Leben anzufangen, ohne Schulden und ohne Stress.

Und nichts deutet darauf hin, dass sie irgendwo bei irgendwem in einem gemütlichen Gästezimmer sitzt, fernschaut und darauf wartet, sich zurück in die Gesellschaft zu begeben.

Nichts deutet darauf hin, dass sie irgendwo am Leben ist.

Blut an Türen und Urin auf der Unterlage im Kofferraum deuten hingegen darauf hin, dass sie tot ist. Dass meine große kleine Schwester, auf die ich aufpassen sollte, tot ist.

Mir wird schon wieder schwindlig, ich bekomme keinen Kontakt zur Erde, bin nicht im Gleichgewicht. Habe das Gefühl zu fallen.

108

FREITAG

Áróra konnte nicht anders, als die Kraft ihrer Mutter zu bewundern, während sie ihr nachschaute, wie sie in der Abflughalle die Rolltreppe hochfuhr. Ihre Mutter hatte sie schon am frühen Morgen angerufen, nachdem sie gerade ein Flugticket nach Hause gekauft hatte. Sie hatte gesagt, sie wolle bei sich zu Hause sein, um sich zu erholen. Wo sie im eigenen Bett schlafen und anständigen Tee trinken könne. Diese endlose Kaffeetrinkerei in Island habe ihr nicht gutgetan. Zu Hause habe sie ihre Schwester und eine Freundin direkt nebenan, die sich um sie kümmern würden.

Als Áróra sie abgeholt hatte, hatte sie ruhig gewirkt. Traurig, aber beherrscht. Viel beherrschter als damals, als Áróras Vater gestorben war. Vielleicht lernte man so etwas mit dem Alter. Eine Art von Gelassenheit und Gewissheit, dass sich der Gang von Leben und Tod nicht steuern ließ.

Áróras Befinden war anders. In ihrem Inneren brodelte eine ungestüme Gischt, die darauf wartete, hervorzubrechen. Sie spürte das starke Bedürfnis, zu verstehen, was ihrer Schwester zugestoßen war. Das Bedürfnis, etwas zu tun. Die Sache selbst in die Hand zu nehmen. Also hatte sie sich eine Landkarte vom Südwesten Islands besorgt, hatte sie mit einem Fineliner in kleine Quadrate unterteilt und alle selten befahrenen

Schotterpisten durchnummeriert. Wenn sie diese Wege abfahren würde, ein paar davon pro Woche, und dabei die Augen offen hielt, dann hätte sie wenigstens etwas zu tun. Nicht, dass sie erwartete, direkt auf die Leiche ihrer Schwester zu stoßen, ganz so unrealistisch waren ihre Gedanken nicht, aber immerhin würde sie auf gewundenen Schotterstraßen vor sich hin zuckeln, anstatt tatenlos herumzusitzen und die Hände in den Schoß zu legen.

Áróra hatte geweint, als sie ihre Mutter zum Abschied umarmt und Mama sie gefragt hatte, weshalb sie nicht einfach mit ihr nach Hause komme. Doch Áróra konnte nicht. Sie konnte sich einfach nicht dazu durchringen, mitzugehen. Es war, als ob das Land selbst sie festhielte. Das Land, das bereits Ísafold irgendwo festhielt.

Daníel und seine Kollegin Helena hatten ihnen erklärt, dass ein großer Teil der Menschen, die in Island verschwanden, nie gefunden wurden. Das Land sei viel zu groß und dünn besiedelt. Und zum großen Teil schwer passierbar. Unwirtliche Lava, Erdspalten und Wasserfälle, die tiefe Schluchten hinunterstürzten. Bergseen, so eisig, dass eine Leiche nicht an die Oberfläche kam. Und das ungestüme Meer auf allen Seiten.

Als ihre Mutter oben am Ende der Rolltreppe angekommen war, drehte sie sich um, tippte mit der Hand auf ihre Lippen und schickte Áróra einen Handkuss. Áróra sandte einen Kuss zurück, lächelte und winkte, während ihre Mutter um die Ecke bog und hinter der Sicherheitskontrolle verschwand. Sie spürte einen tiefen Stich in der Magengegend, als sie ihr hinterherschaute, aber sie würde sie bald besuchen. Wenn sie Antworten auf ihre Fragen bekommen oder sich damit abgefunden hätte, sie niemals zu bekommen.

Nachdem ihre Mutter aus ihrem Blickfeld verschwunden war, zögerte Áróra eine Weile, dann verließ sie das Flughafengebäude und ging zum Parkplatz. Ein Geruch von Treibstoff hing in der kühlen Luft, und das Dröhnen von den Rollfeldern wies darauf hin, dass sich soeben ein Düsenjet in die Luft erhob. Früher hatte sie es oft nicht erwarten können, von hier wegzukommen, aber jetzt war alles anders. Jetzt war ihre Schwester eine der verlorenen Seelen, die durch dieses raue Land schwebten. Und solange sie nicht wusste, wo ihre Schwester war, konnte sie nicht von hier weg. Sie konnte Ísafold nicht verlassen.

LESEPROBE

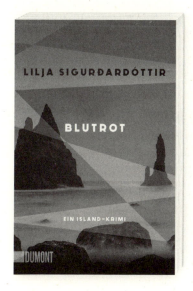

Aus dem Isländischen
von Tina Flecken

ca. 368 Seiten / Auch als E-Book

Wir haben deine Frau, Guðrún Aronsdóttir, in unserer Gewalt.

Wir fordern ein Lösegeld von zwei Millionen Euro in nicht nummerierten Zweihundert-Euro-Scheinen bis Ende der Woche.

Du bekommst eine Nachricht, wo du das Geld hinbringen sollst.

Wir wollen deiner Frau nichts antun, aber wenn du die Polizei einschaltest, bringen wir sie um.

Und wenn du nicht bezahlst, bringen wir sie auch um.

Guðrúns Leben liegt in deiner Hand.

1

MONTAG

Der Brief lag auf dem Küchentisch. Eine A4-Seite, mit Tintenstrahldrucker bedruckt. Die wenigen Zeilen auf dem ansonsten leeren Blatt erklärten nicht, was passiert war, aber ihre Aussage war so erschreckend, dass Flosi weiche Knie bekam und ihm schwindelig wurde. Er sank auf einen Küchenstuhl und las die Nachricht noch einmal. Dabei bemühte er sich, in den Bauch zu atmen, der sich beim Anblick der unordentlichen Küche zusammengekrampft hatte.

Die Zutaten für das Abendessen lagen auf der Arbeitsplatte. Hummer aus dem Hornafjörður, der wohl schon länger dort lag, denn die Schale hatte sich schwarz verfärbt. Guðrún war offenbar mit der Vorbereitung des Essens beschäftigt gewesen; auf dem Schneidebrett häuften sich gehackte Kräuter, und in der Pfanne auf dem Herd war ein Klacks geschmolzener Butter, über den sie wie üblich Zitrone geträufelt hatte. Guðrúns Hummergericht war köstlich, und Flosi spürte zu seinem Entsetzen, wie ihm beim Gedanken daran das Wasser im Mund zusammenlief. Er konnte die Beschaffenheit des Hummers, den Guðrún immer kurz in Knoblauch-Zitronenbutter mit Kräutern und frisch gemahlenem schwarzem Pfeffer in der Pfanne anbriet, fast auf der Zunge schmecken.

Als wäre das eine ganz neue Erkenntnis, schoss ihm durch den Kopf, wie glücklich er sich schätzen konnte, mit einer so fantastischen Köchin verheiratet zu sein. Manche Männer mussten sich mit Gerichten zufriedengeben, deren Zubereitung mehr auf Pflichtbewusstsein denn auf Können beruhte. Und manche Männer mussten sich sogar selbst um ihr Essen kümmern. Dabei sollte er nach zwölf Jahren Ehe eigentlich wissen, dass seine Frau eine gute Köchin war, aber es wurde ihm auf einmal so klar: Er konnte sich in vielerlei Hinsicht glücklich schätzen, mit Guðrún verheiratet zu sein. Aber jetzt war das Unheil über ihn hereingebrochen.

Er hatte sich schon öfter gefragt, wann ihm endlich mal ein Unglück zustoßen würde. Er war fünfundfünfzig Jahre alt und hatte miterlebt, wie seine Altersgenossen Krebs bekamen, Pleite gingen, Autounfälle hatten. Einer hatte sogar ein Kind verloren. Alle hatten ihr Päckchen zu tragen. Außer ihm. Er war stets auf dem Wellenkamm des Glücks durchs Leben gesurft und hatte gehofft, dass ihm die kalten Güsse erspart blieben, die das Leben über anderen ausschüttete.

Gewiss hatte er eine Scheidung mit den dazugehörigen Dramen durchlebt, und gewiss war Iða Þöll als Jugendliche schwierig gewesen, außerdem hatte er oft viel arbeiten müssen, um die Firma am Laufen zu halten. Und er hatte die Enttäuschung darüber, dass Guðrún und er kein Kind bekommen konnten, schlucken müssen. Aber im Grunde war ihm nie etwas wirklich Schlimmes passiert. Bis jetzt.

Während er heftig atmend dasaß, kam ihm der Gedanke, dass das gewissermaßen seine verdiente Strafe war. Er hatte

Guðrún in letzter Zeit nicht genug wertgeschätzt. Sie hatte ihn ziemlich gelangweilt, und auch sie schien jegliches Interesse an ihm verloren zu haben. Zwar sorgte sie für ein behagliches Ambiente, kochte nach wie vor leidenschaftlich gern, und beim Abendessen unterhielten sie sich über Gott und die Welt, aber sobald der Tisch abgeräumt war, wartete nur noch das Sofa. Nichts konnte Guðrún davon abhalten, auf dem Sofa vor der Glotze zu liegen, bis sie einschlief. Er saß in seinem Sessel und zappte durch die Fernsehsender, während sie mit offenem Mund leise schnarchte, das Gesicht schlaff im Kissen eingesunken.

Heute Abend würde sie definitiv nicht vor der Glotze hängen. Augenscheinlich hatte sie sich ihren Entführern widersetzt, denn auf dem Boden lag ein zerbrochenes Glas in einer Weißweinlache. Natürlich hatte sie sich wie üblich beim Kochen ein Glas Wein genehmigt. Daneben lagen eine rote Paprika und eine Gabel, außerdem war ein Küchenhocker umgekippt, als hätte sie danach getreten, als sie weggezerrt wurde. Und der Kühlschrank stand offen. Guðrún hätte niemals den Kühlschrank offen gelassen. Während Flosi das Chaos in der Küche betrachtete, stieg ihm plötzlich ein Geruch in die Nase. Brandgeruch. Er stand auf und schnupperte. Der Backofen war eingeschaltet und summte leise, als wäre der Lüfter in Betrieb. Guðrún hatte diesen sündhaft teuren Backofen genau aus diesem Grund gekauft, weil er einen so genialen Lüfter hatte, den sie unbedingt zum Kochen brauchte.

Flosi öffnete den Ofen und erblickte eine längliche Backform. Ohne nachzudenken, griff er danach, und sein Gehirn brauchte über eine Sekunde, um den Schmerz wahrzunehmen. Dann schrie er auf, zog die Hand zurück, schnappte sich einen Ofenhandschuh und holte das Brot heraus. Obwohl die Kruste zu einem schwarzen Höcker verkohlt war, erkannte er Guðrúns Islandmoos-Brot, das köstlich zum Hummer schmeckte. Nachdem er den Backofen ausgeschaltet hatte, gaben seine Beine nach, und er sank auf den Boden. Seine Augen füllten sich mit Tränen, und zusammen mit den Schmerzen in der verbrannten Hand drang die Verzweiflung zu ihm durch.

2
DIENSTAG

Áróra musste das Lenkrad des Jeeps gut festhalten, als sie vom Hafnavegur abbog und über die Schotterstraße holperte. Wobei Schotterstraße eine maßlose Übertreibung war – es handelte sich um eine dieser steinigen Pisten, die weder eine Straßennummer noch einen Namen hatte und wahrscheinlich nach einem kleinen Abstecher durch das Lavafeld wieder auf den Hafnavegur führen würde. Sie hätte nie geglaubt, wie viele dieser schwer befahrbaren Pisten von den nummerierten Straßen in Suðurnes abzweigten, als sie im Sommer begonnen hatte, die Region zu erkunden. Allein vom Hafnavegur, der Straße 44, führten ein Dutzend Wege in unterschiedliche Richtungen. Einige führten nach Norden und endeten an der Versorgungsstraße für die Start- und Landebahnen des Flughafens, andere an einer Kieshalde beim Vulkansystem Svartsengi. Doch die meisten führten nirgendwohin. Sie verloren sich einfach in der Landschaft und hörten mitten in der Lava auf. In einer Sackgasse. Genau wie die Ermittlung im Fall ihrer verschwundenen Schwester.

Áróra warf einen Blick über die Schulter durch das geöffnete Schiebedach. Die Drohne folgte ihr zuverlässig in zwölf Metern Höhe, so wie sie sie programmiert hatte. Das war hoch genug, um einige Meter rechts und links neben der Piste zu filmen, und tief genug, um scharfe Aufnahmen zu bekommen. Sie brauchte scharfe Bilder, wenn das hier etwas bringen sollte.

Áróra war überrascht, als die Piste abrupt endete. Sie hatte angenommen, dass es sich wieder einmal um ein Wegstück handelte, das in einem Bogen vom Hafnavegur weg- und wieder zu ihm zurückführte, doch als sie die Drohnenbilder mit der Karte abglich, stellte sie fest, dass sie sich auf einer anderen Piste befand als erwartet. Aber das spielte keine Rolle. Sie würde den Bogen einfach als Nächstes abfahren. Heute war der erste windstille Tag seit einer Woche, und sie musste die wenigen Tage nutzen, an denen sie die Drohne fliegen konnte. Die Leute sprachen darüber, dass bald der erste Sturm hereinbrechen würde, und daran konnte sie sich aus ihrer Zeit als Kind in Island noch gut erinnern. So würde es mit Unterbrechungen den ganzen Winter über weitergehen, und dann würde es immer wieder schneien, sodass der Schnee alles verhüllte.

Áróra stieg aus dem Auto, landete die Drohne, klappte sie ein und legte sie vorsichtig auf den Beifahrersitz. Sie blieb neben dem Wagen stehen und schaute sich auf dem Handy den Film an, den sie aufgenommen hatte. Jetzt sah sie, dass das Lavafeld schon Herbstfarben trug, die man aus der Nähe nicht erkennen konnte. In der Luftaufnahme erschienen Tupfen von Rostrot und Brauntönen an jenen Stellen, wo kleine Blattpflanzen aus dem graugrünen Moos wuchsen, das auf den ersten Blick die einzige Bedeckung der schwarzen Lava zu sein schien.

Als sie kurz vor dem Ende der Piste, etwa zwei Meter seitlich davon, etwas Blaues auf dem Film sah, machte ihr Herz einen Sprung. Sie zoomte die Stelle heran, konnte aber nur eine himmelblaue, glatte Fläche erkennen, halb unter einem Lavazacken begraben. Und weiter hinten, kurz nachdem sie vom Hafnavegur abgebogen war, lag etwas Weißes. Groß und weiß und so nah an der Piste, dass Áróra sich fragte, warum sie es nicht bemerkt hatte.

Sie stieg ein, wendete den Wagen und fuhr zurück, ungeduldig, weil sie nur in Schneckentempo vorankam. Aber Gas geben war unklug, sonst würde sie noch auf einen spitzen Stein prallen und müsste für einen Reifenwechsel Zeit und Energie verschwenden. Und die brauchte sie, um zu suchen. Um immer weiter zu suchen.

Eilig sprang sie aus dem Jeep, ließ die Tür offenstehen und stapfte über eine dicke Lavaplatte zu dem Zacken, der den blauen Gegenstand verdeckte, den sie auf dem Film gesehen hatte. Das rhythmische Piepen des Autos wurde zum Begleitgeräusch ihres eigenen Herzschlags, der lauter wurde, je näher sie der Stelle kam. Das blaue Ding war aus Plastik, und eine Welle der Enttäuschung überrollte sie, wie üblich vermischt mit Erleichterung, wenn etwas, das sie auf den Drohnenfilmen entdeckt hatte, sich als Müll entpuppte. Diesmal war es eine zerbrochene Plastiktonne.

Áróra seufzte und zog an dem Plastikteil. Es lag bestimmt schon lange dort, war fast mit der Lava verwachsen, sodass sie mehrmals daran ruckeln musste, bis es sich löste und sie es zum Auto schleppen und in den Kofferraum zu dem anderen Müll werfen konnte, den sie an diesem Morgen eingesammelt hatte. Der weiße Gegenstand, der fast direkt neben dem Hafnavegur lag, entpuppte sich als zerfetzte Baufolie. Áróra faltete sie zusammen und legte sie ebenfalls in den Kofferraum. Müllsammeln ist wenigstens sinnvoll, dachte sie und vermied es wie üblich, sich ihre Reaktion vorzustellen, wenn sie tatsächlich fände, wonach sie suchte. Die Leiche ihrer Schwester.

Sie war gerade wieder in den Jeep gestiegen, als ihr Handy klingelte. Normalerweise ging sie während ihrer Suchexpeditionen nicht ans Telefon, weil sie es als eine Art Verletzung der Heiligkeit des Moments empfand, an etwas anderes als an ihre Schwester Ísafold zu denken. Aber es war Michael, ihr Freund und Kollege aus Schottland, deshalb machte sie eine Ausnahme.

»Hi, Michael!«, sagte sie fröhlich, aber er hatte es so eilig, dass er ihren Gruß kaum erwiderte.

»Ich muss dich um einen außergewöhnlichen Gefallen bitten«, sagte er. Áróra konnte seiner Stimme anhören, dass es nicht in Frage kam, ihm diesen Wunsch abzuschlagen.

3

Wer schon einmal ein traumatisches Erlebnis hatte, kennt den Moment der Gnade beim Aufwachen, wenn man langsam zu Bewusstsein kommt und noch alles ruhig ist, bis die Wirklichkeit über einen hereinbricht, eiskalt und heftig wie ein Tiefdruckgebiet. Flosi lag da, starrte an die Decke und überlegte, warum er im Wohnzimmer war. Dann kam die Erinnerung. Der gestrige Tag. Guðrún.

Nachdem er seinen Steuerberater in Großbritannien angerufen und ihn gebeten hatte, die Summe für das Lösegeld locker zu machen, musste er auf dem Sofa eingeschlafen sein. Er hatte Michael erzählt, was passiert war. Es ging nicht anders, er musste es jemandem erzählen. Michael hatte ihm gesagt, er solle Ruhe bewahren, sich einen doppelten Whisky genehmigen und versuchen runterzukommen, er werde jemanden vorbeischicken. Zur Unterstützung. Und Flosi hatte zugestimmt, weil er Unterstützung brauchte. Er fühlte sich, als würde er an einem Abgrund stehen und mit halsbrecherischer Geschwindigkeit hinunterstürzen, wenn ihn niemand zurückhielt. Er nahm das Handy vom Tisch und schickte Iða eine Nachricht: *Bitte komm her, mein Schatz. Ich brauche dich.*

So wie er seine Tochter kannte, wäre sie innerhalb einer Stunde da. Sie hatten sich schon immer sehr nahegestanden, und sie tat alles für ihn. Erst durch Guðrún hatte sich die Sache verkompliziert. Ein typisches Stiefverhältnis. Aber wenn Flosi Zeit mit seiner Tochter verbrachte, war es immer sehr harmonisch. Vielleicht war sie deshalb so darauf erpicht, ihm bei allem, was die Firma betraf, zur Seite zu stehen. Weil Guðrún damit nichts zu tun hatte.

Bei dem Gedanken an Guðrún brach ihm der kalte Schweiß aus. Wo befand sie sich jetzt? Wie ging es ihr? Hatte sie Angst? War sie verletzt? Vor seinem inneren Auge tauchten Bilder auf, deren Ursprung ihm schleierhaft war. Vielleicht aus Fernsehkrimis oder Nachrichten über Entführungen. Er stellte sich Guðrún gefesselt auf einem schmutzigen, kalten Fußboden vor, und dann sah er sie plötzlich mit einer Schlinge um den Hals auf einem schäbigen Bett liegen. Die schlimmste Vorstellung war jedoch, dass sie sich in einem winzigen, abgeschlossenen, fensterlosen Raum befand. In seiner Fantasie war dieser Raum nicht schmutzig, und es mangelte ihr an nichts, sie hatte sogar einen Fernseher, trotzdem war es der schrecklichste Ort, den er sich für sie vorstellen konnte. Guðrún litt unter Platzangst. So stark, dass sie noch nicht einmal Aufzug fahren mochte.

Flosi hatte immer noch das Telefon in der Hand und tippte aus Gewohnheit Guðrúns Nummer ein, die er auswendig konnte, nur um ihr Handy vorn im Flur klingeln zu hören. Dort lag es, seit er nach Hause gekommen war. Er wollte aufstehen, aber es war, als würde das Sofa ihn wieder runterziehen. Wie sarkastisch, dass er ausgerechnet hier saß und sie vermisste, auf diesem Sofa, über das er sich abends immer ärgerte, weil sie es ihm vorzog. Er vermisste sie so sehr. Vermisste sie schmerzlich. Was würde er dafür geben, wenn Guðrún heute Abend und die nächsten Abende hier wäre und schnarchend auf dem Sofa läge, während er auf der Fernbedienung herumtippte und nach einem vernünftigen Sender suchte.

Er war total verheult, als er endlich die Haustür aufgehen und Iðas Stimme aus dem Flur rufen hörte.

»Papa!«

Er wollte zurückrufen, er sei im Wohnzimmer, aber das Geräusch, das er hervorstieß, ähnelte eher dem Jaulen eines verletzten Tiers. Iða trat in die Wohnzimmertür und starrte ihn an.

»Papa, was ist los?«

4

Das Haus war eines der schönsten in der Hraunbrún in Hafnarfjörður. Man konnte es von der Straße aus nicht direkt sehen, denn die Einfahrt lag an einer Sackgasse, die zu drei Einfamilienhäusern führte. Das Haus machte einen prachtvollen Eindruck, wie für festliche Anlässe entworfen, schicke Abendessen, Bälle, Besuche hochgestellter Gäste. Nichts in ihm ließ erkennen, dass hier auch ein normaler Alltag stattfand. Keine Gartengeräte vor der Garage, kein Besen vor der Tür, um mal eben das Laub wegzufegen, das sich auf Straßen und Gehwegen türmte, keine Mülltonnen in Sicht.

Áróra drückte auf die Klingel und überlegte ganz kurz, ob sie erst hätte nach Hause fahren und sich umziehen sollen, aber der Gedanke verflüchtigte sich im selben Augenblick, als der Mann die Tür öffnete. Sein Gesicht war rot und verquollen, und sie bezweifelte, dass er solche Details wie ihre verschlissene Jeans und ihre Windjacke überhaupt registrierte.

»Bist du Flosi?«, fragte sie und reichte ihm die Hand. Seine Handfläche war feucht, und sie spürte ein leichtes Zittern, als er ihre Hand drückte. »Ich heiße Áróra. Michael, dein Steuerberater in Edinburgh, schickt mich.«

Sie folgte Flosi ins Haus, von der geräumigen Diele durch eine große Halle mit einer Treppe, die in die obere Etage führte, und Spiegelschränken, die vom Boden bis zur Decke reichten. Als sie in die Küche kamen, zeigte Flosi auf den Boden, wo ein zerbrochenes Glas und Gemüse lagen, nahm ein bedrucktes Blatt vom Tisch und reichte es ihr.

»So sah es hier aus, als ich gestern nach Hause kam. Und dieser Brief lag auf dem Küchentisch. Deshalb habe ich Michael angerufen und ihn gebeten, Geld flüssig zu machen und … und … ja.« Er wusste nicht weiter und blickte Áróra ratlos an.

»Wenn es dazu kommt, werde ich diejenige sein, die das Geld in England abholt und nach Island bringt«, erklärte sie. Flosi nickte, und ganz kurz hatte Áróra den Eindruck, er würde in Tränen ausbrechen, aber er räusperte sich und straffte die Schultern. »Michael hat mich auch gebeten, dich zu unterstützen. Er meinte, du willst nicht zur Polizei gehen, deshalb hielt er es für richtig, dass du es nicht allein mit den Entführern aufnimmst«, fügte sie hinzu.

»Gut. Ja. Vielen Dank«, murmelte Flosi. »Ehrlich gesagt, bin ich völlig ratlos. Aber ich muss das Geld hier haben, falls sie sich wieder melden. Ich kann nicht tagelang auf eine Überweisung mit den üblichen Formalitäten warten. Ich muss die Summe bereithalten. Damit sie Guðrún freilassen.« Es war, als würde das Aussprechen des Namens seiner Frau das fragile Gleichgewicht zerstören, an das Flosi sich seit Áróras Eintreffen verzweifelt geklammert hatte. Tränen liefen ihm über die Wangen. Er schniefte, griff nach einer Rolle Küchenpapier und wischte sich das Gesicht ab. »Es ist unerträglich, nicht zu wissen, wie es ihr geht. Ob sie gut behandelt wird. Ob sie Angst hat.«

Áróra streckte den Arm aus und legte ihre Hand beruhigend auf seinen Oberarm. »Jedenfalls scheinen sie Guðrún für sehr wertvoll zu halten, wenn sie schon eine Lösegeldforderung gestellt haben.« Áróra schaute wieder auf den Brief. »Sie ist ihnen zwei Millionen Euro wert. Dann werden sie sie bestimmt gut behandeln.«

»Du hast recht«, sagte Flosi und griff erleichtert nach diesem Strohhalm. »Natürlich hast du recht.«

Áróra musterte den Brief eine Weile, bis ihr klar wurde, was sie an der Lösegeldforderung störte.

»Es ist seltsam, dass sie Euros haben wollen und keine Kronen«, bemerkte sie. »Wer weiß davon, dass du Geld auf Auslandskonten hast?«

Flosi griff nach dem Brief und starrte ihn an, als sähe er ihn zum ersten Mal, obwohl er ihn bestimmt schon hundertmal gelesen hatte.

»Ob das eine dieser ausländischen Banden ist, die ständig in den Nachrichten sind? Und deshalb verlangen sie eine Währung, die sie nicht wechseln müssen?« Achselzuckend gab er Áróra den Brief zurück.

Sie legte ihn wieder auf den Küchentisch, auf dem Flosi ihn angeblich gefunden hatte, und machte ein Handyfoto. Es irritierte sie, dass Flosi ihre Frage nach den Auslandskonten nicht beantwortet hatte. War er einfach zu aufgewühlt, um logisch zu denken? Oder hatte er absichtlich nicht geantwortet? Was auch immer es war, es überzeugte sie davon, dass er mehr Hilfe brauchte, als sie ihm gewähren konnte.